阅读是一座
随身携带的避难所

毛姆教你如何读书

W. Somerset Maugham

[英]毛姆———著　夏高娃———译

天津出版传媒集团
天津人民出版社

果麦文化 出品

阅读应当是令人愉悦的

目录

01
怎样读书才有乐趣

002　读书应该是一种享受
006　跳跃式阅读和小说节选
013　好小说应该具有哪些特性
019　小说家不是专门讲故事的人,但小说应当有故事

02
怎样的人写出怎样的书

022　《堂吉诃德》与《蒙田随笔》
024　《威廉·迈斯特的学习时代》
026　简·奥斯汀与《傲慢与偏见》
052　司汤达与《红与黑》
084　巴尔扎克与《高老头》

112	福楼拜与《包法利夫人》
141	狄更斯与《大卫·科波菲尔》
170	艾米莉·勃朗特与《呼啸山庄》
203	陀思妥耶夫斯基与《卡拉马佐夫兄弟》
233	托尔斯泰与《战争与和平》

03
怎样思考就有怎样的人生

264	我发现读哲学很有趣
268	没有一本一劳永逸的书
274	真、美、善之我见

01

怎样读书才有乐趣
What makes reading interesting

读书应该是一种享受

人们并非总是能像他们应当做到的那样，时刻对自己的言论保持谨慎。我曾经在《总结》一书中提到，很多年轻人时常向我寻求关于阅读方面的建议，当时我并没有考虑到提及这一点的后果。于是我后来收到了大量由形形色色的读者写来的信件，他们想知道我给出的建议究竟是什么。虽然我尽了最大的努力去回复这些信件，但是想要通过私人通信把这些问题讲清楚终究是不太现实的。鉴于有如此多的读者希望我能为他们提供一些指导，那么假如我根据自己为了娱乐或知识而进行阅读的经验，对这个问题做出一些简明的阐释的话，我想他们或许是很乐意看一看的。

首先，我必须指出的第一件事就是，阅读应当是令人愉悦的。当然，为了应付考试或者获得知识，总有许多书我们不得不读，而这样读书肯定不可能谈得上愉快。我们只是为了学习而阅读，因此我们唯一的希望就是自己确实非常需要读它们，以至于这种必要性可以让我们在把书读完的过程中不感觉过于乏味。我们阅读这种书并不是为了娱乐，而是因为非读不可。然而我想要讨论的并不是这一类阅读。接下来我将要提到的书既不能帮你拿到学位，也不能教你谋生的手段，既不会告诉你怎么开船，也不会教你如何修理停转的发动机，但是这些书会让你的生活更加丰富。不过话虽如此，假如你无法在阅读中发现乐趣的话，这些书籍也是无法发挥作用的。

此处的"你"所指的主要是在工作之外拥有足够的闲暇和兴趣

去读书的成年人，以及很愿意读一读那些可以归为"不读可惜"的书籍的人士。我不会在此提及痴迷书本的书呆子的情况，因为他们能找到属于自己的阅读方式，他们的好奇心足以引领他们另辟蹊径，并且在搜寻近乎被遗忘的佳作时自得其乐。我想要讨论的只是那些长久以来被公认为一流杰作的书籍。理论上说，我们所有人都应该读过这些书才对，但遗憾的是，真正读过这些书的人寥寥无几。不过同样存在着这样一类所谓的杰作：最杰出的文学评论家们对其大加赞赏，研究文学史的学者们也认定其在史册上应当占有一席之地，然而如今的普通读者却很难在阅读这些作品时得到什么享受。这一类作品对于研究者而言固然很重要，但是时间的流逝与人们喜好的变迁让它们逐渐丧失了原有的趣味，使得当下的读者只有耐着性子才能勉强读下去。我可以举一个这方面的例子：我本人读过乔治·艾略特的《亚当·比德》，却完全不能拍着胸脯信誓旦旦地承认读得很愉快。我几乎是带着某种使命感才能读下去的，而终于读完的时候，我不禁如释重负地长舒了一口气。

　　对于这一类书籍我并没有什么可说的。每个人对自己来说都是最可靠的评论家。不管学者们对一本书的评价如何，不管他们对某一本书如何众口一词地大加赞扬，只要你对它没有兴趣，那么你就完全不用去在意这本书。别忘了评论家们也是经常犯错的，在文学批评的历史中，知名评论家犯下的错误比比皆是。何况只有阅读过某一本书的你才是最终评判它价值的人。当然，这一原则同样适用于我即将向各位推荐的书籍。毕竟人与人不可能完全相同，至多只是有所相似而已，因此，如果我觉得对我十分有价值的书籍也应当对你同等重要，很明显这并不合理。但是我想要推荐的这些书籍的确让我的心灵变得更加充实，假如我从未读过它们的话，我或许未必能够成为现在的我。所以我在此恳求各位，假如你在我的文字诱惑下去读了那些书，却感觉完全读不下去的话，那么你不妨直接把它们放下。如果你读过后不喜欢的话，那这些书对你而言就完全没有用处。没有人有义务一定要去读诗歌、小说或者那些被归类为"纯文学"的作品（法语中以 belles-lettres 作为统称所有纯文学类作品的术语，我很想用一个对应的英语词汇来替代它，但是据我所知并没有这样的术语）。人应当为了快乐而读书，而谁又能保证，能够为一个人带来愉悦的书籍就一定能讨另一个人的欢心呢？

请不要认为这种愉悦是不道德的。不管以何种形式出现，愉悦本身是好的，只不过敏感的人可能会倾向于规避它带来的某些后果。愉悦也并不一定肤浅粗鄙，或者流于感官层面。在每一个时代，往往都是聪明人才能够发现，唯独由知识与智慧带来的愉悦才是最令人满意也最为持久的。保持阅读的习惯是一件好事，因为在人生的黄金时代过去之后，留给你用以自娱的活动就已经所剩无几了，除了单人纸牌、象棋复盘和纵横填字之外，几乎没有什么不需要陪伴就能一个人玩起来的游戏了。而阅读就不受这些困境所影响，没有哪一项活动能像读书一样——可能针线活儿除外，但是它只会让人的心灵更加不得安宁——你可以随时开始，随便读多长时间，在有其他事情要忙时又能随时放下。也很少有其他娱乐的开销像读书一样少，公共图书馆和普及版图书都能在不怎么花钱的前提下给人带来快乐。培养阅读的习惯就是为你自己构建一座避难所，让你得以逃离人世间几乎所有痛苦与不幸。但是我说"几乎所有"，是因为我也不想把话说得过于夸张，好像读书能缓解饥饿之苦或者平息爱而不得的忧伤一样。但是只需要几本优秀的侦探小说，还有一个暖水瓶，便足以让人忘却重感冒带来的头疼了。不过话说回来，如果人们不得不读那些让他们觉得无聊透顶的书的话，那谁又能养成为了读书而读书的习惯呢？

便利起见，我接下来将会按照年代顺序来排列我想要讨论的书。但是假如你下定决心要读一读这些书的话，也没有必要一定按照这个顺序来读。在我看来，最好还是按照你个人的兴趣来阅读这些书，甚至没有必要读完一本再读另一本。就我个人而言，同时读四到五本书更符合我自己的习惯。毕竟人的心情可能每一天都不太一样，就算是在一天之中，你也不会每时每刻都迫切地想要读同一本书。我们必须根据自身的情况进行调整，我就是自然而然地建立了最适合自己的习惯。在早晨开始工作之前，我通常会读一会儿科学或者哲学方面的书籍，因为这一类作品需要清醒而专注的头脑，让我为接下来的一整天做好准备。等到工作结束之后，我虽然感觉放松了下来，却没有来一场艰苦的思想体操的意愿，那么我就会读历史、散文、评论或传记一类的书籍。到了晚上，我还会读一读小说。在这些书籍之外，我手边总有几本诗集，以便我一时兴起随手翻阅。我的床边还放着几本那种随便从哪里翻开都能读下去，又可以在看完任何一段后随时放下的书，不过这样的书实在是太难得了。

跳跃式阅读和小说节选

在为《红书》撰写书单时[1],我在附带的简短注释中写道:"如果聪明的读者能够学会跳读这一实用的技巧,那么他就能在阅读中获得最大的乐趣。"明智的读者肯定不会把阅读小说当作一项任务,读小说对他来说只是一种消遣。因此他的兴趣自然会落在故事中的人物身上,他会关心他们在既定情境下的举动与后续发展中的境遇,会对他们的不幸抱以同情,也会因为他们的幸福而欣喜。读者会把自己置于角色的立场之上,甚至可以说体验着角色们的人生。不论是通过言语传达还是在行动中体现,故事中角色们的世界观、他们看待人类为何思考这一宏大命题的态度,都会在读者心中激起一丝或为惊奇、或为喜悦、或为气愤的反馈。但读者几乎出于本能地知道自己的兴趣何在,于是他们就像猎犬追踪狐狸一样,敏锐地追逐着感兴趣的内容。而如果作者处理不当,使得读者一时无法寻得自己追求的目标的话,他们会在困惑之下随意翻看,直到找到感兴趣的东西为止。换句话说,读者会开始跳读。

每个人都会跳读,但是想要避免跳读带来的损失也并非易事。在我看来,这种能力如果不是难得的天赋,就必须通过积累大量经验才能获得。约翰逊博士就十分擅长大幅度跳读,诚如鲍斯威尔所

---

[1] 1945 年,毛姆应美国《红书》杂志邀约,编写了一份书单,列举了他心目中的"世界十佳小说",并一一点评。

说："他拥有一种独特的天赋，无须费力将书从头读到尾，就能立刻捕捉到书中内容的精髓。"虽然鲍斯威尔话中所指的无疑是信息类或修养类的书籍，但是倘若将某本小说从头读到尾是件费力的事，那么这本书还是不读为妙。然而不幸的是，出于某些我即将展开讨论的原因，能够让人从始至终保持兴趣不减的小说实在是少之又少。虽然跳跃性阅读或许称得上是一种恶习，但读者往往不得不养成这种习惯。只不过他们一旦开始跳读，就很难停下来了，这会让他们错过很多原本能够提升阅读体验的内容。

在我为《红书》编写的书单发表之后发生了这么一件事，一位美国出版商向我提议，他准备将我提到的十部小说以删减版的形式出版，并希望为每一部附上一篇我撰写的前言。他的想法是只保留书中叙述故事情节的必要内容，展示作者与剧情相关的观点，以及他想要在角色身上体现出的性格，除此之外的内容全部删去。在他看来，如果不将书中某些称之为繁枝末叶也不为过的内容砍去的话，读者或许根本就不会去阅读这些杰作；而这样删减一番之后，留下来的只有最具价值的部分，读者也就能在阅读中最大限度地体验到那种知性的乐趣。这个计划一开始吓了我一跳，但是后来一想，鉴于虽然有些人能够根据自身需求进行有效的跳读，但是绝大多数人并不具备这种能力，那么假如能让既机智老练又具备判断力的专业人士代劳，提前替他们做好跳读的工作，也不失为一件美事。因此我欣然接受了撰写序言的邀约，眼下正在准备动笔。一定会有不少文学专业的学生、教授和批评家将删减名家巨作视作骇人之举，并且认定名著必须原汁原味地阅读。在我看来，这要取决于那究竟是什么样的名家著作。比如像《傲慢与偏见》这样引人入胜的小说，在我心目中就连一个字都舍不得删，而节奏异常紧凑的《包法利夫人》也很难删减。然而诚如明智的批评家乔治·森茨伯里所言："很少有小说能经得起精炼与浓缩的考验,哪怕是狄更斯的作品也不能幸免。"删减这一行为本身无可厚非,为了达到更好的演出效果,很少有剧本在排演过程中没有经过或多或少的删减。在许多年之前,萧伯纳曾经在一次共进午餐时告诉我,他的剧作在德国获得的反响比在英国好得多。虽然他本人将其归因于英国民众欠缺智慧,而德国人则在这方面略胜一筹,但是他错了。那些戏剧在英国上演时,他坚持要求自己写下的每一句话都必须原样出现在舞台上。而我也在德国看过他的戏,德国的导演们大刀阔斧地砍掉了所有与戏剧行为无关的冗言和废话,从而呈现了一台从头至尾都令人愉悦的演出。当然,我可不觉得把这一点告诉他会是个好主意。不过既然这种做法在戏剧上行之有效,我认为同样的做法没有理由不适用于小说。

柯勒律治在评价《堂吉诃德》时指出,这本书只需要通读一遍,之后重温时只要很浅地随意翻看就够了。他或许是想借此表示,这本书里有些部分实在是乏味冗长,甚至称得上荒诞无稽,而一旦你意识到这一点,那么对你来说再读一遍这些部分就纯属浪费时间了。《堂吉诃德》无疑是一部伟大而重要的作品,任何宣称自己是文学研究者的人都肯定至少通读过一遍(就我个人而言,英文版我从头至尾完整地读过两次,西班牙语版则是三次),但我却不由得想到,对于那些只为了获得娱乐而阅读的普通读者而言,不读书中那些比较枯燥的部分也没有什么损失。书中那位好心肠的骑士和他质朴的随从之间的对话和冒险既逗趣又感人,而读者们当然也更喜欢以这部分内容为核心的篇章。事实上,一位西班牙出版商就曾经将这样的精彩部分单独集结成一册出版,而这个版本的阅读体验就非常好。还有一本小说不得不提,只是它虽然重要,却未必称得上伟大,那就是萨缪尔·理查逊的《克拉丽莎》。除了最有恒心的一部分小说爱好者之外,绝大多数读者都在它那庞大的篇幅之前败下阵来。如果不是恰好找到了删减版的话，我是绝对不会去读这部作品的。而我读到的删减版处理得非常好，我在阅读时完全不会感到少了些什么。

我想绝大多数人都会承认，马塞尔·普鲁斯特的《追忆似水年华》是二十世纪问世的最伟大的小说。普鲁斯特的狂热仰慕者们——这其中包括我本人——自然能够饶有兴致地逐字逐句读完这部巨作。我甚至曾经夸张地说过，我自己宁愿被普鲁斯特无聊死，也不愿意从别的作家那里找乐子。然而在读过第三遍《追忆似水年华》之后，如今我也不得不开始承认，书中有一部分内容的确在阅读价值上有所欠缺。我猜未来的人们或许只会对普鲁斯特笔下散漫无序的思辨越发不感兴趣，因为作者是在他所处时代的意识流思潮影响下进行创作的，而如今意识流这一手法，一部分已然被摒弃，另一部分则变得司空见惯。我认为，将来的人们会更多地将普鲁斯特视作一位幽默大师，并且认识到他塑造角色的能力——他塑造生动、独特且多样的角色的能力——足以使他与巴尔扎克、狄更斯以及托尔斯泰平起平坐。也许有朝一日，他的这部巨作也将以删减版的形式出现，其中随着时间的流逝而逐渐丧失价值的部分将被删去，只保留那些一直能让读者感兴趣的内容，因为这些内容才是小说的精华所在。即便经过删减，《追忆似水年华》的篇幅依然会很长，但它也必定依旧是一部卓越的杰作。虽然安德烈·莫洛亚在他那部可敬的传记作品《追寻普鲁斯特》中的记述颇有些复杂，但根据我个人的理解，普鲁斯特原本计划将他的小说分成三部先后出版，每部四百页左右。然而在第二部与第三部尚在印刷期间，第一次世界大战爆发了，这两部的出版也就因此而推迟。普鲁斯特糟糕的健康状况不允许他服役参战，他便利用这段空闲时间为小说的第三部添加了大量的内容。"此时添加的许多内容都是心理学与哲学方面的阐述，"莫洛亚写道，"这位智者（我想他此处所指的是作者普鲁斯特本人）以此来点评角色们的行动。"莫洛亚又补充道："人们甚至可以从这些额外添加的内容中提炼出一系列具有蒙田风格的随笔，其中涉猎的问题包括音乐的作用、艺术的创新、美学的风格、对医药的鉴别，以及人们性格的类型之稀少等等。"他这些陈述自然没有错，然而这些内容是否能够为小说增添价值，我想就要取决于我们对小说基本功能的看法了。

就这一点而言，不同的人自有不同的看法。比如赫伯特·乔治·威尔斯就通过一篇名为《当代小说》的有趣散文传达了自己的观点："当下社会的发展让我们面对的种种社会问题变得越发纷繁复杂，而在我看来，唯独通过小说这种媒介，我们才得以对多数问题进行讨论。"威尔斯认为，小说在未来"将会成为社会的调停者、相互理解的推动者、自我审视的工具、道德伦理的展现、生活方式的交流、新风俗的塑造者、律法的批评者，以及社会教条与思想的建立者"。威尔斯明显不太认同小说只是一种消遣的观点，而且他曾经直截了当地表示自己无法将小说视作一种艺术形式。然而奇怪的是，他同时十分抗拒将自己的小说视为宣传类的作品，"因为在我看来，'宣传'这个词只适用于某些有组织的党派、教团或学科所进行的特定活动"。然而不论他怎样想，就当下而言，"小说"这个词的含义早已远远不仅限于此。它指的是通过口头表达、书面文字、广告或持续重复某一内容等方式寻求将自己的观点传达给他人，使得他人相信这些观点是正确的，并且是应当被接受且适用于所有人的，这些观点可能包括正确与恰当的标准、对善恶的辨别，以及对公正与不公的判断等等。而威尔斯的小说的确带有传播某些特定道义或信条的目的，因此那就是一种宣传。

这一切说到底还是要回归那个问题：小说到底是不是一种艺术形式？它的目的到底是给人以指引，还是为人提供娱乐？如果小说的目标是指导的话，那么它就不能算是一种艺术形式了。因为艺术的目标本来就是带来愉悦，想必诗人、画家和哲学家们也会同意这一点。然而这个事实一定会让许多人大为震惊，因为基督教精神的引导让他们一直以充满疑虑的眼光看待娱乐，并把它视作威胁不灭灵魂的隐患。更加理性的做法则是既把愉悦看成一件好事，又在同时牢记某些娱乐可能招致恶劣的后果，有时还是避开为妙。主流观点往往认为欢愉仅仅停留在感官层面，这种想法是很正常的，因为感官上的愉悦要比心智上的愉悦更加生动鲜明，只是它显然并不正确。就像肉体上的愉悦一样，心智上的愉悦同样存在，虽然它可能并不如感官刺激那样剧烈，相比之下却更为持久。《牛津词典》上对"艺术"的定义包括如下这样一条："艺术是各种以审美为命题的技巧的运用，譬如诗歌、音乐、舞蹈、戏剧、演讲以及文学创作等等。"这是一条非常精确的定义，特别是它接下来如此补充道："尤其是在当代背景下，在运用技巧的过程中体现出的、此种技巧在工艺和执行方面的完美程度也成为命题本身。"我想这也正是当下每一位小说家的目标，但可想而知，从未有人真正成功过。因此我认为小说也许的确可以被称作一种艺术，虽然可能不够高雅，但终究归于艺术的范畴之内。然而小说却是一种在本质上有所缺憾的艺术形式，鉴于我已经在各地的演讲中多次讨论过这个问题，眼下也很难给出什么更高明的见解，所以我在此处也只好简短地从之前的演讲中引用一些内容。

我认为将小说视作某种布道讲坛无疑是一种滥用，这会对读者产生误导，让他们以为自己能够轻而易举地通过小说获取知识。这种误导可以说相当恶劣，因为想要获取知识，就只有通过付出艰辛的努力这一种途径。如果能把苦药粉一样的知识掺进小说这种甜美的果酱里一同服下，自然是不坏，但真相是，如此服药固然可口，我们却很难确定服下的药粉是否依然能够生效。因为小说中呈现的知识终归要受到作者偏见的影响，它的可信度也会因此而大打折扣。如果了解某种知识要通过这种经过歪曲的途径的话，那还不如根本就不去了解它。没有理由要求小说家在本职之外兼任什么其他方面的专家，他们只要做好小说家就够了。小说家应当对许多事情都略知一二，但是完全没有必要成为某一特定领域的专家，何况成为专家有时还有害无益。他们只需要品尝一小口就能知道羊肉的味道，而没有必要把整头羊都吃完，那一小口带给他们的体验，再加上小说家的想象力与创造力，就足以让他们向读者详尽地描述爱尔兰炖羊肉的滋味了。但是假如一位小说家从炖肉说到了他对绵羊的饲养、羊毛产业以及澳大利亚当前的政治局势的看法，那就应当有所保留地看待他的观点了。

小说家往往是被自己的偏见所摆布的，他们对题材的选择、对人物的塑造，以及对自己笔下角色的态度都深受其影响。他们书写的一切都是作者性格的表达，都是他们的天性、经历与感受的体现。不论他们如何努力地想要保持客观，小说家终究是自己个人特质与癖好的奴隶；不论他们如何努力地试图采取公正的立场，他们还是会无法避免地偏向其中的某一方。他们会在事先决定好一切的走向。通过在小说开篇就让读者留意到某个角色这样的手段，他们会吸引读者的兴趣，激发他们的共情。亨利·詹姆斯曾经多次强调过，小说家必须长于营造戏剧化的效果。尽管这种说法略有些模糊，却十分有效地揭示出小说家必须通过能够吸引并抓住读者注意力的方式进行叙事。因此如果有必要的话，他们会为了达成想要的效果而牺牲真实性和可信度。而我们都知道具有科研价值或旨在传达信息的作品不能以此种方式进行创作。在创作小说类作品时，作者的目的并不是为读者提供指引，而是给他们带来娱乐。

好小说应该具有哪些特性

现在我准备冒昧地谈一谈,在我眼中一部好的小说应当具有哪些特点。首先,它应当拥有一个能在广泛的读者群体中引发兴趣的主题。换句话说就是,一部好小说的主题不应当只限于引发某一个小群体的兴趣——不论这个小群体是评论家、教授、知识分子、酒保,还是公共汽车的售票员——它应当具有更加广泛的人性,从而对不论男女的读者群体具有普遍的感染力。同时这一主题的趣味性应当是持久的:对于小说家来说,围绕某一仅在当前具有话题性的主题进行创作无疑是轻率的选择,因为一旦该主题失去话题性,小说本身也就变得像上周的报纸一样没有阅读的价值了。其次,小说的剧情应当有条有理,并且具有说服力,它应当完整地具有开端、中段以及结尾,并且结尾应当是由开端自然演变而来的后续。插曲式情节的发生应当具有合理的可行性,同时它应该既有利于主题的发展,又是随着故事的展开自然而然地产生的。小说家塑造的角色应当体现出作者的个人特质,同时他们的行为又应当源于小说中角色本身的性格。因此小说家绝对不能让读者做出这样的评论:"某某人是绝对不可能做出这种事的。"与此恰恰相反,读者应当不得不承认:"这正是我认为某某人会做的事情。"同时如果人物本身也塑造得很有趣,那就再好不过了。虽然福楼拜的《情感教育》获得了诸多知名批评家的高度赞誉,但他塑造的主人公是一个毫无特色,并且空洞乏味的角色,这让这一人物的行为和遭遇几乎完全不可能引发读者的兴趣，因此本书虽然具有许多优点，但整体来说依然难以卒读。我想我必须在此解释一下，为什么我认为小说家笔下的角色应该具有个人特质。因为对于小说家而言，创造出前所未有的全新角色完全是强人所难。小说家创作的素材是人性，人群固然形形色色，而人性在不同的环境下会呈现出千变万化的特质，但这一切也并不是没有尽头的。千百年来，人们一直在创作着各种小说、故事、戏剧与史诗，这使得某一作者创作出全新角色的概率变得微乎其微。纵观古往今来的各类虚构作品，我唯一能想到的完全具有独创性的人物只有堂吉诃德，不过倘若有博学的批评家也为他找到了什么古老的原型，我也并不会觉得惊讶。因此，如果以为作者能够借由他自己的个性来观察笔下的人物，而他的个性又足够鲜明，能够为这些角色带来一丝具有独创性的错觉，那他就已经称得上是成功并且幸运的了。

如同人物的行为一样，他们的言辞也应该源于性格。倘若某一人物是一位上流社会的女子，那么她的谈吐就应当符合上流社会女性的身份。同样街头妓女的言谈就应该像妓女，在马场兜售赌马消息的人或者律师也应当有符合各自身份的说话方式。（我不得不在此指出，梅瑞狄斯和亨利·詹姆斯都有着同一个问题，那就是他们作品中的人物都千篇一律地用作者自己的口吻说话。）人物的对话既不应过于杂乱，更不应当成为作者借机发表个人观点的途径，因为对话必须为塑造角色性格与推动剧情发展服务。叙述性的段落应当写得生动而明确，并且只将人物的动机与所处的环境交代得清晰可信即可，不宜过于冗长。小说的文笔应当相对简洁，以教育水平相对普通的读者也能轻松阅读的程度为佳；行文的风格也应当与小说的内容相匹配，就像精工细作的皮鞋贴合形状匀称的双足一样。最后一点是，优秀的小说必须引人入胜，具有娱乐性。虽然我将这一点放在最后才提起，但这是小说最基本的特点，缺少这一点的话，以上其他特质也都无法成立了。小说的娱乐性越是机智巧妙，这部小说也就越优秀。毕竟"娱乐"一词可能包含许多含义，而提供消遣与乐趣也只是其中之一，只不过人们往往误以为获取消遣是娱乐的诸多含义中唯一重要的一项。实际上与《项狄传》或者《老实人》相比，《卡拉马佐夫兄弟》和《呼啸山庄》同样具有娱乐性，它们的表现或许不同，但无疑都是真实存在的。当然，小说家自然有权利探讨那种每个人都会思考的伟大问题，譬如灵魂的不朽，以及生命的意义和价值。不过在具体处理这些问题的时候，谨慎的小说家应该时刻铭记约翰逊博士的一番至理名言：就这些问题而言，人们已经不可能再提出足够真实的新见解，或者足够新颖的真知灼见了。小说家唯一的希望，也只不过是让读者对自己涉及这些主题的见解产生些兴趣而已。这一点的前提是，这些见解是小说叙述的故事的组成部分，并且对于人物性格的塑造有着不可或缺的作用，能够影响到人物的言行举止。——换而言之，这些见解应当体现在人物的行为之上，如果没有它们，某些行为便根本不会出现。

然而纵然一部小说已经拥有了上述全部优点——那已经是很高的要求了——它在形式上的缺陷也或多或少难以避免，如同珍贵的宝玉总会有些瑕疵，无法达到尽善尽美。这也是没有 部长篇小说能真正称得上完美的原因。短篇小说则有所不同，因为它的篇幅不长，读者在十分钟至一小时左右的时间之内就能读完，它所探讨的也往往是单一而明确的主题，叙述的也要么是一桩单一事件，要么是一系列在精神层次或物理层面上彼此联系的事件，因而非常完整，足以达到不容增减的程度。因此我相信，短篇小说是可能达到完美的境界的，而列出一系列堪称完美的短篇小说也并非难事。然而长篇小说却是一种篇幅难以限定的叙事体裁，它的篇幅可以像《战争与和平》一样庞大，并包含着诸多彼此关联的事件，以及置身于同一时间阶段的众多人物；也可以像《卡门》一样短小精悍。为了让小说中的故事越发真实可信，作者需要叙述一些与故事相关的事实，但这些事实本身通常称不上有趣。情节中的各个事件之间需要时间上的间隔，而为了维持作品的平衡，作者还需要尽可能地插入一些足以填补这些时间空白的内容，这些内容就是所谓的桥接段落。大多数作家都具有跨越桥接段落的能力，虽然在处理的技巧上水平各异，但在过程上却难免枯燥无味。小说家当然也是凡人，因而不可避免地会受到所处环境的风气影响，何况他们原本就拥有远胜常人的感受力，所以总会不由自主地倾向于写下那些注定昙花一现、其吸引力会随着风尚变化而逐渐消逝的内容。我刚好有一个恰当的例子可以说明这种情况：在十九世纪之前，小说家们不怎么注重对景物的描写，短短一两个句子就能实现他们想要达成的效果。但是自从诸如夏多布里昂的浪漫派作家受到公众追捧以来，为了描写而描写一度风行一时。哪怕只是描写一个人出门去杂货店买把牙刷，作者也一定要事无巨细地告诉你他路过的房子是什么模样，路边的商铺里又有哪些商品。黎明与落日、群星密布的夜幕、万里无云的晴空、白雪皑皑的山脉、阴森幽暗的密林——所有这样的景物都会引来无休无止的冗长描写。不少描写本身当然很美，但它们与主题完全无关。而作家们直到很久以后才明白，不论他们观察景物的眼光有多么诗意，不论他们描写所用的笔触是多么形象逼真，只要它无益于推动情节发展，或者不能向读者传达理解人物所必需的要素的话，那么这些描写就是无用的废话。在长篇小说中，这种情况还只是偶尔会出现的缺点，而另一种缺陷则是内在且必然会产生的。由于篇幅较长，完成一部长篇小说是需要一定时日的，创作周期少则几周，多则几个月乃至于几年，因此作者的创作激情很有可能日渐衰退，这也是非常自然的。一旦这种情形出现，作者就只能依靠自身的勤奋与能力硬着头皮勉强继续写下去，如果这样写出来的东西还能让读者兴致不减，那就简直称得上奇迹了。

　　过去的读者更加在意小说的篇幅而不是质量，因为他们既然花钱买了小说，就希望篇幅的长度能值回买书的本钱。于是作家们往往为了扩充篇幅而拼命向作品里填塞更多的内容，而他们也发现了一条捷径，那就是在小说中插入另一个故事。这种插入内容的长度有时甚至有中篇小说那么长，而它们和小说的主题要么完全没有关联，要么仅仅有一点牵强附会的联系。《堂吉诃德》的作者塞万提斯就深谙此道，而他运用这种手段的冷静大胆更是无人能比。虽然人们往往把这些节外生枝的部分视作《堂吉诃德》这部不朽巨著中的污点，读起来也只会让人感觉不耐烦，与塞万提斯同时代的批评家们也就这一点对他大肆攻讦。但是我们知道，在《堂吉诃德》的第二部分中，作者规避了这种不良习气，并且完成了一项几乎不可能实现的伟业——他居然写出了一部比前作还要优秀的续作。可惜后来的作家们却并没有放弃这一便捷的手段（他们很明显并没有看到那些针对塞万提斯的批评），他们照旧以这样的方式向出版商提供着大量篇幅傲人的畅销作品。到了十九世纪，全新的出版形式又让作家们面对着全新的诱惑。愿意挤出大量篇幅来刊登那种被蔑称为"消遣文学"的作品的月刊往往借此大获成功，这也为作家带来了绝好的机会，他们可以通过连载的方式将作品呈现在读者眼前，并独享连载带来的报酬。与此同时，出版商也发现了新的商机：如果将当红作家的作品以每月连载的方式发售的话会很容易获利。依照合同的要求，作家必须每个月为出版商提供一定数量的文稿，换句话说，就是必须写够一定的页数。这种模式必然鼓励作者把叙事拖得冗长而缓慢，就连创作这些连载的作者们自己也会承认——这其中还不乏某些最为优秀的作家，比如萨克雷、狄更斯和特罗洛普——不得不在固定的截止日期之前上交连载用的文稿实在是令人厌恶的重负。难怪他们要把小说写得那么啰唆！难怪他们往小说里塞那么多完全无关的内容！每当我想到小说家创作时要处理多少障碍、规避多少陷阱，我就再也不会因为发现最完美的小说也有不尽完美之处而大惊小怪了。实际上，我反而会为那些不完美之处并没有想象的多而感到惊喜。

小说家不是专门讲故事的人，小说应当有故事

　　出于提升自我的目的，我一生中阅读过许多谈论小说的著作，不过整体来说，这些著作的作者往往秉持着与 H.G. 威尔斯相近的观点，即认为小说不应当被视作一种消遣的方式。他们一致认为，故事并不是小说最重要的组成部分，实际上，在他们看来，故事甚至构成了小说阅读过程中的阻碍，它会分散读者的注意力，让读者无法留意到那些他们认为真正具有价值的内容。他们似乎并没有意识到，实际上故事才是小说家们为了让读者不丧失兴趣而抛出的救生绳索。这些人认为，正是为了讲故事而讲故事让这种叙事文学变得低级了，然而这种观点在我看来却非常奇怪，因为就像对财物的占有欲一样，想要听故事的欲望也是人性之中根深蒂固的一部分。远在文明诞生之初，人们就开始围坐在篝火旁边，或者三五成群地聚集在市场里听故事了。这种对故事的渴望一直极其强烈，这一点从如今侦探小说的蓬勃发展中也可见一斑。实际上，把小说家描述成"只不过是个讲故事的人"无疑是一种轻慢无礼的贬低。当然，我敢说应该是不会有这种人的。通过对所叙述事件与人物的选择、通过创作者自身对这些人与事的态度的传达，小说家呈现在读者眼前的是一种对生活的批评。这种批评或许谈不上眼光独到，又或者不能被称之为深刻，但它的确真实存在。而作为这一点的结果，小说家以这种他们自己都难以察觉的方式扮演着伦理学者的角色。但道德与数学不同，它并不是一种讲究精确的科学。道德标准必须有

所变通，因为它与人类的行为密切相关。而众所周知的是，人类是一种多变、虚荣且摇摆不定的动物。

我们生活的世界充斥着各种混乱与动荡，而关注这一切同样是小说家的工作。我们的未来难以预料，我们的自由时刻处于威胁之下，我们时常遭受着焦虑、恐惧与挫折的困扰，许多在过去看来不容置疑的社会准则如今却显得不合时宜。这些无疑是非常严肃的问题，然而探讨这些问题的小说作品往往让读者感到既无味又难读，作者们也敏锐地意识到了这一点。比如在避孕药发明之后，过去被高度重视的贞洁观念便已经失去了效力，小说家们也很快发现了这一改变为两性关系带来的变化，因此每当他们认为需要添加一点吸引读者注意力的内容时，就会安排笔下的人物们尽情翻云覆雨。而我不太确定他们此举是否经过谨慎的考量。切斯特菲尔德爵士曾经对性爱做过这样的评论：它的欢愉是短暂的，姿势是滑稽的，而代价是高昂的。如果爵士能够活到今天，并读过时下的部分小说的话，那他可能会给自己的论述再增加几条：这一行为千篇一律，对它的描述也是反复不断的老调重弹，实在是无聊透顶。

如今，小说创作的一大趋势是着重刻画人物而非讲述事件。当然，塑造人物是很重要的，因为读者只有逐渐熟悉小说中的人物才能与他们共情，并由此关注将这些人物牵扯其中的事情。然而在诸多小说创作手法之中，这种专注于人物本身而非人物之间发生的事件的做法也只不过是其中一种。那种单纯注重叙述故事、对人物的塑造简单而粗略的写法之存在也是同样合理的。实际上，比如《吉尔·布拉斯》和《基督山伯爵》等优秀的小说都是以这种手法写就的。假如山鲁佐德只是一味刻画人物的性格，而不认真讲述那些神奇的故事的话，她的脑袋早就保不住了。

02

怎样的人写出怎样的书
How the works mirrors its author

《堂吉诃德》与《蒙田随笔》

我想要讨论的第一本书是《堂吉诃德》。我首先得提醒各位一件事：塞万提斯是个贫穷的人，他的收入取决于他写下了多少作品，而他手头又积攒了不少独立的小故事，因此对他而言，把这些故事塞进作品里去似乎是个很不错的主意。我完整地读过这些故事，但是就像约翰逊博士读《失乐园》一样，我读它们完全出于责任，而绝对谈不上乐意。如果我是你的话，我会直接跳过这些小故事。堂吉诃德温和、忠诚，并且拥有宽广的胸怀，虽然他那些倒霉的经历让人忍不住发笑（不过与塞万提斯同时代的人可能比今人更容易被那些遭遇逗乐，因为今日的我们比过去的人更加脆弱敏感，更爱大惊小怪，而发生在堂吉诃德身上的各种不幸有时在我们看来就过于残酷了，所以无法从中得到什么乐趣），但是假如你无法对这位愁容骑士产生一星半点的喜爱或者尊敬的话，恐怕你的情感也有些过于麻木粗放了。人类的虚构作品中从未有过第二个像堂吉诃德一样的人物，他对每一个心存善念的人都有着深深的吸引力。

眼下我还不打算讨论法语文学，因为它涉及的范围十分广泛，而我想要列举的作品也会非常多，所以我担心，假如我这就开始探讨法语文学的话，就没有多余的空间来讨论那些以其他语言写就，但在我看来不读又实在可惜的文学作品了。但我还是要在这里提及一部法语作品，这部作品同样描绘出了一位男子的形象，塑造了一个与堂吉诃德截然不同的角色，这个角色能够潜移默化地博得读者的喜爱，甚至让人在初识之时就觉得一见如故，就像知己好友一样亲切。这个角色就是蒙田，在他的散文《蒙田随笔》中，他为自己描绘了一幅生动而完整的自画像，将自己的喜好、怪癖与弱点展现在读者面前，让人能够以亲近的方式了解他，甚至多于了解自己现实生活中的朋友。而你也会在认识他的过程中逐渐增进对自身的了解，因为他那幽默而耐心的自省同样揭示了最为普遍的人性。关于蒙田的怀疑主义思想一直众说纷纭。但是如果认识到一切事物都具有两面性是怀疑主义，以及认识到并不存在确凿无疑的结论，因此保持思维的开放才是明智之举也是怀疑主义的话，那么我想蒙田的确是个怀疑主义者。但蒙田的怀疑主义让他学会了宽容——这是一种在当下尤其稀缺的美德——而他对人类的兴趣、对生活的热爱也都赋予了他容忍的心态。假如我们也能拥有这种宽容的心态的话，它不仅会让我们自己更加幸福，也会让我们更加关心他人的福祉。

虽然哪怕你随便选一篇散文来读都会觉得有趣，但是为了透彻地理解蒙田，最好还是完整通读随笔的第三卷。这一卷中的散文篇幅更长，因此蒙田那迷人的随性风格也就得以尽情施展。这些文章的主题也更加严肃，但娱乐性并不会因此而减少。作为精通散文这一体裁的大师，蒙田不仅信手拈来，也熟知读者的兴趣所在，在这些散文中，读者可以一览他那潇洒文风的精髓。千万不要依据标题预判自己是否对某篇随笔感兴趣，因为蒙田的标题通常与散文内容没有很大的关系。比如有一篇名为《论维吉尔的一些诗》的文章，其中的内容实际上是对法国语言精妙而迷人的探讨。尤其是一些十分大胆露骨的评论，就连最假正经的人读了都难免脸红心跳。

《威廉·迈斯特的学习时代》

现在我打算跳过几个世纪,向各位介绍一部大多数人认为不适合阅读的书,那就是歌德的《威廉·迈斯特的学习时代》,卡莱尔对这部作品的翻译也是尽心尽力。歌德当下在德国不太受欢迎。因为他一直想要成为一名世界公民,而非某一国的国民,德国目前的当权者自然不怎么喜欢这种观点。不过早在如今的当权者掌权之前,德国也没有多少人读过《威廉·迈斯特的学习时代》。我有一次在柏林和一群学者聚到了一起,当我表达出对这本书的喜爱时,他们居然感觉十分惊讶。这些学者之中没有一个人读过《威廉·迈斯特的学习时代》,因为他们早已约定俗成地默认这是一部无聊至极的作品。而我则恳求他们至少亲自看一看之后再下结论。几个月之后,当我们再次见面时,我很高兴地发现他们听从了我的建议,去读了这部被忽视已久的作品,并且再也没有人嘲笑我对它的喜爱了。

在我看来,《威廉·迈斯特的学习时代》是一部既非常有趣也具有重要意义的作品。它是十八世纪最后一本感伤主义小说,也是十九世纪第一本浪漫主义小说,更为如今大量涌现的自传体小说开了先河。不过就像所有的自传体小说主角一样,《威廉·迈斯特的学习时代》的主人公也是个平淡无趣的人。我不太明白为什么总是这样。或许是因为当我们需要描写自己的时候,目标和实际达到的成就之间的差距往往令人不安,而我们又总是沉溺于把握机遇获得的结果不如所愿带来的失望之中，所以呈现在读者面前的角色也是个沮丧而不如意的形象。又或者是因为我们的经历在自己眼中终究有些平淡无奇，所以讲述起来自然难免乏味无趣，只有他人的经历才是新奇、浪漫且刺激的。就好像当我们走在大街上的时候，所有好玩的事似乎都发生在马路的另一边一样。不过歌德也在这个毫无亮点的主角的故事里安排了不少奇遇，在他身边布置了许多非同寻常且颇为有趣的人士，并借他之口抒发了自己对各种事物的观点。《威廉·迈斯特的学习时代》——而不是《威廉·迈斯特的漫游年代》，因为这本书简直难以忍受——既诗化又荒诞，既深刻又沉闷，当然，你可以随意跳过那些沉闷的部分。卡莱尔说过，与他过去六年之间读过的所有书籍相比，他从《威廉·迈斯特的学习时代》中读到的各种观点是最多的。不过他也诚实地补充道："歌德是一个世纪以来最伟大的天才，也是三个世纪之间最大的浑蛋。"

简·奥斯汀与《傲慢与偏见》

1

简·奥斯汀的生平寥寥数语即可讲完。奥斯汀家族历史悠久，如同许多英国名门一样，他们也是靠羊毛贸易这项支柱产业发家致富的；有了钱之后，他们又像其他显赫人物一样购置土地，随着时间的推移，这一家族最终得以跻身乡绅地主阶层。但是这笔财富简·奥斯汀家所属的分支似乎没有继承到多少，至少远远不如同族的其他成员。此时他们一家早已落魄，简的父亲，威廉·奥斯汀之子乔治·奥斯汀，只不过是汤布里奇一位外科医生的儿子，十八世纪早期，外科医生这个职业的社会地位与代理人不相上下，而我们又能从《劝导》一书中得知，在简·奥斯汀的时代，代理人也是没有什么社会地位的：虽然拉塞尔夫人"只不过是个爵士的遗孀"，但是当她得知，身为准男爵之女的艾略特小姐居然还和代理人的女儿克雷太太保持着社交关系时，她还是为此震惊不已，因为"她这类人，小姐原本应该敬而远之的"。外科医生威廉·奥斯汀英年早逝，他的兄弟佛朗西斯·奥斯汀把他的遗孤送进了汤布里奇学校，日后又供他上了牛津的圣约翰学院。我是从 R.W. 查普曼博士的克拉克讲稿中获知这些信息的，他将这些讲稿以《简·奥斯汀的史实与问题》为名结集出版。以下我所叙述的内容完全受惠于他的这部杰作。

乔治·奥斯汀成了他所在学院的神学研究生，得以担任神职之后,他的一位亲戚,葛德马夏姆的托马斯·奈特就推荐他到汉普郡的史蒂文顿去做牧师。两年后,乔治·奥斯汀的叔父更是就近为他买下了迪恩的牧师职位。可惜我们对这位慷慨大方的人一无所知,只好姑且猜测他像《傲慢与偏见》里的加德纳先生一样是个生意人。

乔治·奥斯汀牧师迎娶了卡珊德拉·雷耶,她的父亲托马斯·雷耶是万灵会成员,同时在亨里附近的哈普斯登担任牧师。用我少年时代经常听到的说法来形容的话,这位女士在出身上和上流社会渊源颇深;换句话说,就像赫斯特蒙苏的黑尔家族一样,她也与乡绅地主以及贵族之间有着明确的亲缘关系。对于外科医生的儿子来说,这桩婚事算是朝上迈了一步。这对夫妻总共生育了八个子女:两个女儿——卡珊德拉和简,还有六个儿子。为了增加收入,已经是史蒂文顿教区长的乔治开始招收学生,并自己在家教育儿子们。其中两个儿子进了牛津的圣约翰学院,因为他们的母亲和学院的创始人沾亲;有一个儿子名叫乔治,但我们对他一无所知,查普曼博士推测他应该是个聋哑人;另外两个儿子加入了海军,并且在事业上颇有成就;而最幸运的一个要数爱德华,他被托马斯·奈特收养,日后继承了他在肯特郡和汉普郡的地产。

简出生于一七七五年,是奥斯汀太太最小的女儿。在她二十六岁那年,父亲决定退休,并将职位留给已经领了神职的长子,自己搬到巴斯居住。他于一八〇五年去世,几个月之后,其遗孀带着女儿们到南汉普顿定居下来。正是在这段时期,在一次陪伴母亲出门拜访之后,简在给姐姐卡珊德拉的信中写道:"我们登门的时候只有兰斯夫人自己在家,她拥有一台气派的钢琴,但是否有子女则不得而知……他们生活的方式很体面,也很富有,而且她看起来也很享受富有的感觉;而我们设法让她意识到,我们家可是一点都不富裕,我想她很快就会认为我们并不值得交往的。"奥斯汀太太确实颇为拮据，但是儿子们给她的钱也足够让她过上还算舒适的生活。在欧洲游历一番之后，爱德华与古内斯通准男爵布鲁克·布里奇斯爵士的女儿结了婚。托马斯·奈特去世于一七九四年，三年后奈特的遗孀将葛德马夏姆和乔顿的地产转到爱德华名下，自己拿着一份年金退居到坎特伯雷。多年之后，爱德华提出，母亲可以在这两处地产上任选其一居住，而她选择了乔顿。于是除了偶尔出门拜访亲友之外（这种拜访有时可能长达数周），简一直生活在那里，直到健康状况让她不得不搬到温彻斯特去，因为那里的医生比在乡下能找到的好得多。一八一七年，简·奥斯汀在温彻斯特去世，并被安葬于温彻斯特大教堂。

2

据说简·奥斯汀本人生得很有魅力："她的身材苗条高挑，脚步轻盈而稳健，整体上给人以健康活泼的印象。她是个肤色白净而气色娇艳的褐发女郎，拥有饱满的脸颊、小巧而精致的鼻子和嘴巴，还有明亮的淡褐色眼睛；棕色的头发在脸颊两侧自然地卷曲垂落。"我只见过一幅她的肖像，画上是个没什么显著特色的胖脸姑娘，长着圆圆的大眼睛和饱满的胸脯，不过也可能是画家画得不怎么传神。

简和姐姐非常亲密，她们从小到大都在一起，直到简去世，她们姐妹二人都共用一间卧室。卡珊德拉去上学的时候，简一定要跟着去，虽然她当时年纪太小，女校里教的东西还听不懂，但是她受不了和姐姐分开。"如果卡珊德拉要被砍头的话，"她们的母亲说，"简也一定会去和她共患难的。""卡珊德拉比简漂亮，性格也更加冷静镇定，她算不上开朗阳光，感情也不怎么外露，但她的优点是永远能控制住自己的脾气，而简则更幸运，她的性子根本用不着控制。"简留存至今的信札中，绝大多数都是在两姐妹其中之一外出时她写给卡珊德拉的。许多简·奥斯汀最热情的崇拜者都认为这些书信毫无价值，因为它们体现出了她的冷漠无情，以及颇为琐碎无聊的兴趣。这让我相当惊讶，因为这实在是再正常不过了。简·奥斯汀从未想过还会有卡珊德拉之外的人去读这些信，所以她也只会在信里讲那些她觉得姐姐会感兴趣的事情。比如她会告诉姐姐人们都穿什么样的衣服，自己买带花样的棉布花了多少钱，认识了什么样的人，遇到了哪些老朋友，又听到了怎么样的闲言碎语。

最近几年，有不少著名作家的书信集出版问世，而就我个人而言，读这些书信集时总是忍不住心生怀疑，怀疑这些作家是不是早就在内心深处打算好了，有朝一日要把书信结集出版。而当我得知他们往往留着书信的复件的时候，我的怀疑基本得到了证实。安德烈·纪德希望把自己与克洛代尔的书信结集出版，而克洛代尔可能不太愿意，便告诉纪德他把往来的书信都毁掉了。纪德却回答说没关系，因为他自己留好了备份。安德烈·纪德本人告诉我们，当他得知太太把自己写给她的情书全部烧掉的时候，他哭了整整一个星期，因为他认为那些情书是自己文学成就的巅峰，更是吸引后人注意力的资本。狄更斯只要去旅行，就会给朋友们写长长的信件，在里面热情洋溢地记述自己的所见所闻。诚如他的第一位传记作家约翰·福斯特所言，这些书信完全可以一字不改地拿去出版。当时的人们自然比今人更加爱看信，但是当你只是想知道朋友是否碰到了有意思的人，参加了什么聚会，是不是会带来你请他捎的书籍、领带或者手帕的时候，对方只是长篇大论地在信中不断给你描绘山川和名胜的壮丽风景，那你一定难免会感到失望的。

在一封写给卡珊德拉的信中，简写道："如今我已经掌握了真正的写信的艺术，别人总是说，所谓写信的艺术就是口头上怎样说，落笔就怎样写。那么一直以来，我都是用和你讲话一样的速度来写信的。"她这话自然相当有道理；这正是写信的艺术，而她轻而易举地掌握了它。既然她说自己怎样说话就怎样写信，而她的书信中又处处可见诙谐幽默、充满讽刺，甚至有些恶毒的言语，那我们可以挺有把握地断定，与她谈话也一定非常愉快。她的书信中几乎没有一封不能让人面露微笑，乃至于被逗得捧腹大笑的句子。在此我姑且选取几个能代表她这种风格的例子，以飨读者：

— 单身女性往往体现出容易受穷的可怕趋势，这正是人们支持婚姻制度的一个强力论点。

— 想想看，霍尔德太太已经去世了！真是个可怜的女人，她终于做了她在这世界上能做到的唯一一件能让人家不再欺负她的事情。

— 谢博恩的黑尔太太由于受到惊吓而早产了好几周，昨天生下了一个死婴。我猜可能是因为她无意中不小心看了自己丈夫一眼。

— 我们出席了W.K太太的葬礼。我不知道有谁喜欢她，因此也不至于对她留下的家人有什么同情，不过现在她丈夫倒是让我感觉有点难过，我觉得他不妨和夏普小姐结婚。

— 张伯伦太太很会打理自己的头发，我对这一点表示尊敬，但除此之外就没什么好感了。兰利小姐就像其他矮个子女孩一样，长着宽宽的鼻子和大大的嘴巴，她的穿着很时髦，半个胸脯都露在外面。斯坦霍普将军是个很有风度的绅士，只可惜他的腿太短，燕尾服又太长。

— 伊莉莎上次见到克雷文勋爵是在巴顿，这次可能就在肯特伯里了，他计划这周要在那里待上一天。她觉得他的行为举止十分讨人喜欢，他身上唯一一个让人不快的地方，可能就是有个在亚士敦公园跟他同居的情妇这个小小的缺憾了。

——W先生大概二十五六岁，长得不难看，但是也不怎么和气。他肯定不是什么小人物，有点那种冷静淡定的绅士风度，但是非常不爱说话。人家说他的名字叫亨利，这堪称上天的恩赐不公的明证，我见过不少叫约翰或者托马斯的人，他们都要和气多了。

——理查德·哈维太太要结婚了，不过这可是个大秘密，街坊四邻里也只有一半的人知道，你可千万别提起这件事。

——黑尔博士穿着那么重的一身丧服，看来他的母亲、他的太太和他自己之中一定有一个不幸过世了。

奥斯汀小姐很喜欢跳舞，她经常向卡珊德拉描述自己参加过的舞会，比如：

——总共只有十二支舞曲，我跳了其中的九支，因为找不到舞伴，我才没有跳剩下的几支。

——有一位先生是来自柴郡的军官，他是个非常英俊的小伙子。我听说他很想认识我，但是这个意愿也没强到让他采取行动的程度，所以我们最终也没有打招呼。

——舞会上没有几个美女，仅有的那么几个也不是特别漂亮。埃尔芒戈小姐看起来气色不太好，所以布朗特太太就成了唯一被追捧的对象。她看起来还和九月的时候一样：宽脸、钻石发带、白皮鞋、红脸膛的丈夫和肥胖的脖子。

——查尔斯·鲍莱特这周四办了一场舞会，在邻里之间引发了好一场骚动。当然，你也知道，这帮人都对他的经济状况保持着经久不衰的兴趣，巴不得能亲眼看到他马上破产。而他们也发现，鲍莱特的妻子刚好就是邻居们希望她是的那种人：愚蠢又暴躁，而且花钱大手大脚。

由于某位曼特博士不检点的行为，奥斯汀家一位亲戚的妻子回了娘家，这引发了一阵闲言碎语。而简就此写道："不过因为 M 博士是一位牧师，所以他们的私情不管多么不道德，也多少具有一丝高雅的气息。"

奥斯汀小姐言辞犀利，幽默感绝佳。她既爱笑，也爱逗得别人开怀大笑。要让一个幽默家把他或者她想到的有趣的话憋回去，那未免也太难为人了。何况只有上帝才知道，想要不带一点恶毒地逗乐儿是有多难，人类的良善品质里可实在找不着什么乐子。简十分热衷于观察他人身上的可笑之处，比如他们的自命不凡、矫揉造作和虚情假意，但值得称道的一点是，这些不但不会令她厌烦，反而会让她觉得有趣。她性格温柔和蔼，不会当面讲可能伤害他人的话，但她很明显也不觉得拿这些人跟卡珊德拉寻寻开心有什么问题。不过即便是从她最为尖锐辛辣的言论里，我都看不到什么恶意，她的幽默感建立在观察和智慧的基础之上，这也正是幽默应有的样子。不过在必要的场合下，奥斯汀小姐也可以很严肃。虽然爱德华·奥斯汀继承了托马斯·奈特在肯特和汉普郡的地产，他绝大多数时候还是生活在坎特伯雷附近的葛德马夏姆花园。卡珊德拉和简经常来这里小住，有时会住上三个月左右。爱德华的长女范妮是简最疼爱的侄女，她最终嫁给了爱德华·克纳奇布尔爵士，两人的儿子日后晋升入贵族阶级，受封为布拉伯恩伯爵。他也是最早将简·奥斯汀书信出版的人。这些书信中有两封是写给范妮的，当时这位年轻姑娘正在考虑如何应对一位因为有意向她求婚而大献殷勤的小伙子。这两封书信既冷静理智又充满温情，着实令人钦慕。

几年之后，彼得·昆奈尔先生在《康西尔杂志》上发表的一封信令简·奥斯汀的崇拜者们大为震惊。这封信是范妮——当时已经是克纳奇布尔夫人了——在多年之后写给她妹妹莱斯太太的，她在信中提到了自己这位颇具盛名的姑母。它既令人震惊，又很能够体现出那个时代的典型特色。在征得布拉伯恩伯爵的同意之后，我将这封信转载在本文中。爱德华·奥斯汀于一八一二年将姓氏更改为奈特，因此我需要在此指出，克纳奇布尔夫人文中所指的奈特太太其实是托马斯·奈特的遗孀。从书信的开头部分不难看出，莱斯太太显然是听到了一些关于她的简姑妈教养的传言，并因此非常不安，于是写信询问这些传言是否存在属实的可能。而克纳奇布尔夫人是这样回信作答的：

是的，亲爱的，从各种角度来看，简姑妈都确实不怎么文雅，至少是没有依照她的才华理应拥有的教养。如果她能再活上五十年的话，或许能够在各方面更加符合我们高雅的品位。她们家并不富裕，而且和她们打交道的人也绝对没什么高贵的出身，简而言之，那不过是些庸庸碌碌之辈。当然，她们在智力和教养上要略胜一筹，但是就精致优雅这一点来说，她们就基本在一个档次上了——不过我认为，后来和奈特太太（她很喜欢她们，对她们很好）的交往让她们两姐妹进步了不少。简姑妈非常聪明，这让她得以抛掉身上一切可能让她显得"庸常"（如果可以用这个词来形容的话）的特质，并且让自己学着在与人交往时高雅起来。这两位姑妈（卡珊德拉和简）都是在对外面的世界和其中的门道（我是说，比如时尚之类的）一无所知的环境下长大的。如果不是爸爸结婚之后她们有机会到肯特来，而且奈特太太还对她们这样好，时不时会邀请这两姐妹中的一个来与自己同住的话，虽然她们本身也并不是不聪明、不和善，但她们的行为举止一定是远远达不到上流社会标准的。如果这些情况让你不快的话，我在此恳求你的谅解。可我着实感觉这些话就在笔端，不写不快，实在无法不对你吐露实情。现在更衣时间快要到了……

……我依然是你最亲爱的姐姐

范妮·C.克纳奇布尔

这封信在简的崇拜者中引发了极大的愤慨，他们宣称克纳奇布尔夫人写这封信时已然年迈昏聩了。然而信中并不能证明这一点，而且假如莱斯太太认为姐姐的状况不能够回信的话，她从一开始就不会写信询问了。在崇拜者们看来，简如此疼爱范妮，而她居然会说出这样的话，实在是忘恩负义至极。然而他们在这个问题上实在是过于天真了。虽然父母或者其他上一代的亲人对待孩子满怀深情，孩子却不会用同等深切的情感去看待他们，这一点虽然令人遗憾，却也是不争的事实。父母和亲人们若是依然对此有所期待的话，也只能说是不智。我们都知道简从未结过婚，但她给予范妮的是一种近乎母爱的情感，假如她自己结婚生子的话，也一定会把同样的情感倾注在自己的子女身上。她很喜欢孩子，也很受孩子们的欢迎；他们喜欢她活泼诙谐的谈吐，还有她给他们讲的那些情节丰富的、长长的故事。她和范妮成了亲密的朋友，范妮对她讲的许多话或许对自己的双亲都不会讲，因为她的父亲总是忙于各种乡绅事务，而母亲则忙着一个接一个生孩子。然而孩子拥有尖锐的眼光，并且能够作出相当残酷的评判。爱德华·奥斯汀继承了葛德马夏姆与乔顿的地产之后一步登天，其后又通过婚姻和该郡最有势力的几个家族建立了联系。我们不知道简和卡珊德拉对他的妻子有什么看法，而查普曼博士十分宽厚地认为，正是因为她的付出，爱德华才会认定自己"应当为母亲和妹妹们多做些事情，并促使他把地产上的一所房屋让给她们居住"。早在十二年前，这些房产就已经归于他的名下了。在我看来，更有可能的情况似乎是这样：他太太认为邀请丈夫的家人时不时来做客就已经够意思了，至于让她们住在自己眼皮底下，她可着实不太欢迎这个主意；直到太太撒手人寰，爱德华才能随自己的心意安排名下的地产。如果实情确实如此的话，那这一切一定逃不过简那敏锐的目光，并且可能体现在《理智与情感》中描写约翰·达什伍德对待自己的继母和她的女儿们的情节之中。简和卡珊德拉属于穷亲戚，如果她们应邀和自己富有的兄嫂、坎特伯雷的奈特太太抑或是古德内斯通的布里奇斯夫人——她是伊丽莎白·奈特的母亲——长期共同居住的话，这对于主人们来说必定是一种有意而为的善举。而我们之中很少有人的格调高到行善之后不觉得沾沾自喜的地步。每次简去陪伴年迈的奈特太太同住，老太太都会在简离开之前给她一份"零花钱"，而简对此也会欣然接受。在写给卡珊德拉的一封信中，简告诉姐姐，哥哥爱德华给了她和范妮每人一份五英镑的礼物。这个金额送给年幼的女儿的话，算是一份可爱的小礼物；送给家庭女教师算是善意的赠予；送给妹妹就只有施舍的味道了。

我敢肯定不论是奈特太太、布里奇斯夫人还是爱德华夫妇都对简非常友善，而且也很喜欢她，因为谁能不喜欢她呢？但是如果他们觉得这两姐妹不怎么上档次的话，也并非完全没有道理。她们俩毕竟生活在乡下，而在十八世纪，哪怕某人只是每年固定在伦敦待上几个月，也会和从未离开过乡村的人有着十分明显的差别。这种差距也为喜剧作家们提供了丰富多彩的素材。在《傲慢与偏见》中，宾利的妹妹瞧不上本内特家的几位小姐，觉得她们缺乏格调；而伊丽莎白·本内特也受不了对方的矫揉造作。几位本内特小姐的社会地位还要比奥斯汀姐妹高上一级，因为本内特先生虽然不富有，却终究是个地主，而乔治·奥斯汀牧师只是个贫穷的乡村教士。

考虑到出身和成长的环境，简有些缺乏肯特的女士们所看重的优雅也算不上怪事，而倘若这个情况也属实的话，哪怕目光犀利的范妮没留意到这一点，我们也几乎可以断定，她的母亲也一定会提到这一点的。简为人直率坦诚，而且我敢说，她时常会沉迷于某种直来直去的幽默，而那些毫无幽默感的女性是欣赏不到这一点的。如果她把自己在给卡珊德拉的信里说过的某些话——比如说自己看出轨的女人尤其有一套之类——拿到这些人面前说的话，我们不难想象她们会有多么尴尬。她出生于一七七五年，而此时距离《汤姆·琼斯》的问世只过了区区二十五年，因此也没有理由相信，英国的社会风气发生过什么巨大的改变。简的言谈举止也很有可能的确就像克纳奇布尔夫人五十年后回忆的那样，"远远达不到上流社会的标准"。当简应邀去坎特伯雷陪奈特太太居住期间，这位老太太可能诚如克纳奇布尔夫人所言，会对简提点一二，教她如何让自己的行为举止更加"高雅"。或许正是因为这个原因，她才在自己的小说中如此突出强调良好的教养，而今日的小说家在描绘她所描写的那个阶级时反而会将这一点视作理所当然。就我个人而言，克纳奇布尔夫人的书信没什么值得指摘的地方，她感觉"这些话就在笔端，不写不快，实在无法不对你吐露实情"，可是那又怎么样呢？哪怕简很有可能说一口汉普郡口音，行为举止缺少某种优雅的气质，自家制的衣裙品位也很糟糕，我也不会因此而感到有什么不快。何况我们也从卡罗琳·奥斯汀的回忆录中得知，家人们一致承认，虽然这两姐妹对服饰很感兴趣，着装品位却不怎么样，不过那具体是因为邋遢还是不合身就不得而知了。家族成员在写及简·奥斯汀的时候总是会不遗余力地拔高她的社会地位,往往远远高于实际情况,这样做实际上完全没有必要。奥斯汀一家都是善良、诚实而正派的人,他们处于中层与上层阶级之间的边缘地带,并且有可能比明确属于某一阶级的人更加清楚自己所处的地位。根据克纳奇布尔夫人的观察,这对姐妹与自己主要交往的人群相处时非常轻松自在,而这些人——按照夫人的说法——可并没有什么高贵的出身。而当她们与地位更高的人——比如宾利家妹妹们这样高雅的女士——打交道的时候,她们就会用挑剔的姿态来保护自己。我们对于乔治·奥斯汀牧师一无所知,而他的妻子似乎是一个善良而愚蠢的女人,她总是饱受各种小病小灾的困扰,女儿们对她虽然满怀善意,却也不能说没有一点点讥讽的成分。她活了将近九十岁。家里的男孩子们在走入社会闯荡之前,可能都迷恋于在乡下有条件进行的各种运动,假如能借到马,他们就会带着猎狗去打猎。

奥斯丁·雷伊是第一位为简撰写传记的作者。他的书中有这样一段文字,发挥一些想象力的话,我们就不难从中窥见,在汉普郡那漫长而宁静的岁月中,简过的究竟是怎样的一种生活。"人们普遍确信,这一家人不愿意把太多事交给仆人做,"他写道,"许多事情都是男女主人们亲手完成,或者在他们的监督下才能做得。说到女主人们,我想人们一般来说认为……她们会亲自参与比较高端精细的烹调工作,比如调配自酿的葡萄酒、提炼药草作为自家使用的药品等等……女士们也毫不嫌弃纺线的活计,家里用的亚麻布都是用她们纺的线织成的。用过早餐和茶点之后,有些女士喜欢亲自动手清洗那些精挑细选的瓷器。"我们可以从书信中推测,奥斯汀家有时根本没有仆人,有时则是请个什么都不懂的姑娘将就。卡珊德拉做饭,不是女士们"不愿意把太多事交给仆人做",而是根本就没有仆人来做这些事。奥斯汀家族既不贫穷也谈不上富有。奥斯汀太太和女儿们穿的大多数衣服都是自己做的，两个女孩还会给兄弟们做衬衫。他们在家酿蜂蜜酒，奥斯汀太太还会熏制火腿。快乐非常简单，而最让人兴奋的事情就要算某个富有邻居家里办的舞会。在遥远的过去，成千上万的英国家庭过的都是这种宁静、单调而又体面的生活，而这其中的一个家族居然毫无道理地培养出了一位天资绝伦的小说家，这难道不是一桩奇事吗？

3

简·奥斯汀非常人性化。她年轻时喜欢跳舞、调情和戏剧；她喜欢漂亮的小伙子；她对礼服、帽子和围巾也有着浓厚而自然的兴趣。她很擅长针线活，"不论是普通活计还是装饰性的针线都做得来"，这一点在她修改旧礼服或者把不穿的裙子改成帽子时肯定派上了不少用场。她的哥哥亨利在自己的回忆录中写道："简·奥斯汀在各种需要动手的活动中都非常灵巧。玩挑棒[1]游戏时，她抛得比谁都远，挑的时候又比谁都稳。她玩起杯球[2]来更是精彩，我们在乔顿玩的那套杯球比较简单，她甚至可以连续准准地抛接一百次，一直玩到手累了为止。因为视力比较弱，她无法长时间读书写字，有时便会靠这种简单的游戏来寻求慰藉。"

这可真是一幅迷人的画面。

没人能够把简·奥斯汀形容成那种卖弄学问的"女学究"，而她自己对这一类人也完全没有好感，但她很明显也绝非没有教养。实

---

1 两人或以上进行的游戏，把挑棒握在手中，一端垂直立在桌面，而后松手，挑棒散开后，将挑棒一根根地挑起来收回，但不能动或碰到其他挑棒，双方交替挑棒，直到完全挑完。
2 一种抛玩玩具，短木棍顶端是一只木制小杯，杯子下方用长绳连着一只小木球。玩时将木球抛起，用木棍顶端的杯子去接。

际上她就像当时处于她那个地位的许多女性一样，接受过良好的教育。研究奥斯汀小说的权威查普曼博士曾经把已知她读过的所有书籍列成了一张书单，这份书单给人留下了深刻的印象。当然，她读过很多小说，比如范妮·伯尼、艾吉沃斯小姐和拉德克里夫太太的作品（拉德克里夫太太就是写《尤尔多弗之谜》的那位）；她也读了不少从法语和德语翻译而来的作品，其中包括歌德的《少年维特之烦恼》；除此之外还有她能从巴斯和南汉普顿的巡回图书馆借到的各种小说。不过她也不仅仅对小说感兴趣；她熟读莎士比亚，在近代作家中爱读司各特与拜伦，但她最喜欢的诗人似乎还是柯珀。柯珀的诗作冷静、优美、充满感性，自然很能博得她的喜爱。她也读过约翰逊和鲍斯威尔的作品，在五花八门的文学之外，她更是读了许多历史相关的书籍。她很喜欢朗读，据说她的声音也非常好听。

简也会读布道书，并且尤其喜欢十七世纪一位名叫夏洛克的宗教学者的作品。这一点其实也不像看上去那么奇怪。我青少年时代曾经在一位乡下的教区牧师家里住过，当时书房里有好几个架子都放满了装帧精美的布道书。这些书既然出版了，就说明它们肯定卖得出去；而它们既然卖得出去，就说明肯定有人看。简·奥斯汀虽然并不狂热，但信仰虔诚，她在礼拜天肯定会去教堂，也参加教会活动；而且毫无疑问的是，不论是住在史蒂文顿还是葛德马夏姆，她们一家早晚肯定都要诵读祈祷文。不过诚如查普曼博士所言："那无疑并不是一个宗教狂热的年代。"就像我们每天洗澡、早晚刷牙，并且只有这样做了才会感觉自在一样，我认为奥斯汀小姐和与她同时代的人们也没什么区别，她一旦一本正经地做完了祷告，履行过了自己的宗教义务，就可以把有关宗教的问题抛到一边，就像把暂时不穿的衣服丢到一旁似的，这样就可以在接下来的一天或者一周中心安理得地专心处理世俗事务了。"此时福音传教士尚未兴起。"士绅阶级最小的儿子最适合从事神职,并且领一份家庭牧师的职位。他没有必要拥有什么具体的职务,但倘若分配给他的房屋足够宽敞,收入也足够的话,也就算是称心如意了。但是既然领了神职,他就理应履行这份职业所要求的责任。简·奥斯汀自然相信,一位牧师应当"生活在教区居民之间,通过无微不至的关心证明自己是他们的朋友和祝福者"。她哥哥亨利正是这样做的,他既机智又快活,是几个兄弟里最聪明的一个。他做过生意,并且有几年还干得风生水起,但最后还是不幸破产了。然后他就领了神职,成了一名堪称模范的教区牧师。

简·奥斯汀认同当时普遍的社会观点,并且从她的著作和书信中可以看出,她对当时流行的风气基本满意。她并不会怀疑社会差距存在的意义,并且认为人分贫富是完全正常的。年轻男子理应借助有权有势的朋友的影响力,在为国王效力中获得优势和提拔。女人的天职就算嫁人——当然是为了爱情,但是也要在适宜的条件之下才可以。这一切都是符合常理的,也没有迹象表明奥斯汀小姐对此有什么异议。在一封写给卡珊德拉的信中,她写道:"卡洛和他的妻子在朴次茅斯的生活可以说是清寒到家了,甚至连个仆人都没有。在这种条件下还敢结婚,她得有多大的勇气啊。"由于母亲结婚过于草率,她书中的范妮·普里斯一家生活得肮脏而粗俗,这可以说是为了告诫年轻小姐务必谨慎的深刻教训了。

4

简·奥斯汀的小说是纯粹的娱乐,如果你也刚好认为娱乐应该是小说的主要目标的话,那你着实应当把她的作品单独归为一类。当然也有很多比奥斯汀作品更为伟大的小说,比如《战争与和平》,或者《卡拉马佐夫兄弟》,但是倘若你想从这些小说中得到收获,就必须保持头脑清晰而警醒才行。而假如你疲惫不堪，精神沮丧也不要紧，这正是简·奥斯汀发挥魔力的时候。

在奥斯汀着手写作的年代，女性从事写作被视为一件十分不符合淑女标准的事情。"修士"刘易斯曾经说过："我对这些乱涂瞎抹的所谓女性作者真是既反感，又鄙夷，还有些怜悯。她们应该摆弄针线而不是笔墨，那才是她们唯一能够熟练运用的东西。"当时小说也被视为一种不入流的文学体裁，身为诗人的沃尔特·司各特爵士居然也会写小说，就连奥斯汀小姐本人对此也颇感不安。她"对自己正在做的事情非常小心，生怕被仆人、访客或者任何家族圈子之外的人看见。她会用很小的纸来写字，因为这样更容易收拾，拿一张吸墨纸就能盖住。前门和书房之间有一扇双开的弹簧门，只要一有人推开就会吱嘎作响，可她却不愿找人把这个恼人的小故障修好，因为她听到声音就能知道有人往书房来了"。她的长兄詹姆斯从来没告诉过自己正上学的儿子，他读得起劲的那本小说就是他家简姑妈写的。而另一个哥哥亨利则在回忆录中写道："假如简还在世的话，不论她的名声变得多大，也不会让她改变心意，转而在作品中署上真名的。"所以在她出版的第一本书《理智与情感》中，扉页上只写着"由一位女士所作"。

但《理智与情感》并非她完成的第一部小说，她的处女作是《第一印象》。简的父亲曾经给一位出版商写信，请求以作者自费或其他形式出版一部"三卷本的小说手稿，长度大约与伯尼小姐的《艾芙琳娜》相近"，但对方在回信中拒绝了这一请求。《第一印象》的写作在一七九六年冬天开始，在一七九七年八月完成，人们普遍认为，这实际上与十六年后以《傲慢与偏见》为题出版的小说是同一本书。此后她又在很短的间歇后相继完成了《理智与情感》和《诺桑觉寺》的初稿，不过这两本书也同样不太走运。虽然完成五年之后，一位理查德·克罗斯比先生用十英镑买下了后者的版权，这本书当时的名字还是《苏珊》。不过他从未将此书出版，并且最终将它以原价卖了回去：由于奥斯汀小姐的小说都是匿名出版的，所以他完全不知道，自己为了这么一点小钱就出手的书稿居然和那本既大获成功又广受好评的《傲慢与偏见》出自同一位作者之手。从完成《诺桑觉寺》的一七九八年到一八〇九年，简似乎没有进行多少创作，只写了《沃森一家》的一些片段。对于一位拥有如此创造力的作家来说，这段沉寂的时间似乎太长了一些，有人猜测是一段恋情占据了她的生活，让她无心顾及其他。我们知道的是，在德文郡的一处海滨寓所与母亲和姐姐同住期间，"她结识了一位绅士，他的性格、思想与举止都颇具魅力，让卡珊德拉认定此人既与妹妹十分相配，也极有可能赢得妹妹的爱情。分别时这位绅士表达出了希望很快能够在此与她们相见的意愿，而卡珊德拉对他的动机也毫不怀疑。但是他们此后再也没能重逢，不久之后，她们就听到了他突如其来的死讯。"这段交集十分短暂，而这部回忆录的作者补充道，自己无法断言"她的这份感情是不是能给她带来幸福的那种"。就我个人而言，我不认为这是属于那种情感。因为我不认为奥斯汀小姐能够深深陷入恋情之中。假如她有过这种经验的话，她一定会赋予自己笔下的女主角们更为热烈的感情。她们的恋情中毫无激情，一举一动都万分审慎，并且为常识和理智所制约。而真正的爱情和这些需要精打细算的品质毫无瓜葛。就以《劝导》打个比方吧，简声称安妮·艾略特和温特沃斯深爱着彼此，但我认为在这个问题上，她既欺骗了读者也欺骗了自己。就温特沃斯这边来说，那毫无疑问正是司汤达口中的"炙烈之爱"（amour passion），而安妮身上的则是所谓的"滋味不纯的爱"（amour goût）。他们虽然订了婚，安妮却还是会让自己被那个爱管闲事的势利小人拉塞尔夫人说动，相信自己嫁给这么一个既贫穷，又有可能在战争中丧命的海军军官实在是太轻率了。假如她真的深爱温特沃斯的话，那么她肯定是甘愿承受这些风险的。何况实际上风险也没那么大，因为她一旦结婚，就能得到母亲的财产中属于自己的那一份，这笔钱远超过三千英镑，放到如今的话就相当于一万两千英镑了，所以她是无论如何都不会变得身无分文的。她原本可以像哈格里夫斯小姐与本威克船长那样，一方面保持与温特沃斯的婚约，一方面等待他获得与自己完婚的许可。但安妮·艾略特还是放弃了婚约，因为拉塞尔太太撺掇她说，再等一等可能会遇到更好的，直到再也没有她觉得可以嫁的求婚者出现，她才意识到自己有多爱温特沃斯。而我们几乎可以确信，简·奥斯汀认为她的行为是既自然又合乎情理的。

针对简那段漫长的沉寂，最可信的解释是找不到出版商让她灰了心。她曾经向近亲朗读过自己的小说，他们被它深深迷住了，不过简既谦虚又理智，而她很有可能由此认定只有喜爱自己的人才会对这些小说感兴趣，而且这些人也一定机智地猜到了小说中人物的原型都是谁。回忆录的作者极力否认这些原型的存在，而查普曼博士似乎也认同他的这种观点，他们声称简·奥斯汀拥有的这种创造力实际上是不可能实现的。所有伟大的作家——不论是司汤达还是巴尔扎克，托尔斯泰还是屠格涅夫，狄更斯还是萨克雷——都会在塑造角色时参考原型。虽然简本人的确说过："我实在是为自己笔下的绅士们感到骄傲，简直不愿意承认他们只不过是某位 A 先生或者 B 上校而已。"这句话里的关键词是"只不过"，就像所有其他小说家一样，当她在一个与角色相关的人物身上发挥想象力的时候，如此而来的角色就纯然是属于她自己的造物了，但是即便如此，这也不代表着该角色不是从某个 A 先生或者 B 上校发展而来的。

不过尽管如此,在一八〇九年,也就是简跟母亲和姐姐一起搬到安静的乔顿的那一年,她开始动手修改自己的旧手稿,《理智与情感》也在一八一一年最终定稿并出版。那时女性写作就已经不再是什么骇人的反常行径了。在皇家文学学会上一场关于简·奥斯汀的讲座中,司布真教授引用了伊莱莎·费伊的《来自印度的书信》中的一篇前言。这位女士原本被人催促着在一七九二年就将这些书信出版,可当时的公众舆论却极力反对"女性著书",因此她也只好谢绝了这个提议。但她在一八一六年写道:"在那之后,公众舆论本身及其发展趋势都逐渐产生了巨大的变化;如今我们不仅像以前一样,拥有许多为女性争光的文学角色,更有许多踏实谦逊的女性不畏惧那些必定要伴随这趟航程而来的艰难险阻,驾驶着一叶小舟驶入文学之海,为读者们带来娱乐与教导。"

《傲慢与偏见》出版于一八一三年,简·奥斯汀靠卖版权获得了一百一十英镑的收入。在此前提及的三部小说之外,她还有另外三部作品:《曼斯菲尔德庄园》《爱玛》和《劝导》。她仅凭这几部小说就牢牢地奠定了自己的盛名。起初为了让一本书得以出版,她还需要等待很长的时间,然而作品一问世,她迷人的天赋就很快得到了认可。自此之后,哪怕是最为杰出的人士也对她赞誉有加。我在这里只想引用沃尔特·司各特爵士的发言,这番表态还是带着他那典型的慷慨热情:"这位年轻女士在描写日常生活中的种种事件、人物和情感这一方面拥有极高的天赋,甚至堪称我所见过最为高明的。我本人也可以像其他人一样,用大惊小怪的笔调来描写这些事情,但是那种来源于写实的描写与真情实感、让再平凡的角色都显得妙趣横生的精妙笔触,却是我无法掌握的。"

然而奇怪的是,沃尔特爵士居然忘记提起这位年轻女士最为宝贵的天赋了:她的观察固然十分敏锐,情感也能予人以启迪,但最终是她的幽默感为观察赋予了重点，为情感增添了鲜活的生机。她所涉猎的领域原本是非常狭窄的，所有作品讲的几乎都是同一个故事，笔下的人物也没有很强的多样性，他们基本上还是同一类人，只不过每部作品观察的角度有些不同而已。她洞悉情理与常识，而且没有人比她本人更了解自己的局限所在。她的生活经历一直只限于乡间社会的小圈子，而这方小小的天地让她心满意足。她只会写自己知道的事情。比如就像查普曼博士最初指出的那样，她从未尝试过描写单独发生在男性之间的对话，因为她自己从未亲耳听过。

不少人都留意到，虽然她的一生中贯穿了诸多撼动世界历史的重大事件，比如法国大革命、恐怖统治，以及拿破仑的崛起与败亡，可她却从未在自己的小说中提及这些事件。因此有人批评她对世事漠不关心，但我们必须记住一点：在她生活的时代，妇女过于关心政治是不成体统的，那是男人应该考虑的问题；大多数妇女甚至从未读过报纸。但我们也没有理由认定，因为她从未提及这些事件，她的生活就能完全不被它们所影响。简深爱自己的家人，而她有两个兄弟在海军服役，因此时常置身险境，从书信中不难看出她对他们十分牵挂。她只是不在作品中谈论这些内容，这难道不也是一种见识的体现吗？她非常谦逊，因此并不认为自己的小说在身后多年还会有人阅读；不过假如她写作时一度拥有过这种目标的话，回避那些从文学的角度上看兴趣点会不断流逝的事件也实属明智之举。比如过去几年之间涌现了大量关于第二次世界大战的小说，但如今它们却早已成了明日黄花，就像那些每天都向我们报告新鲜事的报纸一样，缺乏长久的生命力。

绝大多数小说家的水平都难免有所起伏，而我所知道的唯一例外就是奥斯汀小姐，她证明了这样一个规律：只有平庸之辈才能永远维持一个恒定而平庸的水平。她最差的表现也不过是维持在比最佳水平略逊一点的程度。即便是在缺点不少的《理智与情感》和《诺桑觉寺》里，令人欣喜之处依然比不足更多。除却这两部之外，她的每一部作品都不乏将其推崇备至的爱好者，有些甚至颇为狂热。麦考利认为《曼斯菲尔德庄园》是她最伟大的成就；也有其他知名读者偏爱《爱玛》；迪斯雷利把《傲慢与偏见》翻来覆去读了十几次；如今又有许多人认为《劝导》才是她最完美的作品。而我相信绝大多数读者都认同《傲慢与偏见》是她最具代表性的杰作，在这个问题上，我认为最好还是接受他们的判断。因为造就经典的并不是批评家的赞许，也不是教授的论述或者学校里的研究，而是一代又一代的读者在阅读中获得的喜悦与收获。

我自己也认为《傲慢与偏见》整体而言称得上是最令人满意的小说了。它第一句话便能将读者带入幽默的语境：“有钱的单身汉总要娶位太太，这是一条举世公认的真理。”[1]这句话奠定了全书的基调，而这种幽默感将在阅读过程中始终陪伴着你，直到你意犹未尽地翻过最后一页。在奥斯汀小姐所有小说中，《爱玛》是唯一一本让我感觉有些冗长无聊的。我实在是对法兰克·丘吉尔与简·菲尔费克斯之间的恋情没多大兴趣；此外虽然贝茨小姐的确非常有趣，不过她的戏份是不是有点太多了？书中的女主角更是个势利眼，和那些她认为社会地位比自己低的人打交道时，她那副高人一等的架子可真是惹人烦。但我们也不能因此而责怪奥斯汀小姐，因为我们必须牢牢记住一点：如今我们读的小说和她那个年代读者所读的小说是不一样的。风俗习惯发生变化的同时也改变了我们的观点，让我们既在某些方面变得比先人更加狭隘，又在另一些事情上比他们更加开明；一百年前十分普遍的态度放到如今却可能只会让我们生厌。

---

[1] 孙致礼译。

我们会用自己先入为主的观念和标准来评判所读的书，这样虽然并不公平，却也是无法避免的。在《曼斯菲尔德庄园》里，女主角范妮和男主角爱德蒙都正经得令人难以忍受，我的所有喜爱之情都跑到活泼欢快、肆无忌惮而又颇为迷人的亨利与玛丽·克劳福德身上去了。托马斯·伯特伦博士从海外回来时发现家人在看业余戏剧演出，这让他暴跳如雷，而我实在不理解这是为什么。因为简本人也很喜欢这种戏剧，因此让人很不明白她怎么会觉得爵士的愤怒是合情合理的。《劝导》具有一种十分罕见的魅力，虽然我会希望安妮能够不那么只讲究实际，能够稍微再公正一点、再冲动一点——实际上甚至可以说，我希望她能不那么像个典型的老小姐（当然，在莱姆里杰斯的防波堤上发生的那件事除外）；但我还是不得不将这部作品视为六部小说中最完美的一部。简·奥斯汀在描写不寻常的人物身上发生的事件时确实没什么特殊的才能，以下这个场景的构思在我看来就相当笨拙：路易莎·马斯格鲁夫小姐先是往防波堤的陡坡上跑了几步，然后在仰慕者温特沃斯船长的保护下跳了下来，不过他没能接住她，导致她落地时撞到了头，昏厥过去。可是我们在之前的叙述中知道，温特沃斯一向有伸手接她从矮墙上跳下来的习惯；那么这一次如果他也一样伸手等路易莎跳下来的话，哪怕当年的防波堤是现在的两倍高，她距离地面也不会多于六英尺[1]，因此她在跳下来时是不可能脑袋先着地的，无论如何都会直接撞到身强力壮的水手身上。她很有可能吓得花容失色，浑身发抖，但绝对不会伤到自己。但是不管怎么说，小说里她晕了过去，而之后的骚乱更是难以置信。见识过战争并且靠赏金发财的温特沃斯船长居然会被这一幕吓得动弹不得，所有相关人员紧随其后的行为都宛如白痴一般，

---

[1] 英制长度计量单位，1英尺约等于0.3048米。

这让我很难相信，能够以平静而坚强的态度面对亲友的疾病与死亡的奥斯汀小姐，居然不会觉得这个情节蠢得出奇。

风趣而博学的评论家加洛德教授曾表示简·奥斯汀缺乏写故事的能力，他解释说，此处的"故事"指的是一连串的事件，不论它们是浪漫还是离奇。不过这的确并非简·奥斯汀的天赋所在，也不是她试图达成的目标。她的思维过于理智，幽默感又过于活跃，所以浪漫不起来，而她对离奇之事也不感兴趣，只在意那些平凡的事情，但她通过敏锐的观察力、巧妙的讽刺和机智的幽默让这些平凡化为不凡。在我们大多数人的理解之中，所谓故事指的是一段连贯的叙事，拥有开头、中段和结尾。《傲慢与偏见》以那两位青年的出场做开头就可以说是刚刚好，他们对伊丽莎白·本内特和她姐姐简的爱恋构成了故事情节，以结婚为结尾也是非常恰当。那是传统意义上的大团圆结局，这种结局总是引起成熟世故之人的诟病，而且许多婚姻——或者说绝大多数婚姻——的确并不幸福，何况婚姻往往无果而终，它的作用只不过是开启一段人生经历而已。这导致很多作者转而用婚姻作为小说的开头，并且着重描写婚姻的后果。这样做是他们的权利，但是没那么复杂的读者将婚姻视作小说的理想结局也不是毫无理由。他们这样想是因为一种来自本能的感觉：通过婚配，一对男女才能实现自身的生物功能；读者在最终会在这一结合的每个步骤——爱的萌芽、阻碍、误解、告白——之中自然而然萌生的兴趣，此时终于因其结果而满足，那就是他们的子嗣，是继承这对爱侣的下一代。对自然界而言，每一对夫妻都只不过是链条上的一环，而这一环存在的唯一意义就是与下一环相连。这就是小说家们选择大团圆结局的正当理由。在《傲慢与偏见》中，当读者得知新郎收入颇为丰厚，并且即将带着自己的新娘住进一栋园林围绕、家具昂贵讲究的豪宅时，他们的满足之感想必也会增加几分。

《傲慢与偏见》是一部在结构上非常优秀的小说，一个接一个的情节之间连接得十分自然，也没有令人感觉不合常理的地方。只有一点比较奇怪，那就是虽然伊丽莎白与简二人教养良好、举止得体，但她们的母亲和另外三个妹妹却像克纳奇布尔夫人说的那样，"远远达不到上流社会的标准"；然而这姐妹二人的教养却是故事的关键所在。而我自己有些想不通的则是，奥斯汀小姐原本完全可以把伊丽莎白和简安排为本内特先生第一段婚姻所生的女儿，把小说中的本内特太太设置为他的第二任妻子，他们婚后再生下的那三个小女儿，这样就可以避开那块绊脚石了，可她却并没有这样做。在笔下的所有女主角里，她喜欢的就是伊丽莎白，"我必须承认，"她写道，"我觉得她称得上是白纸黑字里出现过的最可爱的小家伙了。"如果诚然像某些人认为的一样，她本人就是伊丽莎白这个人物的原型，她无疑把自己的欢乐、勇气和高昂的精神；智慧和机敏；优秀的理智与判断力都赋予了伊丽莎白。那么我们似乎也可以推测，在描写恬淡、和善而且美丽的简·本内特时她想的是自己的姐姐卡珊德拉。达西通常会被看成一个有些吓人的无赖。他的第一个无礼之举，就只是在跟一群伙伴去公共舞会的时候拒绝跟自己既不认识也不想认识的人跳舞。这其实没什么大不了的。此外他同宾利谈论伊丽莎白的时候，他那些背后贬低人家的话居然被她听到了，这也纯属不幸，而其他的无礼之举或许还能用那是被朋友缠着做不想做的事情作为开脱。达西向伊丽莎白求婚的时候的确带着令人无法原谅的傲慢，不过傲慢——对自己出身的地位的骄傲——本身就是他性格中最主要的特点，没有这一点的话，故事也就讲不下去了。而且他求婚的方式也给了简·奥斯汀一个写出小说中最富戏剧性的一幕的机会；此外不难想见的是，凭借她在日后的写作中积攒下来的经验，她或许能够在表现达西情感的时候——那是既自然又可以理解的情感——采取一种既能得罪到伊丽莎白，又不需要让他说出令读者震惊的荒唐话的方式。对凯瑟琳夫人和科林斯先生的描写或许是有些夸张了，但是在我看来，那也并没有超出喜剧所允许的范围太多。与日常生活相比，喜剧看待生活的方式更加活跃，但同时也更为冷酷，而加入一点点的夸张——也就是滑稽与闹剧——总不会有什么损伤。谨慎地掺杂一点闹剧的成分就像在草莓上撒糖一样，可能会让喜剧变得更加甘美可口。说到凯瑟琳夫人，我们必须牢记一点：在奥斯汀小姐的时代，社会等级会让人在面对地位较低的人时萌生巨大的优越感，他们不仅是要求后者对自己毕恭毕敬，也的确能得到切实的优待。我年轻时也见过几位高贵的夫人，虽然并没有表现得那么直白，不过她们认为自己无比重要的感觉与凯瑟琳夫人不相上下。至于科林斯先生呢，即便是到了今天，谁又敢说自己从没见过这种既傲慢自大又谄媚逢迎的人？虽然当今这种人可能学会了用温和的假面掩饰自己，但这只会让他们更加可憎。

简·奥斯汀称不上是杰出的文体家，但她的文风平实清晰而没有多余的情绪。我认为，从她的遣词造句中不难看出约翰逊博士的影响。与日常使用的英语词汇相比，她更倾向于使用来自拉丁语词源的词语，这让她的措辞显得更加正式，却不会令人不快；诚然，这样的词汇能为机智诙谐的妙语增色，更能让恶言也带上一丝一本正经的味道。她的对话描写也像真实发生的对话一样自然，但对我们来说还是多多少少有一些生硬做作。比如在简·本内特谈起恋人的妹妹时，她如是说道："她们肯定不赞成他和我亲近，我觉得这也难怪，因为他可以找一个各方面都比我强得多的人。"当然，她或许的确会说出这样的话，不过我总觉得不太可能。现代小说家是不会用那样的措辞表达上述内容的，把口头表达的话语原封不动地写下来会非常乏味，因此当然有必要对它进行编排。直到最近几年，追求逼真效果的小说家们才会努力让笔下的对话尽量接近口语。我推测这在过去可能是一项约定俗成的传统，作者们要让受过教育的人士表达观点时四平八稳、语法正确，然而这一点一般来说也并未完全在他们的掌控之中，但我想读者对此也是可以欣然接受的。

虽然奥斯汀小姐笔下的对话略微有些正经过头，我们还是必须承认，她总是能让书中人说出符合自己性格的话。我只能发现她的一处小小失误："安妮微笑着说：'我心目中有趣的伙伴，艾略特先生，应该是见多识广、能说会道的聪明人，这才是我所谓有趣的伙伴。''你这话可说得不对，'他柔声答道，'那可不是什么有趣的伙伴，而是最好的伙伴。'"

艾略特先生在性格上有其缺陷，不过既然他可以对安妮的话做出如此迷人的回答，那么他也一定拥有作者或许并不想让我们知道的优点。就我个人而言，我对他这句话非常着迷，甚至宁愿看到安妮嫁给他，而不是古板无趣的温特沃斯船长。虽然艾略特先生的确为了钱娶过一个"身份低微"的女人，又在婚后对她置之不理；他对史密斯太太的处理也是胸襟狭隘；但是无论如何，我们能听到的只是站在史密斯太太角度上讲述的故事，假如我们有机会听听他那一边的说法，或许也会觉得他的行为情有可原。

奥斯汀小姐还有一大优点，我险些把这一点略过了。她的小说拥有极强的可读性，甚至比某些更加伟大也更为知名的作家还要好读。诚如沃尔特·司各特所言，她所涉及的"只有日常生活中的事件、人物与情感"；她的书中没什么大事，然而你每读完一页都会迫不及待地翻开下一页，想要知道接下来发生的事情——实际上还是没什么大事，但你还是贪婪地一页又一页地不断读了下去。能够做到这一点的小说家，就称得上是拥有小说家这一行最宝贵的天赋了。

司汤达与《红与黑》

1

一八二六年,一位品行端正、热爱文学的英国青年远赴意大利,他在巴黎稍作停留,并向各界递上随身携带的介绍信。由此而结识的一位熟人将他引荐给安赛洛夫人,她是一位知名剧作家的妻子,每周二晚上都会在家接待各方来宾。小伙子在聚会上环顾左右,很快就留意到了一个神采飞扬地与其他几位客人交谈的矮胖男子。这人留着显眼的胡须,戴着假发,下身穿一条非常显胖的紫罗兰色裤子,上身是一件带燕尾的深绿色外套,内衬丁香色马甲与褶边衬衣,领巾在脖子上打成蓬松的结。这套装扮实在是古怪,英国人忍不住打听那是何许人也,同伴说出了一个名字,但他想不起来那是谁。

"他让大家都很不自在,"那位法国同伴继续说道,"他是个共和派,却在波拿巴手下当过差。照眼下这局势来看,听他说那些冒冒失失的大话恐怕还有些危险呢。他有一阵地位挺高,还跟着那个小科西嘉人去过俄罗斯,这会儿他讲着的没准就是那家伙的什么故事。他可是攒了一肚子这种东西,一逮着机会就拿出来讲个没完。如果你感兴趣的话,我找个机会给你介绍一下。"

机会很快就来了,矮胖子亲切地与这位陌生人打了招呼。东拉西扯了几句之后,小伙子问他是否去过英国。

"去过两回。"那人答道。

他说自己去过伦敦,当时和两个朋友一起住在塔斯维托克旅馆。然后他咯咯地笑了起来,说自己刚好可以讲讲在那里碰上的一场奇遇。他在伦敦无聊得要死,就对身边的男仆抱怨说,这里连个有意思的伴儿都找不着;而男仆却以为他想找女人,于是在四处打探之后,他给了主人一个位于威斯敏斯特路的地址,告诉他可以在第二天晚上和朋友一起去,准保能够快活一番。结果他们发现,威斯敏斯特路位于一处贫穷的郊区,贸然前往恐怕有遭遇抢劫或者谋杀之虞,其中一位朋友就不愿意去了。而另外两个人则带好了手枪和匕首,坐着马车去了男仆给的那个地址。他们在一所小茅舍前下车,三个脸色苍白的年轻妓女出来把他们迎进室内。他们坐下来喝茶,最终还在那里过了夜。脱衣就寝之前,他刻意把手枪搁在床头柜上,让陪他的姑娘吓了一大跳。英国小伙子尴尬地听着眼前那滑稽的矮胖子讲故事,他讲得既精细又露骨。终于回到同伴身边之后,这位年轻人忍不住大吐苦水,他们分明只是素昧平生的陌生人,结果还不得不听人家讲了那么一个故事,真是让他既震惊又难堪。

"他说的话你一个字都不要信,"同伴笑道,"大家都知道他是个阳痿。"

小伙子脸红了,为了改变话题,他转而提起了那矮胖子告诉他的另一件事:他曾经给英国的评论刊物写过文章。

"对,他是写过不少这种糊弄着赚钱的文章,还自费出了一两本书,反正也没人看。"

"你刚才说他叫什么来着?"

"贝尔,亨利·贝尔。不过他算不得什么人物,他没有那个才气。"

我必须在此声明,以上场景纯属虚构,但这样的一幕很可能确实发生过，而且它也能够相对准确地反映出同时代的人们对亨利·贝尔的看法，如今的我们更为熟悉的还是此人的另一个名字——司汤达。他当时四十三岁，正在创作自己的第一部小说。拜起伏不定的生活所赐，他拥有在其他小说家之间极为罕见的丰富经历。他与无数形形色色的人们一道投身于那个剧变的时代，并由此在力所能及的范围内汲取了对人性最为广泛的认识。而即便是对人类的观察最为敏锐细心的学者，也只能以他自己的性格为媒介去认识他们，学者们无法了解人们的真实样貌，他们所知的只是人们在他们心目中被其独特性格扭曲过的印象。

亨利·贝尔于一七八三年在格勒诺布尔出生，他的父亲是一位在当地算得上既有钱又有点地位的律师，母亲则是一位学识渊博的名医之女，但是在他七岁那年就过世了。在这短短的几页纸中，我只能简要地将司汤达的生平加以概括，因为我需要一整本书的篇幅才能充分讲述他的一生，并且还要为此深入探究当时的社会与政治历史。不过幸运的是，早就有人写好这样的书了，倘若对《红与黑》兴趣浓厚的读者有意了解其作者生平，而我书中这点内容又远远不够，那么我建议各位不妨读一读马修·约瑟夫森编写的那部生动而翔实的传记：《司汤达：对幸福的追寻》。

2

司汤达本人对自己的童年与少年时代做过相当多的记述，这些记录研读起来非常有意思，因为日后某些他终身秉持的偏见都诞生于这一时期。根据他自己的说法，他对母亲怀有如同恋人一般的感情，母亲去世之后，他就由父亲和母亲的妹妹照管。他的父亲是一个认真而阴沉的人，姨妈则既严苛又虔诚。他讨厌这两个人。虽然属于中产阶级，这一家却拥有亲近贵族的倾向，因此于一七八九年爆发的法国大革命让他们十分恐慌。司汤达声称自己的童年十分悲惨，然而从他自己的记述来看，似乎也并没有太多可以抱怨的地方。他聪明、喜欢争论，并且非常顽劣。当大革命的影响波及格勒诺布尔的时候，贝尔先生被列入了可疑人员名单；他认为这是与他作对的律师同行阿玛尔干的好事，因为此人想要抢走他的业务。而这聪明的小男孩对父亲说道："阿玛尔是把你列进不热爱共和国的可疑人物名单里了，可是你的确不爱它呀。"这话虽然不假，但是对于一位有可能要掉脑袋的中年绅士来说，听到它从亲生儿子嘴里讲出来，可就着实显得不怎么中听了。司汤达抱怨父亲吝啬得可怕，然而只要他有需要，似乎就总是能从父亲那里骗出点钱来。他被禁止阅读某些书籍，可是就像书籍问世以来全世界成千上万的孩子一样，他暗地里偷偷读得起劲。他最大的不满就是不能自由自在地与其他孩子一起玩，不过他的生活也并非像他自己描述的那样孤单：他有两个姐妹，在他那位耶稣会士教师那里上课的时候，课堂上也有不少其他小男孩。实际上，他的成长环境跟当时其他富裕中产阶级家庭的孩子并没有什么区别。而他也像所有孩子一样，把普通的管教看成严苛的暴政，每当他被逼着去做功课，或者人家不让他做自己想做的事情的时候，他就会觉得自己受到了残酷的虐待。

虽然他在这一点上和其他孩子相似，但是绝大多数孩子长大之后都会忘记这些"磨难"。可是司汤达完全不一样，五十三岁的时候，他的心中依然怀着这些旧恨。由于讨厌自己那个耶稣会士教师，他激进地反对教权，并且直到生命的尽头都不肯相信有人能发自内心地信仰宗教；因为父亲和姨妈都是保皇党，他就热烈地拥护共和派。不过在他十一岁的一天晚上，他偷偷溜出去参加一场革命派的聚会，所见的场景却让他大吃一惊。他发现这些人不仅身上又脏又臭、举止粗鲁，言语更是不堪入耳。"简而言之，当时的我同今天的我一样,"他写道,"我热爱人民,我痛恨压迫他们的人,但是倘若让我和这些人生活在一起,那对我来说就如同永无止境的苦刑了……我曾经拥有非常贵族化的情趣,而现在依然如此。我愿意为了人民的幸福做一切事情。但是我也相信,我宁愿每个月蹲两个礼拜的监狱,也不想和小商贩一起生活。"

他是个非常聪明的孩子,尤其擅长数学。十六岁那年,他说服父亲送自己到巴黎去上高等理工学院,好为日后的军旅生涯做准备。然而这不过是一个离开家乡的借口而已,入学考试当天他根本没有出现。父亲把他介绍给自己的一位熟人达鲁先生,此人的两个儿子当时都在国防部工作,长子皮埃尔更是身居要职。一段时间以后,在父亲达鲁先生的要求下,皮埃尔安排这个无所事事、急需找份工作的年轻人做了自己的秘书之一。彼时拿破仑已经开始了在意大利的第二次战役,达鲁兄弟随军出征,司汤达稍后也前往米兰与他们会合。做了几个月的文书之后,皮埃尔·达鲁给他在龙骑兵团里谋了个差事,可司汤达在米兰过得十分快活,根本就不打算加入。趁着庇护人不在的机会,他还撺掇一位姓米肖德的将军把自己征为副官。回到米兰之后,皮埃尔·达鲁立刻命令司汤达加入自己的兵团,然而他靠着层出不穷的托词和借口一直拖了六个月。最后他还是加入了兵团,却又感觉无聊透顶,于是就装病请假回了格勒诺布尔,在那里申请了退伍。他从没参加过战斗,但是这也不影响他日后吹嘘自己作战神勇;而当他在一八〇四年找工作的时候,他倒是自行写了一份鉴定书(米肖德将军为他签了字),用以认证自己在那些事实证明他根本不可能参加过的战役中的英勇表现。

在家待了三个月之后,司汤达前往巴黎,在那里靠着父亲给的一小笔津贴过活,钱虽然不多,但好歹够用。当时的他主要怀着两大目标。其一是成为那个时代最伟大的戏剧诗人,为了实现这个目标，他用心研读了一本戏剧写作指南，并且孜孜不倦地去看戏。然而他似乎没有什么创造力，因为我们发现，他一次又一次厚着脸皮在日记里提到，可以把刚刚看过的某场戏如何如何改成自己的作品。此外他也当然算不上诗人。他的另一个目标则是做一位情圣，但是上天在这一点上并没怎么眷顾他。他个子有点矮，是个肚子大、腿短、又丑又胖的年轻人；大脑袋上长着浓密的黑色卷发，薄嘴唇，尖尖的粗鼻子，小手小脚，皮肤像女人一样细腻，唯独一双褐色的眼睛充满了渴望。他曾经不无骄傲地宣称，使剑会让他手上磨出水泡。通过表亲马歇尔·达鲁（他是皮埃尔·达鲁的弟弟）的关系，他得以频繁出入那些丈夫在大革命中发了笔横财的女士们开办的沙龙；然而不幸的是，他一同人讲话就变得笨嘴拙舌起来。他能想出不少机智的妙语，但就是没法鼓起勇气把它讲出来。他甚至不知道该把手往哪里搁，于是就买了一根手杖，这样他还能通过摆弄手杖来给自己的双手找点事情干。他对自己的外省口音十分介意，或许正是为了矫正口音，他才会去上戏剧学校。他在那里结识了一位演小角色的女演员，名叫梅兰妮·古伊伯特，她比他大两三岁，在短暂的犹豫之后，他决定与这位女演员坠入爱河。而他之所以犹豫，一方面是因为他不确定她是否像自己一样拥有高贵的灵魂，另一方面则是因为他怀疑人家可能有性病。确定这两方面都没什么问题之后，他跟着女演员去了马赛，她在那里有一份演出合约，而他也就在马赛的一家批发商手下工作了几个月。但是他最终还是得出了结论：不论是在精神上还是智力上，她都不是自己想象中的那种女人。因此当她合约到期，不得不因为缺钱而返回巴黎的时候，他大大地松了一口气。

司汤达的性意识非常强，但他在性爱上又不算很活跃。诚然，直到他后来的一位情妇手中的一批颇为露骨的信件被发现之前，人们普遍推测他是个性无能。他的第一部小说《阿尔芒》的主人公就是这样。这部小说谈不上好，但是安德烈·纪德却对它十分尊崇。我想其中的原因倒也不难猜：因为它印证了纪德本人的一种信念，而这种信念又源于他和妻子之间特殊的关系，那就是即便没有性欲也能深陷爱河。然而爱恋某人和陷入恋爱之间存在着巨大的差别，不带欲望地爱恋某人是可能的，没有欲望却不可能陷入恋爱。司汤达很明显并不是阳痿，他在《论爱情》中名为"关于惨败"的一章里详细解释了自己的状况。坦白地说，正是因为他担心自己无法胜任，结果反而导致他有时真的不行，这也是那让他蒙羞的谣言的根源。他的激情同样不失理性，而拥有一个女人只是为了满足他的虚荣心，让他确信自己的确拥有男子汉气概。虽然他嘴上说得天花乱坠，但是没有任何迹象表明他懂得体贴温存。他曾坦承自己绝大多数感情生涯都相当不行，而其中的原因也算是显而易见，他懦弱而胆怯。在意大利服役期间，他曾经向一位同袍请教如何赢得女人的欢心，然后把自己听到的建议郑重其事地写了下来。他按照规则追求女人，就像他之前试图按照规则编写剧本一样；发现人家觉得他荒唐可笑会让他恼怒不已，而每当对方看破他的虚情假意时他又会大为惊讶。他虽然聪明，却从未想过女人更理解的是发自内心的感性言语，理性的言辞有时只会让她们心灰意冷。有些目标只有通过感情才能成就，他却以为自己可以通过诡计和谋略达到同样的目的。

梅兰妮离开他几个月以后，司汤达重返巴黎。这是一八〇六年的事了，此时已经成了新任达鲁伯爵的皮埃尔权势更胜于往日，司汤达在意大利的所作所为给他留下了糟糕的印象，由于妻子极力劝说，他才给了自己这位表亲第二次机会。耶拿之战过后，他的弟弟马歇尔被调派到不伦瑞克，而司汤达则以助理特派员的身份与他同行。这一次他恪尽职守，表现相当不错，在马歇尔·达鲁被调离至别处之后，他就接替了老上级的位置。司汤达放弃了当剧作家的念头，决定在仕途上做出一番事业。在他眼中，自己俨然是帝国的贵族、荣誉军团的骑士，更是薪酬可观的部门主管。他虽然身为狂热的共和派，又把拿破仑视作剥夺法国自由的暴君，但他还是写信请求父亲为自己买一个贵族头衔。他在自己名字里加了一个表示贵族身份的小品词，自称为"亨利·德·贝尔"。虽然此举着实愚蠢，不过他的确是一位既尽职尽责又颇有智谋的行政官；在处理一场由法国军官在口角中拔刀砍死德国公民引发的叛乱的过程中，他的表现也是英勇不凡。一八一〇年，获得升迁的他再度回到巴黎。如今他有了一笔相当可观的薪水，还在荣军院里有了一间带办公室的豪华套房。他置办了一辆两匹马拉的双轮马车，雇了马车夫和男仆，还养了个女歌手和他一起住。可是这些还不够，他认为自己还应该拥有一位不仅可以谈情说爱，其身份地位还足以为他提升名望的情人，而他认定皮埃尔·达鲁的妻子亚历山德琳正符合这个要求。她是一位美貌的妇人，比自己位高权重的丈夫年轻不少，但已经为他生育了四个子女。司汤达似乎把达鲁伯爵长久以来对待自己的宽容与善意抛到了脑后，更是完全没有考虑到，自己得以升迁全拜伯爵所赐，他的职业生涯也仰赖于人家施加的恩惠，因此勾引达鲁伯爵的妻子实在是既不得体更不明智。然而他是向来不知感恩为何物的。

他就这样开始了一连串的追求行动，但他就是摆脱不了缺乏自信的老毛病，这也给他添了不少麻烦。他的身上轮番展示着欢快与伤感、轻浮与冷淡、激情与漠然，但是一切都无济于事，他始终说不准那位伯爵夫人对自己到底有没有好感。他怀疑对方会因为他的羞怯而在背地里笑话自己，这种猜忌让他备感羞辱。最后他找到了一位老朋友，对他坦白了自己的困境，并请对方给自己接下来该怎么做出主意。两人就这个话题展开了讨论，朋友耐心地问了几个问题，并把司汤达的答复记了下来。以下是由马修·约瑟夫森整理的、针对"引诱德·B夫人（这是他们对达鲁伯爵夫人的称呼）有什么好处呢？"这个问题的答案："此举能让他顺应自己的本性、为他赢得巨大的社会利益、让他得以进一步深入自己对人类激情的研究，而且还能满足他的自尊与虚荣。"司汤达本人为这份材料做了个脚注："最好的建议就是进攻、进攻、再进攻！"这条建议当然不错，但是对于无法克服自己的胆怯的人来说，执行起来可就没那么容易了。然而几周之后，司汤达应邀到达鲁的乡间别墅贝歇维尔庄园小住，熬过了一个不眠之夜的他决定在第二天早晨采取行动。他穿上自己最好的条纹裤子，达鲁夫人曾经称赞过这裤子与他十分相称。他们在花园中一道散步，夫人的一位朋友、她的母亲和孩子们跟在身后大概二十码远的地方。他们不断走着，司汤达浑身颤抖，但已经下定了决心。他在路上选定了一个点，并将之称为 B 点，这一点与他们刚刚走过的 A 点有一小段距离。他在心中暗自发誓，如果走到 B 点时还开不了口的话就干脆自杀。于是他开口了，他握住伯爵夫人的手想要亲吻，并且告诉她，自己已经爱慕了她十八个月，他竭尽全力去掩饰这份感情，甚至试着不去见她，但最终还是难以忍受相思之苦。伯爵夫人不失和蔼地回答说，自己只能把他当成朋友，而且也无意对丈夫不忠。她随即把其他人也喊到自己身边，司汤达就这样在他所谓的贝歇维尔战役中惨败。不难猜测，此事伤害的是他的虚荣心，而非感情。

两个月过去了，依然为这件事伤心不已的司汤达申请休假，他去了米兰，他在第一次前往意大利时就被这座城市迷住了。十年前，他在那里爱上了一个叫吉娜·皮特拉古拉的姑娘，她是司汤达一位战友的情人，而当时的司汤达只不过是个一文不名的少尉，人家根本不把他放在眼里。然而故地重游的司汤达一回到米兰就找到了她。吉娜的父亲开着一家小店，她本人很早就同一位政府职员结了婚，如今已经三十四岁，还有了一个十六岁的儿子。重逢后第一次见面时，司汤达就发现她是一位高挑而美艳的女人，她的双眼、神情和眉宇之间依然保留着那种光彩照人的气质。"我发现她很聪明，"司汤达补充道，"虽然不如当年那样肉感，但多了些庄严的神采。"就她依靠着丈夫那点不多的薪水能供得起一间米兰的公寓、一处乡间别墅、仆人、马车和斯卡拉剧院的包厢这一点来说，她的确是够聪明的了。

司汤达很清楚自己的相貌非常平庸，为了弥补这个缺点，他便格外讲究起优雅时髦的穿着来。他原本就一直胖乎乎的，如今生活好了就更是发福；只是现在他兜里有钱，身上也穿得更体面，既然有了这么多有利条件，他一定认为自己比当年那个一穷二白的龙骑兵更能讨这位美人的欢心，于是决定利用留在米兰的这段时间在她那里找找乐子。然而对方却没有他想象的那么好对付，实际上她把他耍得团团转，直到他准备动身前往罗马的前一天，她才同意让他在当日清晨到自己的公寓来。人们通常以为在这种时候求爱多半会自找倒霉。但他在当天的日记中写道："九月二十一日十一点半，我终于赢得了渴望已久的胜利。"他还把这个日期写在背带上，他穿的还是对达鲁伯爵夫人告白那天所穿的条纹裤子。

假期结束之后，他返回巴黎，并颇为沮丧地发现达鲁伯爵对自己的态度异常冷淡，因为他已经发现了这位年轻的表亲对自己妻子的关注，并且为此相当不悦；拿破仑那次灾难性的对俄远征开始之际，司汤达费尽周折才说服他把自己从安逸的荣军院调动到军需部的现役岗位。他跟随大部队去了莫斯科，又在撤退中证明了自己的冷静、气魄与胆识。在战况最为糟糕的那天清晨，他在达鲁的营房外待命，不仅一丝不苟地刮过脸，身上唯一一套制服也打理得干净整洁。抢渡别列津纳河的时候，他凭借临危不乱的头脑救了达鲁的命，还同时救下了一名受伤的军官，把他带上了自己的马车。最终抵达科尼斯堡的时候，他饿得半死，遗失了所有手稿，除了身穿的衣服之外所有家当都丢了个干净。"我凭借意志的力量拯救了自己，"他写道，"因为我目睹了身边许多人在抛弃希望之后走向死亡。"

一个月之后，他回到了巴黎。

3

一八一四年，皇帝退位，司汤达的军事生涯也随之终结。他号称自己拒绝了几份要职，宁愿流亡海外，也不愿意为波旁皇室效力；然而真相却并非如此，他宣誓效忠新君，并努力试图恢复公职，不过一切都以失败告终。于是他又去了米兰，这时的他还有足够的钱，可以租一间舒适的公寓，什么时候想去看歌剧也都看得起；但他却没有了昔日的军衔、声誉和财富。吉娜相当冷酷，她告诉他自己的丈夫因为他的返回而妒火中烧，其他爱慕她的人也纷纷起了疑心。虽然不能向自己隐瞒她已不再有利用价值这一点，但吉娜的冷漠还是点燃了他的激情，最后他想到，至少还有一种方法可以重新赢得她的爱情：他攒了三千法郎送给她。他们一起去了威尼斯，同行的还有吉娜的母亲、儿子和一位人到中年的银行家。为了维持颜面，吉娜坚持让司汤达住进另一家旅馆，而让他颇为厌烦的是，每当他和吉娜一同用餐时，那位银行家总是在一旁作陪。以下是他写在日记里的原话："她假装跟我一起来威尼斯是做了多么大的牺牲一样。我为了这次旅行给了她三千法郎，实在是太蠢了。"十天之后他又写道："我得到了她……但是她又谈起了费用问题。

昨天早晨简直毫无幻想。利害关系把我所有的神经液都抽进了脑子,抹杀了我的全部肉欲。"

虽然有着种种龃龉,司汤达还是在端庄的吉娜怀中度过了一八一五年六月十八日,也就是拿破仑在滑铁卢战败的那一天。

一行人在当年秋天返回米兰。出于对自己名声的考虑,吉娜要求司汤达在偏僻的郊区租好房间,等到她同意与他幽会了,他才在深夜中乔装前往,路上要换好几次车甩掉跟踪的探子,到达公寓后再由一位女仆放进门去。但不知是因为和女主人发生了口角,还是因为贝尔用金钱拉拢,这位女仆突然向他透露了一个惊人的消息:夫人的丈夫其实一点都不嫉妒;她把事情搞得这么神秘,主要是为了避免贝尔先生撞上情敌——或者说"情敌们",因为这个人数还不少。女仆还表示可以证明给他看。第二天,她让他藏到吉娜卧房外的壁橱里,透过墙上的一个小洞,他在那里亲眼见证了对自己的背叛在区区三英尺之外上演。"可能你会这么想,"贝尔在多年后对梅里美讲起此事时说道,"你觉得我会从壁橱里冲出来,拔刀把这两个人都捅死吗?根本不是这样……我悄悄离开了幽暗的壁橱,就像我刚才躲进去的时候一样,只觉得这次奇遇实在是荒唐,忍不住暗自发笑。我既对这位女士充满了蔑视,又为自己重获自由而感到高兴。"

但他还是十分烦闷,声称自己有十八个月无法写作、思考或者谈话。吉娜试图重新赢得他的心。有一天,她在著名的布雷拉画廊拦住了他,并跪下来乞求他的原谅。"出于可笑的自尊心,"他对梅里美说,"我轻蔑地赶走了她。时至今日我似乎还能看到她追着我不放的样子,看到她紧紧抓着我外套的下摆,就那么跪着任由自己被拖着一路穿过画廊。我没有原谅她可真是太蠢了,因为她肯定从未像那天一样那么爱我。"

然而在一八一八年，司汤达遇到了美丽的丹布罗夫斯基伯爵夫人，并且立刻坠入了爱河。当时的他三十六岁，而她比他小十岁。这是他第一次倾心于一位身世显赫的女性。伯爵夫人是意大利人，她十几岁的时候嫁给了一位波兰将军，又在几年之后离开了他，带着两个孩子去了瑞士。诗人乌戈·福斯科洛当时正流亡此地，而舆论误以为伯爵夫人离开丈夫是为了与这位诗人私奔。返回米兰之后，她的境遇有些艰难，不过这倒不是因为她有情人——就当时的风气而言，这种事没有什么好指责的——而是因为她离开了自己的丈夫，还独自在国外生活。

热烈地爱慕了她五个月之后，司汤达终于鼓起勇气开口表白。她立刻给他下了逐客令。他谦卑地写信道歉，她最终也心软了，允许他每两周来看她一次，却明确地表达出了自己对他这种殷勤的厌恶，而他却依旧坚持不懈。这正是司汤达身上十分奇怪的一点，他虽然时刻留心不被别人当个傻瓜一样欺骗耍弄，到头来总是让他大出洋相的反而是他自己。一次伯爵夫人去伏尔托拉看望自己在那里上学的两个孩子，而司汤达尾随而去；但他也知道此举必然会让对方生气，就戴上了绿色的眼镜作为伪装。到了傍晚，他摘下眼镜出门散步，却与伯爵夫人不期而遇，她假装没有看到他，但第二天就给他寄了一张便条，在上面"怒斥他跟踪自己去了伏尔托拉，并且在她每天都去散步的公园里游荡，严重威胁了她的安全"。他回信乞求对方的原谅，并在一两天之后登门求见，她冷冰冰地把他打发走了。司汤达去了佛罗伦萨，他源源不断地给她寄去哀伤的信件，而她连信封都不拆，直接把原信寄回，并且附上了这样的留言："先生，我不想再收到你的来信了，也不会再给您回信，我并无不敬之意……"

郁郁寡欢的司汤达回到米兰，得到的却是父亲已经过世的消息。他立刻返回格勒诺布尔，却发现父亲的律师生意一塌糊涂，他不仅没得到期待中的遗产，反而继承了父亲留下的一屁股债务。他匆忙赶回米兰，并且以某种我们也不得而知的方式劝动了伯爵夫人，让她允许自己定期上门拜访；然而这只不过是他虚荣心作祟的产物，因为他无论如何都不肯相信对方真的对自己毫不在意。他后来写道："经过了三年的亲密关系，我离开了一个我深爱过的女人，她也爱着我，但从未委身于我。"

一八二一年，由于跟某些意大利爱国分子有所牵连，奥地利警方要求他离开米兰。他在巴黎安顿下来，在接下来的九年中，他绝大部分时间都是在那里度过的。他频繁出入那些欣赏机智口才的沙龙，此时的他再也没有了以往的笨嘴拙舌，而是变成了一位言辞犀利而幽默的能言善辩之人，甚至能够同时与八到十个自己感兴趣的人交谈；但是就像许多健谈的人一样，他也倾向于在对话中把控垄断地位。他喜欢制定规则，面对不赞同他的谈话对象时也从不掩饰自己的轻蔑，因为他渴望语出惊人，于是便颇为恣意地沉浸于粗俗和亵渎的表述之中，而他的批评者们认为，不论目的是娱乐还是煽动，他的幽默感都是强装出来的。司汤达无法忍受无聊的人，甚至很难相信他们居然和流氓恶棍不是一回事。

在此期间，他经历了唯一一段付出的感情似乎终于有了回报的恋情。闺名克莱门汀·布若的德·库里亚伯爵大人正与嫉妒成性、性情暴躁还对她不忠的丈夫分居。她是一位三十六岁的美貌女性，而司汤达则是个年过四十的矮胖男人，长着肥厚的红鼻头、大腹便便、屁股肥大、戴着红褐色的假发，还把一部大胡子也染成了与之相同的颜色。他在微薄财力允许的范围内尽可能地打扮体面。克莱门汀·德·库里亚倾心于司汤达的机智与幽默，在一段得体的间隔过后，他展开了"进攻"，而她也以符合自己年龄的方式回应了他的求爱。在他们交往的两年之中，她总共给他写了二百一十五封信，每一封都像司汤达期望的那样浪漫。因为担心惹怒她的丈夫，司汤达只能背地里偷偷来看她。我在这里就直接引用马修·约瑟夫森的记录了："他会乔装打扮一番之后再乘马车从巴黎出发，趁着夜色前往她的城堡，午夜过后才能到达。而德·库里亚夫人就像司汤达小说中的女主角一样大胆。有一次，一位不速之客的到访——那很可能就是她的丈夫——打断了他们的幽会，她便立即让他躲进地下室去，又撤掉他爬下去用的梯子，关好了通往地下的活板门。在这幽暗却浪漫的洞窟里，司汤达困居——或者毋宁说是被活埋——了整整三天，而满心痴情的克莱门汀会为他准备好食物，一次次放下梯子爬下去看他，甚至在他内急的时候亲手为他取来便桶，事后再拿去倒掉。""在深夜间来到地下室时，她是何其崇高啊。"司汤达后来也如此写道。然而不久之后，这对情人之间就爆发了争吵，他们的冲突也如同之前的激情一样炙烈。最终这位女士抛弃了司汤达，另觅了一位可能没那么苛刻或是更令人兴奋的新欢。

而后爆发了一八三〇年大革命，查理十世流亡海外，路易·菲利普登上王位。此时司汤达已经花完了自己从父亲留下的烂摊子里抢救出的所有遗产，而他虽然已经重拾昔日那成为著名作家的雄心壮志，他在文学创作上的努力却无法为他带来金钱与名声。《论爱情》出版于一八二二年，在之后的十一年中只卖掉了十七册，而一八二七年出版的《阿尔芒》则在评论界与读者之间都没有取得成功。正如我在上文中提过的，他曾经徒劳地试图谋取一个公职，而此时由于政权更迭，他终于得到了一份被派往里雅斯特理事馆的差使；但是奥地利当局拒绝接收，因为他具有同情自由派分子的倾向，于是他又被调往隶属于教皇国的奇维塔韦基亚。

他对这份公职不怎么上心；他本来就是个不知疲倦的观光爱好者，此时更是一有机会就外出游览。他在罗马结识了一些非常欣赏他的朋友。但是即便有这些消遣，他还是感觉极度孤单且无聊。于是在五十一岁那年，他向一位年轻姑娘求婚，对方是给他干活的洗衣女工和一位领事馆小职员的女儿。然而令他丢脸的是，这次求婚被拒绝了，理由还并不是人们猜测中的年龄太大、性格不好之类，而是因为他的自由主义观点。一八三六年，他说服上司给自己安排了一份得以前往巴黎的公差，并且在那里生活了三年，在此期间他的原职暂时由他人顶替。这时的他前所未有地肥胖，并且极易中风，但这也无法阻止他在穿着上追逐时尚，任何对他外套的剪裁或是裤子款式的批评都会被他视作极大的冒犯。他依旧四处求欢，但是几乎没有成果。于是他便认为自己依旧爱着克莱门汀·德·库里亚，试图同她重修旧好。此时距离两人分手已经过去了十年，她十分理智地回复说，早已熄灭的余烬无法再度点燃。她告诉司汤达，自己将他视为第一位朋友，也是最好的挚友，而他应当满足于这种现状。梅里美后来表示，这个巨大的打击让他的心都碎了："他念起她的名字的时候声音都变了，那是我唯一一次看到他哭泣。"不过他似乎在一两个月之后就完全缓了过来，转而去向一位高蒂耶夫人大献殷勤了。最后他不得不返回奇维塔韦基亚，两年后又在那里得了中风。他的身体刚刚恢复，就立刻请假去日内瓦向一位名医咨询，并由此搬回了巴黎，恢复了以往的生活方式。他参加聚会，高谈阔论，似乎有着用不完的精力。一八四二年三月的一天，他参加了外交部举办的一次餐会，当天晚上就在沿着大街散步时第二次中风。人们把他抬回住处，他在第二天便撒手人寰了。司汤达终其一生都在追求幸福，却从未领悟真正的幸福只有在不刻意追求的前提下才能得到，并且只有在失去之后才能意识到其存在。我一向怀疑人们在说"我很幸福"的时候，这句话背后的含义只不过是"我曾经幸福过"而已。因为健康、满足、安宁、愉悦和享受固然都会让人感到幸福，但它们却不是幸福本身。

4

司汤达是个古怪的人。他身上呈现出的矛盾性远比常人更多，这么多彼此相斥的特性居然可以在同一个人身上共存，这着实令人惊奇。这些矛盾也并没有组成一个和谐的整体。他的美德十分突出，缺陷也相当严重。他敏感、情绪化、缺乏自信，却也才华横溢，他工作时勤奋肯干，面对危险时冷静勇敢，既是一位真诚的朋友，也拥有卓越的独创性。他的偏见荒唐可笑，他的目标毫无价值，他性情多疑（并因此极易受骗）、心胸狭隘、冷漠无情、对什么事情都不上心，他虚荣自负到近乎愚蠢，耽于酒色却毫无情趣，放荡不羁却全无激情。然而我们之所以知道这些缺点却完全是因为他自己的讲述。司汤达不是职业作家，甚至连文人都算不上，但是他一直笔耕不辍，所写的也几乎完全是关于他自己的事。多年以来，他一直保持着写日记的习惯，这些日记绝大多数保留到了今天，从中不难看出，他写下这些日记时从未考虑过将其出版；但是在五十出头的时候，他写了一本长达五百页的自传，其中记载的经历却只到十七岁为止，虽然至死未曾重新修订，这部自传却是他有意出版的。在这部自传中，他有时会拔高自己，或者号称自己做过某些实际上并没有做过的事情，不过大体来说它还算真实。他并没有对自己的弱点视而不见，我想但凡是读过这些日记和自传的读者——这样的读者应该不会很多，因为这几本书确实不好读，不少内容翻来覆去地重复出现，有些部分更是十分枯燥——或许都不禁扪心自问：倘若我们自己也甘愿如此不智地直白袒露自己的一切，那我们的表现是否能比他更好？

司汤达去世时，巴黎只有两份报纸报道了此事，而只有三个人——其中一个还是梅里美——参加了他的葬礼。他似乎即将被人们彻底遗忘，事实上，如果不是两位忠诚的朋友劝说一家重要的出版商将他的主要作品出版发行的话，他很有可能的确已经为人所淡忘了。尽管极具影响力的评论家圣伯夫专门针对这些作品写过两篇文章，但公众对这些作品依旧毫无兴趣。这也算不上令人意外，因为圣伯夫的第一篇文章主要着眼于司汤达的早期作品，与他同时代的人从未对这些作品加以重视，后人自然也对它们视而不见。他在第二篇文章中有所保留地称赞了司汤达的两部游记《罗马之旅》和《旅人札记》，却对他的小说不屑一顾。圣伯夫认为小说中的角色不过是些木偶，虽然做工精巧，其一举一动却时刻暴露出操控他们的机理，而那些被他着重批评的情节也确实可信度不高。司汤达在世期间，巴尔扎克写过一篇极力赞美《帕尔马修道院》的文章，而圣伯夫写道："我显然无法分享巴尔扎克先生对《帕尔马修道院》的热情。事实是显而易见的，作为一位小说家，他希望人们把他自己写成什么样，他就把贝尔写成了什么样。"稍后他又颇为恶毒地指出，司汤达死后，人们在他的遗稿中发现了一份文件，证明司汤达曾经或借或送地给过巴尔扎克三千法郎（而对于巴尔扎克来说，借的就等于是送的），好用这笔钱买来溢美之词。圣伯夫对此引述道："这荣誉与利益的纠缠真是令人烦扰。"而他或许不必如此苛责：那两篇关于司汤达的评论原本就是出版商出钱约稿的成果。他还为司汤达的表亲皮埃尔·达鲁写过两篇文章，而此人作为作家唯一的成就是翻译过贺拉斯的诗作，并编写过一部九卷本的威尼斯历史，圣伯夫的文章显然也是受其家族所托而完成的尽孝之作。

司汤达从未怀疑过自己的作品能够长久流传，但他估计它们需要等到一八八〇乃至于一九〇〇年才能得到应有的评价。许多作家在面对同时代人的漠视时都坚信后人会发现他们的价值,然而事实往往并非如此。后人忙碌而粗心,即便他们的确会去关注过去的文学创作,一般来说也只会在当时便已经获得成功的作品中挑选而已。对于生前备受冷落的已故作家来说,他们的作品从故纸堆里被挖掘出来的概率微乎其微,司汤达的情况要拜一位生平不详的教授所赐,他在巴黎高等师范学校的讲座中热情地称赞其作品,而这位教授的学生中恰巧有些聪明的年轻人日后也成就了一番声名。他们阅读司汤达的作品,发现其中不乏正好符合当时风行于青年人之间的思想气候的内容,便成了他的狂热崇拜者。这群年轻人中最有才华的当数希波利特·泰纳,多年之后,泰纳已然成了颇具影响力的知名学者,他撰写了一篇长文,在其中呼吁人们关注司汤达在心理上的洞察力。在此我要额外解释几句,当文学评论家谈及小说家的"心理因素"时,这个词语表达的含义与心理学家所言是不太一样的。就我个人的理解而言,他们想说的是小说家更加强调笔下人物的动机、想法与情感而非行为的情况;然而在实践中,这种因素主要表现为着重展示人性之中的种种黑暗——人性中的嫉妒、恶毒、自私与卑鄙——换言之,他们更为关注人性恶劣的一面;这种写法自然有其真实性,因为除非我们是彻头彻尾的白痴,否则我们都十分清楚自己内心之中有多少可憎之处。"若非上帝恩典,此时就是约翰·布拉德福上刑场了。"自从泰纳的文章问世之后,涌现出大量针对司汤达的评论,而这些观点普遍将他视作十九世纪三位最伟大的法国小说家之一。

司汤达的状况极其特殊。伟大的小说家大多著作等身,其中更是以巴尔扎克与狄更斯为最。我们完全可以确信,假如他们二位都能活到老年的话,必定会一部接一部地不断创作全新的故事。人们往往认为，在小说家所需的各种天赋中，编写大量故事的创造力最为关键。司汤达几乎完全不具备这种天赋，而他或许又是所有小说家中最具独创性的一位。就像他青年时代梦想成为伟大剧作家，却从来都想不出构思戏剧的点子一样。到了写小说的时候，他似乎也无力单凭自己的头脑设计情节。我上文中曾经提到过，他的第一部小说名叫《阿尔芒》。德·杜拉斯伯爵夫人曾经写过两部题材颇为大胆的小说，并由此获得了"来自丑闻的盛名"。与司汤达同时还有一位小有名气的作家亨利·德·拉都胥，他也写了一部类似的小说，并以匿名的形式出版，希望读者以为这一部也是伯爵夫人所作，其中的主人公就是个阳痿。我本人并没有读过这部小说，因此也只能转述些道听途说的内容。根据听到的传闻，我推测司汤达在《阿尔芒》中不仅借用了拉都胥小说的主题，还沿用了人家的情节，甚至厚颜无耻地给自己的主人公起了和拉都胥作品主角相同的名字，后来才把这个名字从奥利维改成了奥克塔维。他用了所谓的心理现实主义来渲染主题，但这部小说依旧相当拙劣：它的情节完全难以令人信服。就我个人而言，反正我是完全无法相信一个罹患那种罕见障碍的人（他这种障碍还是全书的主题）会那样热烈地爱上一个年轻姑娘。在我之后将会讲到的《红与黑》当中，司汤达紧密地参考了一个年轻人的故事，此人是当时一次广受关注的审判中的被告。而圣伯夫认为《帕尔马修道院》中唯一值得称许的部分就是对滑铁卢战役的描写，但司汤达的记述据称主要来自一位参加过维特多利亚战役的英军士兵的回忆录，而全书的其他内容则来自一些旧有的意大利回忆录与编年史。诚然，小说家笔下的情节明显会有参考的来源，有时是小说家本人在生活中经历或见证过的事件，有时则是他们听来的真实事件，但是我必须承认，就其规律而言，小说的情节还是应该取自对一系列角色的精心安排，而这些人物往往以各种原因激发了作者的想象力。在司汤达之外，我不知道还有哪位一流小说家会如此直接地参考所读书本中的内容。我此言绝非对他的轻蔑或者诽谤，只不过是陈述一件奇特的事实。司汤达的创造力不算很强，然而谁也难以预料，上天居然赐予了这个低俗的笨蛋另一种美妙的天赋，那就是精确的观察力，以及对人心之复杂、虚妄与荒诞的敏锐洞察。他对自己的人类同胞并没有什么好感，却也对他们抱持着极高的兴趣。他的《旅人札记》中有一篇发人深省的文章，文中记录了他在一次途经法国的旅程中的见闻：为了悠闲地欣赏美景，他选择乘坐驿站马车出行，但是没过多久他就感觉无聊得要死，于是转而登上了一辆拥挤不堪的公共马车，他得以在车上与同路的旅客交谈，并且挤在共用的小桌边上听人讲故事。

　　虽然司汤达的游记相当生动，读来也算是令人愉悦，但它们能够体现出的也只有作者的独特性格而已，他的盛名主要还是建立在那两部小说和《论爱情》中的一些篇章之上。而这些代表作中有一部也并非原创：司汤达一八一七年初待在博洛尼亚，在当时的一次聚会上，一位号称"布雷西亚前所未有的美人"的吉拉迪夫人对他说了这样一席话：

　　有这样四种不同的爱：

　　（1）肉体之爱，也就是动物、野人和堕落的欧洲人之间的爱。

　　（2）激情之爱，也就是如同爱洛伊斯对阿伯拉尔[1]，或者朱莉对圣普勒[2]的爱。

　　（3）L'Amour Goût，也就是在十八世纪为法国人津津乐道，

---

[1] 爱洛伊斯（Héloïse，1100？—1163），法国修女、作家、学者及修道院长。因其与皮埃尔·阿伯拉尔（Pierre Abélard, c.1079—1142，法国中世纪哲学家、神学家及逻辑学家）之间的恋情与往来书信而闻名。
[2] 卢梭《新爱洛伊斯》中的男女主角。

马里沃、坎比勇、德克洛、德毕内夫人等作家以优美的笔调描写过的爱。(我在此处原封不动地保留了法语原文,因为我也不知该如何通过翻译正确传达它的含义。我想它所指的是那种莫名其妙地对某人萌生出的喜爱之情,如果把这个词放在牛津词典里,那我可能会更倾向于称之为"色欲"而非爱情。)

(4) 虚荣之爱,正是这种爱让德·肖那公爵夫人在准备嫁给吉尔先生之前说出了那句名言:"对于平民百姓来说,一位公爵夫人永远是三十岁。"

司汤达补充道:"在吉拉迪夫人的社交圈子里,那种将所爱之人的一切都视为完美的愚蠢行为被称为'结晶'。"假如他不立刻把这个令他受益颇丰的观点利用起来的话,他也就不是司汤达了;但是直到几个月之后,他才在一个所谓"天才的日子"里想到了那个日后颇具盛名的类比:"假如你把一根没有叶子的树枝扔进萨尔茨堡盐矿的废坑里,两三个月之后再将其取出便会发现整根树枝上都覆满了光亮的结晶:哪怕最小的细枝比山雀的脚爪还要小,上面都会缀满无数耀眼夺目的钻石,早已看不出树枝原本的模样了。"

"我所谓的'结晶'就是这样一种思维运转的过程,它让我们从身边的一切事物之中发现所爱之人的全新优点。"

所有恋爱过和失恋过的人应该都能体会到这个比喻的精妙之处。

5

就司汤达的两部小说杰作而言,《帕尔马修道院》更加适合阅读一点。圣伯夫认为书中的人物都是些了无生气的木偶,而我对这种观点难以苟同。诚然,男主角法布里斯和女主角克莱丽娅·孔蒂的形象相当模糊,在剧情中扮演的也大多是颇为被动的角色,但莫斯卡伯爵和山瑟维日诺伯爵夫人的形象却鲜活无比。这位风流放荡、无所顾忌的伯爵夫人堪称人物塑造中的顶级杰作。但《红与黑》却显然是更加摄人心魄，更加具有独创性和代表性意义的作品。正是因为《红与黑》的出现，左拉才会将司汤达誉为自然主义流派之父，而布尔热与安德烈·纪德才会将他奉为心理小说的创始人（虽然这种说法并不准确）。

与绝大多数作家不同，不论针对他的批评有多么恶毒，司汤达都能够泰然处之；此外更加引人注目的是，每当他将手稿交给希望提供些建议的友人时，对方往往会提出大量的修改建议，而他则能毫不犹豫地将这些建议全盘接受。梅里美说，尽管司汤达会不断重写自己的作品，他却从来不对书稿做什么修改。我不确定这一点是否属实。因为我亲眼见过他的一份手稿，上面将许多他不甚满意的词语都打了小叉，他这么做肯定是打算在修订时把它们都替换掉的。司汤达对那种由夏多布里昂引领而风行一时，并为诸多小作家争相效仿的繁缛文风深恶痛绝，他的目的是以最为简明扼要的方式将自己想要表达的内容叙述清楚，而不需要任何额外的装饰、修辞上的花样或者追求画面感的冗言。依照他自己的说法（虽然这也不一定是真的），为了让自己的语言更加精练，他每次动手写作之前都会先读一页《拿破仑法典》。他极力回避当时流行的景物描写和过量的隐喻，那种冷酷、明晰而极其收敛的文风为《红与黑》的故事平添了几分恐怖的气息，更是强化了它那摄人的魅力。

泰纳那篇著名的文章最为关注的也是《红与黑》；但是身为历史学家与哲学家的他兴趣主要在于司汤达对人物心理的准确观察、对角色动机的巧妙分析，还有他个人观点的新鲜感与独创性。他颇为公正地指出，司汤达对行为的关注从来不在于行为本身，而是在于引发这些行为的是他笔下人物的情感、独特性格，以及情绪变迁。这让他在写作中会主动避免以戏剧性的笔调描写戏剧冲突激烈的场景。作为这一点的示例,泰纳引用了司汤达对即将受刑的主人公的描写,他还极其精确地指出,绝大多数作家都会将这一情节视作应当极力描绘的机会。而司汤达却是这样处理的:

"地牢里空气恶劣,于连已觉得难以忍受,幸亏通知他行刑那天,阳光灿烂,万物欣然,于连觉得胆气很足。露天里走过去,不无爽快的感觉,就像漂泊已久的海员重新踏上陆地一样。'来吧,一切都很好,'他心里想,'勇气,我一点儿也不缺。'

"这脑袋里,从没像在将落未落之际那么充满诗意。从前在苇儿溪树林所领略的那些美好瞬间,此时正挟持最后之力,朝他意识奔凑而来。

"整个过程简单而又得体,在他这方面也没有丝毫做作。"[1]

但是泰纳很明显无意把这部小说作为艺术品来欣赏,他撰写那篇长文的目标也只是激起人们对这位备受冷落的作家的兴趣,与其说是评论研究,倒不如说是单纯的溢美之词。在泰纳文章劝诱之下接触《红与黑》的读者难免会有一丝失望,因为令人遗憾的是,这部小说作为艺术品是有些缺陷的。

司汤达对自身的兴趣高于一切,他小说中的主人公始终是他自己的化身,不论是《阿尔芒》里的奥克塔维,《帕尔马修道院》里的法布里斯,还是未完成的《吕西安·娄凡》里的同名男主角都是如此。而《红与黑》的主角于连·索雷尔则是司汤达想要成为的那种人。他让于连的外貌极受女性青睐,并且总是能够成功赢得她们的芳心,他本人为此可以付出一切,但实在是极少得偿所愿;他让于连得以在女人身上实现自己的目的,用的都是他为了自己而精心策划,但在实践中一再失败的手段;他让于连像自己一样能言善

---

[1] 罗新璋译。

辩，却同时也明智地从不给出任何具体的事例，只是对这一点加以断言而已。因为他十分清楚，如果小说家事先告诉读者某位角色言辞风趣机敏，又在其后才为其妙语举出例子的话，那么这些例子往往绝不可能达到读者的预期。他给了于连自己惊人的记忆力，自己的勇气与怯懦，自己的野心、敏感、多疑、虚荣、易怒、工于心计、寡廉鲜耻与忘恩负义。而他赋予这位主角最为可爱的特质也来源于他自身——于连在遇到公正和慈爱的对待时总会感动得热泪盈眶，这表明如果能生活在不同的环境之中的话，或许他本不会变得如此卑劣。

如同我之前提过的那样，司汤达没有凭借自己的头脑编故事的天赋，《红与黑》的主要情节来自当时报纸上对一次审判的新闻报道，这次审判在当时引发了公众的广泛关注。一位名叫安托万·贝尔德的青年神学生先后在米修先生和德·歌东先生家中担任家庭教师；他企图——或者已经实施了——诱奸前者家的妻子和后者家的女儿。他遭到了解雇，此后又打算继续学业成为牧师，但是因为名声不好，所以没有神学院同意接收他。他便自顾自地认为这种状况都是米修一家造成的，为了复仇，他趁米修夫人来教堂做礼拜时开枪将其射杀，接下来又举枪自尽。但枪伤并不足以致命，他接受了审判，虽然试图将罪责全部推卸到那位不幸的女人身上来拯救自己，但他还是被判处死刑。

这个悲惨而恶劣的故事很符合司汤达的胃口。他将贝尔德的罪行视作强大而叛逆的天性对社会秩序的反抗，以及不受种种社会成规所制约的自然人性的表达。他鄙视自己的法国同胞，认为他们已经丧失了中世纪时拥有过的活力，变得循规蹈矩，举止体面，枯燥凡庸，毫无激情。他可能也不是没想过，在恐怖统治和拿破仑带来的灾难性战争之后，人们自然会更加欢迎和平与宁静。而司汤达对活力的重视远高过一切其他品质，他喜爱意大利，宁肯居住在那里也不想生活在自己的祖国，那也是因为他自认为意大利是一个"爱与恨的国度"。那里的人们爱得狂热炽烈，并且甘愿为爱而死；那里的男男女女沉湎于激情，全然不顾由此可能引发什么灾祸；那里的男人会为了一时盲目的狂怒杀人或被杀，却敢于活出真实的自我。这就是纯粹的浪漫主义，而且显而易见的是，司汤达口中的活力正是其他人所谴责的暴力。

"如今唯独人民群众之间还有活力残存，"他如此写道，"在上层阶级中则是一丁点儿都没有了。"

因此在着手写作《红与黑》的时候，他把于连设定成了工人阶级出身的孩子，不过他还是赋予了于连比那个倒霉的原型更强的头脑、意志力和勇气。这位以高超的技巧刻画而成的角色具有持久的魅力，他心中对出身于更高阶级的人们充满了嫉妒和仇恨，堪称在每一个时代都有其对应的典型代表，而且他的代表性将持续存在，除非阶级差异有朝一日能够彻底消弭。彼时的人性必定也会改变，那些智力、能力和进取心都相对较弱的人将不再因为智力与能力更高、进取心也更强的人们占有他们所无法企及的优势而心生怨恨。当我们第一眼看到于连时，司汤达是这样描述他的："小伙子有十八九岁年纪，外表相当文弱。五官不算端正，却很清秀：鼻子挺尖；两只眼睛又人又黑，沉静的时候显得好学深思，热情似火，此刻却是一副怨愤幽深的表情。深栗色的头发，发际很低，所以前额不高，发起怒来便呈凶恶之状……他腰身很好，只略显瘦削，看上去壮实不足而轻捷有余。"[1] 这幅肖像谈不上迷人，但很是恰当，因为它不会让读者预先对于连产生好感。我之前也说过，小说的主人

---

[1] 罗新璋译。

公会自然而然地获得读者的共情，而司汤达既然选择了一位反面人物作为主角，就必须从一开始便格外留意，好让读者不至于对此人产生过多的同情。然而另一方面，他必须让读者对于连感兴趣，所以又不敢把他塑造得过于可憎，于是他便不断提及他美丽的眼睛、优雅的身形和纤细的双手，以此来对最初的刻画进行修正；在某些必要的场合下，他会把于连描写得十分俊美。但他从未忘记提醒读者，让他们留意到于连给与他交往的人们带来的不安之感，以及身边所有人对他的怀疑与猜忌，那些原本就有理由提防他的人物就更是毋庸多言了。

雷纳尔夫人——也就是于连所教的孩子们的母亲——也是个刻画得极其出彩的角色，而且她原本就属于最难塑造的那一类角色。她是个好女人。绝大多数小说家也都曾经试图塑造出一个好女人，到头来却往往以写出个傻瓜而告终。而我想其中的原因在于为善的方式只有一种，而作恶的方法却数以百计。这一点很明显给了小说家更大的发挥空间。德·雷纳尔夫人迷人、高贵、真诚；她对于连的爱意不断萌发，其中掺杂着恐惧与犹豫，但最终演变为烈火一般的激情，而作者对这一段情节的讲述也具有极高的水准。她是整部小说中最动人的角色之一。而于连下定决心，倘若那天傍晚他不能握住她的手，就不如亲手结束自己的生命，他觉得这件事自己非做不可；这和司汤达本人一模一样，就像他那天穿着自己最好的裤子，发誓如果不在走到某一点时向达鲁夫人表白心迹的话，就开枪打爆自己的脑袋。于连最终成功地引诱了德·雷纳尔夫人，但那并非出于对她的爱意；他只是一方面想要报复夫人所处的阶级，另一方面则需要满足自己的自尊心。然而他确实爱上了她，这也让他暂时收敛了自己卑劣的脾性。他平生第一次感受到了幸福，读者也开始对他产生同情。但德·雷纳尔夫人轻率的行为引发了不少闲言碎语，所以于连被安排进神学院修习神职。在我看来，描写于连在雷纳尔家和神学院的生活的章节写得实在是再好不过了，其中毫无引人生疑之处，司汤达所讲述的这些内容仿佛具有确凿的真实性。直到叙事的舞台转向巴黎之后，我才发现了至少我自己会感觉难以置信的内容。完成神学院的学业之后，院长给于连争取到了一个给德·拉莫尔侯爵做秘书的职位，这让他得以跻身于首都最为高端的贵族圈子。司汤达对这一群体的描绘不足为信，因为他本人从未涉足上流社会。他更加熟悉的还是在大革命与帝政时期崭露头角的资产阶级；而教养良好之人的行为举止并不为他所知，他从来没有和出身高贵的人打过交道。司汤达在骨子里是一位现实主义作家，然而不论多么努力，他都无法摆脱当时盛行的精神氛围的影响。彼时浪漫主义大行其道，司汤达固然十分欣赏理性思维和十八世纪的市民文化，却还是深受其影响。诚如我此前所言，他非常迷恋意大利文艺复兴时代那种残酷无情的角色，他们不会被悔恨或良心不安所困扰，若是为了实现野心、满足欲望或者为受损的名誉复仇，他们会毫不犹豫地犯下罪行。司汤达欣赏他们旺盛的活力、他们不计后果的作风、他们对传统的鄙夷，还有他们灵魂的自由。正是这种浪漫主义倾向使得《红与黑》的后半部分不尽如人意。你不得不努力接受原本难以容忍的、毫无可信度的事情，还要强迫自己对那些毫无意义的篇章产生兴趣。

德·拉莫尔侯爵有个女儿，她的名字叫玛蒂尔德。她美丽动人，却也傲慢而任性；她对自己高贵的出身有着极其强烈的意识，并且深深为自己的两位先祖感到自豪，这两人一位生活在查理九世时期，另一位则活跃于路易十三治下，他们冒着生命危险追求巨大的利益，并最终均以被处决告终。由于某种自然的巧合，她就像司汤达一样极其重视所谓的"活力"，并且对追求自己的那些庸庸碌碌的青年贵族不屑一顾。埃米尔·法盖在一篇颇为有趣的文章中指出，司汤达在列举爱情种类时忽略了 l'amour de tête（幻想之爱），那是一种萌生自想象之中的爱，它在幻想中茁壮成长，却也可能在性爱中枯萎死亡。德·拉莫尔小姐正是在不知不觉间对父亲的秘书萌生了这种爱意，而司汤达将这份感情发展的每一个阶段都描写得十分精妙。她对于连既爱迷又厌恶。她爱上了他，因为他和围着她打转的青年贵族不一样；因为他就像她自己一样鄙视他们；因为他出身贫贱；因为他就像她自己一样高傲；因为她察觉到了他的野心、他的无情、他的堕落、他的肆无忌惮；也因为她害怕他。

最后玛蒂尔德给于连递了一张纸条，叫他趁众人都睡下之后搬梯子爬进她的房间。鉴于我们后来会知道，他实际上完全可以悄悄顺着楼梯走上去，那么她这么做或许只是想试试他的胆量。克莱门汀·德·库里亚曾经用梯子爬进藏匿司汤达的地下室，这件事明显点燃了他浪漫的想象，因为他让于连在前往巴黎的路上在雷纳尔夫人居住的韦里埃稍事停留，他弄到了一把梯子，用它在午夜时分爬进了夫人的卧室。司汤达本人或许也觉得让小说的主角两次用梯子爬进女士的卧房有些尴尬，因为他让于连在收到玛蒂尔德的纸条后用梯子如此自嘲："这就是我命中注定要使用的工具。"但是什么样的讽刺都无法掩盖司汤达此处创造力不足的事实。这次幽会之后发生的事情也写得相当精彩。就连这对同样喜怒无常、以自我为中心的情人自己都无法分辨，他们到底是爱得热烈，还是恨得疯狂。他们两个都想抢夺主导地位，都想激怒、伤害并且羞辱对方。最终还是于连靠着那些老套的伎俩征服了这位骄傲的姑娘。玛蒂尔德很快就发现自己怀孕了，便告诉父亲，自己打算和情人结婚。父亲在无奈之下也只得同意。对于一向凭借弄虚作假、左右逢源和自我约束以自处的于连来说，此时距离他渴求的一切只有一步之遥，他却犯了一个愚蠢的错误。整部小说也从此时开始变得支离破碎起来。

作者告诉过我们，于连头脑聪明，狡诈无比；为了向未来的岳父推荐自己，他请求对方写信给德·雷纳尔夫人，以此来证明自己的人品。他很清楚夫人对自己通奸的罪过悔恨不已，因此她可能会像全世界所有女人一样，为了自身的软弱而将他怒斥一番；他也知道夫人依旧深爱着自己，因此他原本早就应当想到，自己与另一位女性结婚必定会让她难以接受。在忏悔神父的指引下，她给侯爵写了一封信，并在信中告诫对方：于连惯用的伎俩正是融入他人的家庭，破坏其中的秩序与和谐，而他唯一的目标便是在无私的表象下谋求操控一家之主，并从而掌控家族的财产。夫人并没有理由做出这样的指控，她说于连是个虚伪小人，是个卑鄙的阴谋家，然而司汤达似乎没有意识到这一点：于连的全部思绪时刻暴露在我们读者眼前，所以我们知道他的确就是这样的人，但雷纳尔夫人却不可能知道，她认识的于连堪称模范地履行着身为家庭教师的义务，并赢得了孩子们的喜爱，她只知道他深爱着自己，爱到在他们最后一次见面的时候，为了与自己共处那几个小时，他甘愿冒着丢掉事业乃至于生命的风险。她是个有良知的女人，因此不论忏悔神父如何劝说，我们都很难相信她会同意写下这些她自己都没有理由相信的东西。然而不管怎么说，德·拉莫尔侯爵还是收到了那样的一封信，他惊骇不已，转而坚决反对女儿的婚事。为什么于连不辩白说这封书信完全是一派谎言，只不过是一位妒火中烧的女人的胡言乱语呢？他甚至可以大方承认自己的确曾经是雷纳尔夫人的情人——她三十岁了，而他只有十九岁，辩称是夫人勾引的他岂不是更有可能？真相当然并非如此，但是这种说法相当可信。德·拉莫尔侯爵老于世故，这种人倾向于尽量把他人往最坏的方向想，此类不甚过分的玩世不恭既会让他相信有烟必有火；同时也会使他对人性的弱点更加宽容。对于德·拉莫尔侯爵来说，得知自己的秘书居然同一位没什么地位的乡绅之妻有过一段风流韵事，想必只会感到有趣而非震惊。

但是无论如何，此时的于连仍旧占据着优势。德·拉莫尔侯爵此前早已为他在精锐部队中谋得了一份军职，还给了他一份足以带来可观收入的地产。深陷情网的玛蒂尔德拒绝堕胎，并表示无论是否能够结婚，她都决心要和于连一同生活。于连只要讲清当下的形势，侯爵就不得不做出让步。我们打小说一开头就能看到，于连的长处恰巧在于他的自控能力，他从未被自己的激情、嫉妒、仇恨或是骄傲所掌控，即便是他所有激情中最为旺盛的肉欲，也不过与虚荣心驱使下的急切愿望没什么分别，这一点和司汤达本人一模一样。然而在全书的危急关头，于连却做了一件相对于小说而言极其致命的事：他做出了与性格不符的行为。那分明是最需要他展现自控力的时刻，他却表现得像个不折不扣的傻瓜。读过德·雷纳尔夫人的来信之后，他带着手枪驱车赶赴韦里埃，开枪射中了夫人，却没能把她打死，只是让她受了伤。于连的不智之举让批评家们困惑不已，他们一直在为这一情节寻找可行的解释。其中一种说法认为，当时流行的正是这种以戏剧冲突强烈的情节来结束小说的手段，以悲剧性的死亡告终更是再好不过了；然而假如这的确是一种流行风尚的话，那么这个理由放在司汤达身上就无法成立了，因为他向来是决意逆潮流而行以示鄙夷的。还有一些人认为，其原因或许在于司汤达将暴力视为活力的最高体现，并对其推崇备至的思路。而我觉得这种说法也不太可信，如果这一点属实的话——当然，司汤达确实将贝尔德的恐怖恶行视作富有艺术感的犯罪——然而他难道看不出自己笔下的于连与那个可悲的敲诈者是何其不同吗？韦里埃距离巴黎有二百五十英里[1]，就算每跑一站都更换驿马的话，哪怕于连日夜兼程，也要花上足足两天才能赶到，这段时间足以让他平息怒气、恢复理智了。这样一来，这位被司汤达刻画得如此透彻深入的角色本应掉转车头，回去用玛蒂尔德已然怀孕的残酷现实与德·拉莫尔侯爵对峙，并迫使后者同意他们的婚事。

那么究竟是什么让司汤达犯下这个古怪的错误呢？几乎所有人都同意，这个错误堪称这部伟大小说之上的瑕疵之处。很明显作者不肯让于连获得成功，不肯让他实现自己的野心，并凭借玛蒂尔德与德·拉莫尔侯爵的支持攫取权力、地位与财富。不然就变成一部完全不同的小说了，巴尔扎克日后在描写拉斯蒂涅发家史的一系列小说中就是那么写的。于连必须死。若是创造力旺盛无比的巴尔扎克来写的话，他很可能会为《红与黑》另寻一种既令人信服又无法避免的结局。但我却不认为司汤达还能以任何其他方式来结束这个故事。我想他收集的那些材料令他心神迷醉，难以摆脱；让他在冲动的驱使下必须一路紧密追随着安托万·贝尔德的故事写下去，把什么可信不可信都抛到脑后，一直写到那扭曲的结局才肯罢休。但是不论你怎么称呼那掌控人类生命的神秘力量——不管是称其为上帝、命运，还是机会——它都讲不出什么精彩的故事，而小说家的职责与权利正是去修正残酷现实之中的种种不可能性。然而这一点是司汤达无力企及的，这的确是一大憾事。然而就像我此前强调过的一样，没有哪部小说是十全十美、全无缺陷的。这一部分源于小说这一媒介本身的缺陷，另一部分在于创作小说的人们自身存在的不足。然而虽然缺陷如此严重，《红与黑》依然是一部极其伟大的小说，阅读此书也着实是一种独特的体验。

---

[1] 英制长度计量单位，1 英里约等于 1.6093 公里。

巴尔扎克与《高老头》

1

伟大的小说家以其作品为人类精神的宝库增添财富，而个人认为，这其中最伟大的一位正是巴尔扎克。他是唯一一个会让我不假思索便冠以天才之名的作家。"天才"这个词如今用得太过随意了，在更加清醒理智的判断下，这其中的很多人用富有才华来形容更加合适。天才和才华根本是两回事，许多人都拥有才华，这没什么稀奇，而天才却难得一见。才华来自熟练与灵巧，可以后天培养；而天才与生俱来，并且往往奇怪地与严重的缺陷相伴。然而天才到底是什么？牛津词典告诉我们，天才是"某一类特定领域中天然的智慧，例如在某一艺术门类的思路或实践上表现更强的人群所体现出的能力；（一种）与生俱来且超常的想象创作、独创性思考、发明或是探索的能力"。而巴尔扎克拥有的正是这种"与生俱来且超常的想象创作能力"。他就像某种角度上的司汤达，或者撰写《包法利夫人》期间的福楼拜一样，并非现实主义作家，而是一位浪漫主义者；他眼中的生活并非生活的原貌，而是在他与同时代人所共有的种种倾向渲染之下的产物。

有些作家仅凭一两部作品便能声名鹊起；这有时是因为在他们数量庞大的作品中，只有一小部分真正具有值得流传的价值——比如普雷沃神父的《曼侬·莱斯科》就是这种情况。有时是因为他们的灵感——那诞生于某一段特殊的经历，或是生发于某一种独特的情绪的灵感，只能在那一小段创作中发挥效力。在那唯一一次的畅所欲言之后，他们再写什么都难免是老调重弹、自我重复，甚至可以忽略不计。巴尔扎克惊人地多产，他的水准当然有所起伏，但是考虑到其作品的总量来说，要求他永远呈现出最佳表现也是不甚现实的。文学评论家往往以怀疑的目光看待作家的高产，而我认为这是不对的。比如马修·阿诺德就将这一点视作天才的一种特质。谈及华兹华斯的时候，他表示自己之所以对这位诗人钦慕不已，并且在心中为其确立了崇高的地位，正是因为哪怕将所有平庸之作都排除在外，他名下佳作的数量依旧庞大。阿诺德进一步写道："如果每位诗人单独拿出一首或是三四首诗作来比较，那我绝不敢说华兹华斯比格雷、彭斯、柯勒律治或者济慈高明多少……在我看来，他的长处在于佳作的数量更多。"巴尔扎克的小说没有《战争与和平》那种波澜壮阔的史诗气质，没有《卡拉马佐夫兄弟》那种摄人心魄的忧伤，更没有《傲慢与偏见》那独特的魅力；他的伟大之处并不在于单独的某一部作品，而是蕴含于其作品庞大的总量之中。

巴尔扎克涉及的领域涵盖了他那个时代生活的全部，范围也是遍及法国全境。不论这些知识由何而来，巴尔扎克对人的认识都堪称非比寻常，只是对某些领域的认识不如对其他领域的精准，比如他对诸如医生、律师、职员、记者、小店店主和乡村牧师之类社会中产阶级的描述，就要远比对上流社会、城市工人或者农民阶级等群体的描写要到位得多。就像所有小说家一样，他写起恶人来比写好人成功。他拥有超凡绝伦的创造力以及惊人的创作才能。他就像是一股自然之力，像是激流翻涌的河流漫过堤岸带走阻拦它的一切，像是狂野的飓风咆哮着穿过宁静的乡村与拥挤都市的街巷。

作为社会百态的描绘者，他最独特的天赋在于他对人物的设置，他不仅能够设想人物之间的关系——除了只写冒险故事的作者，所有小说家都会这样做——更是擅长在角色和他们生活的世界之间建立联系。绝大多数作者一般只选择一组人物，有时甚至不超过两三个角色，并且把他们写得好像生活在玻璃罩子里面一样。这么写固然更加紧凑，但不幸的是，这种效果同时会显得十分虚假。人们过的不仅仅是自己的日子，他们同样会进入他人的生活：他们在自己的日子里扮演着主角，在他人的生活中的角色有时可能还算重要，但绝大多数时候则是无足轻重。比如你去理发店理发，这件事对你而言无关紧要，但是你不经意的一番话或许就成了理发师生活的转折点。巴尔扎克意识到了这些隐含的联系，并由此得以用生动形象、振奋人心的笔调描摹人生中的参差百态：混乱无序、彼此相斥、重要的结局与其诱因之间遥远的距离。我想他是第一位深入探讨生活中经济的重要地位的小说家。他不会满足于把金钱称作万恶之源的说法，在他看来，对金钱的欲望和渴求是人类行为的主要推动力。

我们必须时刻牢记巴尔扎克是一位浪漫主义作家。众所周知的是，浪漫主义是对古典主义的反动，然而如今还是把它与现实主义作为对照更加方便。现实主义作家是宿命论者，他们在叙事中努力追求逻辑上的真实性，他们的观察也更加倾向于自然主义。而浪漫主义作家则认为日常生活单调乏味，并因此试图逃离现实世界，遁入幻想中寻求新奇与冒险；他们想要令人惊奇，并为了实现这一目的不惜以牺牲真实性为代价。他们塑造的角色情感强烈而极端，他们的喜好无拘无束，他们厌恶自控，并将其视作一种小资产阶级的陈腐价值观。他们全心全意地赞同帕斯卡的那句名言："感情自有其理，理性难以知晓。"他们崇拜的是那种为了追求财富和力量甘愿牺牲一切，不论面对什么都不会裹足不前的人。这种人生态度正符合巴尔扎克那火暴的脾气，毫不夸张地说，假如浪漫主义从未存在的话，他也必定会把浪漫主义创造出来的。他的观察精准而细致，但他只是将这些观察作为尽情发挥想象力的基础。每个人都被某种最为主要的欲念所支配，这一理念不仅相当投他的脾气，更是一向吸引着无数虚构文学的作者，因为它让他们得以为自己笔下的造物赋予戏剧性的力量，让他们变得生动而鲜活；而读者也能毫不费力地理解他们，因为读者只需要知道这些角色是守财奴、好色鬼、恶婆娘还是圣徒就够了。就如今的我们接触到的小说作品而言，其作者往往致力于让读者对书中角色的心理世界产生兴趣，这让我们不再相信人会是表里如一的。我们知道人往往由彼此矛盾且看似无法共存的要素所构成，而正是这种不和谐之处才能引发我们的兴趣，因为我们会因为深知自己身上也存在着这样的矛盾而产生共情。巴尔扎克最伟大的角色却都是按照老一辈作家的作风塑造而成的，他们会按照自身的兴趣来刻画笔下每一位人物，这些人物全身心都为其欲念所占据，完全无心顾及其他。他们宛如人格化了的癖好本身，但是他们又展现出那样美妙的力量、真实性与独特性，即便这些角色无法让你完全信服，却也足以令你过目不忘。

2

如果你与三十岁出头的巴尔扎克相遇——此时的他已经功成名就——出现在你眼前的会是这么一位人物：那是一个矮壮结实的男子，他身材短粗，但是因为双肩强壮、胸膛厚实，所以倒不会给人十分矮小的印象。他公牛一般的脖子皮肤白皙，与红彤彤的脸膛形成鲜明的对比，厚厚的嘴唇红得惹人注目，还总是挂着点微笑。他的牙齿很糟，早已变了颜色。宽鼻梁的鼻子方方正正的。大卫·当热为他塑半身像的时候，他格外强调说："你可得好好做我的鼻子！我的鼻子就是世界！"他的眉毛形状高雅，浓密的黑发在脑后披散着，活像狮子的鬃毛。他带着点点金光的褐色双眼仿佛拥有生命、拥有光芒和磁性，这双眼睛摄人心魄，让人不由得忽略了他的容貌不仅并不端正，甚至还有些低俗的事实。他脸上的表情快活、直爽、亲切并且善良。拉马丁谈起巴尔扎克时如是说："他的善良并不是那种心不在焉、随便应酬的善意，而是迷人、聪慧、充满深情的善良，它让你心存感激，让你很难不喜欢上他这个人。"他精力旺盛，活力充沛，仅仅待在他身边都会让人不由得振奋起来。假如你看上一眼他的双手的话，你便一定会被它们的美所折服：这双手小巧、白皙、肉感，红润的指甲带着些玫瑰色。他很为自己的双手而自豪，诚然，这样一双美手长在一位大主教身上也不为过。如果你在白天撞见他，那么他身上多半裹着一件破破烂烂的旧大衣，裤腿沾满泥巴，鞋子也没擦干净，头上的帽子更是旧得可怕。但是一到了晚上，聚会上的他就换了一套行头：体面的蓝外套上钉着金纽扣、黑裤子、白马甲、镂空的黑丝绸袜子、定制的皮鞋、上好的亚麻衬衫，还有一双黄色的手套。不过他的衣服永远不太合身，而拉马丁曾经补充说，他看起来活像个在一年里猛蹿了一大截个子的中学生，简直要把身上的衣服撑爆了。

与他同时代的人们一致认为，此时的巴尔扎克天真烂漫、富有孩子气、待人真诚而和蔼。乔治·桑写道，巴尔扎克既真诚到堪称谦逊，又自吹自擂得称得上牛皮大王；他自信、豁达、既善良又疯狂；他嗜酒如命，工作起来不知疲倦，又在其他情绪上清醒而克制；他一身兼具了务实与浪漫、轻信与多疑、莫名其妙与执拗顽固。他并不健谈，对听到的东西领会得很慢，更没有对答如流的天分；他与人谈话时既不懂影射也不会讽刺，但他独白中的激情与气魄却让人难以抗拒。他不论说什么都会捧腹大笑，而所有人都会跟着他一起笑。他们听了他说的话会笑，只是看着他的模样也会笑；安德烈·比利说过，"他突然开怀大笑起来"这个说法简直就是为他量身定制的。

最好的一版巴尔扎克传记的作者正是安德烈·比利，我在这里向各位读者叙述的许多内容都来自他那部迷人的作品。这位小说家原本的姓氏是巴尔沙，他的祖先以务农和纺织为业，但他的父亲以做律师助理起家，又在大革命之后逐步发迹，他把家族的姓氏改成了巴尔扎克。五十一岁那年，他迎娶了一位靠政府订单发财的布料商人的女儿。这对夫妻育有四名子女，老大奥诺雷于一七九九年在图尔城出生，他们的父亲当时正在那里担任医院的管理员。他能谋到这份差使，或许还是因为巴尔扎克太太的父亲——就是那位前布料商人——不知怎的当上了巴黎各家医院的总管理人。奥诺雷在学校里表现得吊儿郎当，还总是惹麻烦。一八一四年年底，父亲受命负责为驻扎在巴黎的一个师提供伙食，于是就带着全家人搬了过去。家里决定让奥诺雷去做律师，通过必要的考试之后，他进入了一位古依奈特先生的事务所。至于他在那里干得怎么样，首席办事员在一天早上写给他的这张便条就很能说明问题了："鉴于今天事务繁多，巴尔扎克先生就不用到事务所来了。"一八一九年，父亲领了养老金退休，并且决定搬到乡下去住。他最终定居在维勒帕里西斯，这个村子位于通往莫城的路上。奥诺雷则留在巴黎，因为家里已经安排好了，等他多实践几年，能独立处理案件之后，他家的一位律师朋友就会把自己的业务移交给他。

但是奥诺雷不愿意服从安排。他想要成为一名作家，或者说他执意要成为一名作家。家中为此爆发了激烈的冲突，但是到了最后，虽然母亲——她是一位既严厉又务实的女性，奥诺雷从来都不喜欢她——依然强烈反对此事，父亲还是做出了让步，决定给他一次机会。他们约好给他两年时间，让他看看自己能做成什么。他租了一间每年六十法郎的阁楼住下，在里面安置了一张桌子、两把椅子、一张床、一只衣橱，还有一个充当烛台的空瓶子。时年二十岁的他自由了。

　　此时巴尔扎克干的第一件事就是写了一部悲剧；他在妹妹准备结婚的时候回了家，并且把作品也带了回去。他为家人和两位朋友朗读了这部悲剧，可大家一致认为它一文不值。此后他又把作品寄给了一位教授，而对方则评论说这位作者不妨去做点喜欢的事情，只要别再写作就好。既愤怒又沮丧的巴尔扎克回到了巴黎。他下定了决心，既然自己成不了悲剧诗人，那就不如做一名小说家，并且参考沃尔特·司各特、安妮·拉德克里夫和马图林的作品写了两三部小说。然而父母却认定他的尝试已然以失败告终，命令他乘转天第一班驿站马车回维勒帕里西斯来。这时刚好有个朋友来看他，此人是他在拉丁区结识的一位落魄文人，他建议巴尔扎克与自己合写一部小说。一系列粗制滥造的作品就这样源源不断地诞生了，他有时一个人写，有时与人合作，所用的笔名更是花样百出。谁也说不清他们在一八二一年到一八二五年之间到底写了多少小说，有些权威说法认为这个数量可能超过了五十本。我不知道除了乔治·森茨伯里之外还有谁系统地阅读过这些作品，而森茨伯里本人也承认此举花了他不少力气。这些作品以历史小说为主，因为当时沃尔特·司各特名头正盛，巴尔扎克他们也想借助这股风潮捞上一笔。这批作品写得很差，但它们终究教会了巴尔扎克一些东西，让他知道只有紧凑干脆的情节才能抓住读者的注意力，以及探讨那些在人们眼中至为重要的东西——爱情、财富、荣誉和生命——的重要意义。这段经历或许还会让他意识到一件重要的事情，虽然他自身的性情也势必会让他想到这一点：如果想让他人阅读自己的作品，作家就必须关注激情。激情或许未免有些卑微、琐屑、抑或是不甚自然，但是只要足够强烈，即便是激情也会拥有些许庄严壮丽的气息。

忙于写作的巴尔扎克住在父母家，他由此结识了邻居德·伯尔尼夫人，她的父亲是一位曾经先后效力于玛丽·安托瓦内特及其侍女的德国音乐家。夫人当时四十五岁，她的丈夫病痛缠身、牢骚满腹，但她还是和他生了六个孩子，和情人之间还生了一个。她先是成了巴尔扎克的朋友，之后又成了他的情人，并且在去世之前的十四年中一直对他全心全意。这是一种奇妙的关系。巴尔扎克不仅以情人的身份爱着她，还把自己对母亲的情感转移到了她身上，而这种情感是他此前从未感受过的。她不仅是他的情人，更是他可以袒露心迹的知己，他始终需要她的忠告、鼓励以及无私的柔情。这段私情让村子里流言四起，而巴尔扎克的母亲自然强烈反对儿子和年纪足够做自己母亲的女人纠缠不清。何况他的小说也不怎么赚钱，这让母亲非常担忧他的前途。有个熟人建议他去做生意，这个建议似乎也挺合他的胃口。德·伯尔尼夫人给他凑了四万五千法郎，他拉上了几个合伙人，做起了出版商、印刷商以及铸字厂。然而他是个糟糕的生意人，而且花钱极其大手大脚。他把所有个人开销都记在了公司的账上：买珠宝、裁衣服、做鞋，甚至连洗衣服的钱都算了进去。三年之后，他的公司以破产告终，母亲还不得不拿出五万法郎来给他还债。

鉴于金钱在巴尔扎克的一生中扮演着如此重要的角色，我们很有必要考量一下上文提到的两笔钱究竟价值几何。五万法郎相当于两千英镑，但是那时候两千英镑的价值可要比如今高上许多，只是很难讲清那究竟相当于如今的多少钱。或许最好的办法就是解释一下当时用一定数量的法郎能办成多少事情。拉斯蒂涅属于乡绅阶层，他们一家六口生活在外省，虽然生活节俭，但是按照他们的地位与体面来说，一年的开销也要有三千法郎。他们把长子欧仁送到巴黎去学习法律，欧仁租住在伏盖太太的膳宿公寓里，每个月的食宿费是四十五法郎。还有几个年轻人虽然住在外面，饭却在公寓里吃，因为这里的饭食是出了名的好，他们为此每个月要付三十法郎。如今，和伏盖太太所开的那家一个档次的膳宿公寓每月的食宿费少说也要三万五千法郎。这样看来，巴尔扎克的母亲拿出来救他免于破产的五万法郎放在今天实在是一笔不小的数目了。

这段从商的经历虽然一塌糊涂，但它还是为巴尔扎克提供了大量的专业信息，让他对经商有了一定的了解，这些知识对他日后的小说创作颇有帮助。

生意倒闭之后，巴尔扎克搬到布列塔尼与朋友同住，并且在那里找到了一部小说的灵感。这部小说就是《朱安党人》，这是他第一部严肃的小说作品，也是第一部署上真名的作品。当时的他三十岁。自此之后，巴尔扎克不知疲倦地笔耕不辍，一直到二十一年后过世为止。他作品的总量十分惊人，每年都有一两部长篇和十几部中短篇出版问世，除此之外，他还创作了为数众多的戏剧，其中有一部分从未被出版商接受，而被接受的那些也都以惨败告终，唯独有一部得以幸免。在一段短暂的时间中，他一度创办过一份报纸，其中大多数稿件都由他本人执笔。他工作时的生活简朴而规律：他一吃过晚饭就上床睡觉，半夜一点再由仆人叫他起来；起床之后，他换上一件一尘不染的白色长袍，因为他声称写作时就应该穿没有污点或者瑕疵的衣裳，然后他一边就着烛光用乌鸦翅膀毛的羽毛笔奋笔疾书，一边靠着一杯接一杯的黑咖啡提神。他写到早晨七点搁笔、洗澡（至少原则上说算是洗了澡），然后躺下休息。出版商会在八点至九点之间上门，或是为他拿来校对完成的样章，或是从他这边取走完成的手稿；他也自此爬起来继续工作，直到中午才停下吃几个水煮蛋，喝些水和黑咖啡；他下午一直工作到六点，然后就着沃莱葡萄酒吃一顿简单的晚餐。这时偶尔会有一两位朋友拜访，但他往往只是简单聊上一阵就睡觉去了。虽然他独处时的饮食颇为节制，但和他人一道用餐时就吃得贪得无厌了。一位出版商声称，他曾经亲眼看见巴尔扎克在一餐之中吞下了一百只生蚝、十二块炸肉饼、一只鸭子、一对鹌鹑、一条舌鳎、不计其数的糖果，最后还有十二只梨子。依照这种吃法，他很快就变成个大腹便便的胖子也就不奇怪了。加尔瓦尼说他吃起饭来活像头猪，而他的吃相也的确相当不雅：他吃饭时更喜欢用餐刀而非叉子，不过这在我看来还不算什么，因为我很确定路易十四也是这样吃的；但是巴尔扎克会用餐巾擤鼻涕，这对我来说就有点儿恶心了。

　　巴尔扎克擅长记笔记，他不论走到哪里都随身带着笔记本，每当他碰巧遇见可能用得上的东西、脑子里突然蹦出了好点子，或者从他人那里听到了富有启发性的内容，他就会匆匆提笔记下来。只要有可能，他就会去亲自参观故事中提到的场景，有时甚至不惜乘车跑上很远的距离去看他想要描写的一条街道或是一栋房屋。他为笔下人物选择姓名时总是非常谨慎，因为他相信名字应该与人物的性格与外貌相符。人们普遍认为他的文笔不佳，乔治·森茨伯里认为，这多半与他前十年中为了糊口大量创作粗制滥造的小说有关。但我无法认同这个观点。巴尔扎克的确是个粗鄙的人（然而这种粗鄙难道不正是构成他天才的一部分吗？），写起文章来也是一样粗俗：他的文字冗长啰唆、虚张声势，而且还有不少错误。埃米尔·法盖是一位与他同时代的重要评论家，在他研究巴尔扎克的论著中，法盖专门拿出整整一章的篇幅来讨论这位作家在品位、文风、句法和语言上都犯了哪些错误；其中有些错误确实十分明显，甚至不需要多么扎实的法语基础就能看出来。巴尔扎克对自己母语的优雅之处毫无感受。他似乎从未想过，散文也有着不同于韵文的优美雅致。然而即便如此，在他那旺盛的精力尚未流逝的年代，他的小说中也处处可见简洁明快的格言警句。不论是在形式上还是内容上，这些格言甚至不会辱没拉罗什富科[1]之名。

巴尔扎克并不是那种从一开始就知道自己想要说什么的作家。他会先写出一份粗略的草稿，然后再进行大幅度的修改与重写，到了把手稿送去印刷的时候，印刷工人甚至会因为改动过多而无法辨认文本的内容。等到校样回到他手里之后，他又会像对待粗略的大纲一样处置它们，不仅往里面添词，还会直接加句；若只是加句也还罢了，他甚至连成段的文章都往里加；加入的段落最终还要变成一个个完整的章节。如此修改过的校样被送去二次排版，收到定稿之后，他还是会再次着手修改，做出更多的变动。全部改完之后他才会同意出版，而出版的前提条件之一便是允许他对未来的版本做出进一步的改动。这种做法的成本相当高昂，他也总是因此和出版商争执不休。

巴尔扎克与编辑们打交道的故事冗长、乏味并且令人不快，我也会在这里尽量长话短说。他是个相当厚颜无耻的人。他会先拿走一本书的预付款，信誓旦旦地表示自己一定能在约定的日期交稿；然而接下来却又会在快钱的诱惑下停下手头的工作，把自己匆忙写就的另一部小说或短篇交给其他出版商。这让他时常被起诉违约，诉讼费和赔偿金更是为早已债台高筑的他平添了不少负担。因为只

---

[1] 弗朗索瓦·德·拉罗什富科（1613—1680）法国公爵，又称马西亚克亲王，17世纪法国古典作家。年轻时是大孔代亲王的投石党叛乱的中心人物，后来回归朝廷，但不再过问政事，以大部分时间博览群书和参加文艺沙龙活动，他把沙龙游戏中的机智问答作为箴言记录下来，成为一部庞杂的著作《箴言集》。

要成功签下了约他写书的合同（有时甚至连合同都不签），他就会立刻搬进花了重金装修的宽敞公寓，添置一辆敞篷马车和两匹马，雇上一位马夫、一个厨子和一位男仆，给自己置办衣裳，给马夫安排制服，甚至还会买一些已原本不属于他的家徽装饰的餐具。那家徽属于一个名为巴尔扎克·德·昂特拉格的古老家族，而他也在自己的名字里加上了一个"德"字，想用这个小品词让自己显得出身高贵。为了支付这些奢侈的开销，他一面不断地向自己的妹妹、朋友和出版商借钱，一面不断在新的账单上签着字。他负债累累，却依旧买个不停——珠宝、瓷器、橱柜、细工嵌板、绘画、雕像；他用小羊皮将自己的藏书装帧得十分华丽；他有许多手杖，其中一根还镶嵌着绿松石；他能为了办一场晚餐会而把餐厅的装潢和家具全部换成新的。只要债主催得紧，他就会隔三岔五地把这些家当送进当铺；他家更是时常有经纪人上门，他们没收了他的家具，然后拿去公开拍卖。他已经无药可救了，直到生命的尽头，他买起东西来都是挥金似土，毫无理智。他借起钱来也是不知廉耻，然而他的天才实在是令人钦慕，所以朋友们的慷慨之心也很少被他耗尽。女性一般来说是不太愿意借钱给别人的，但是巴尔扎克显然感觉从她们手里借钱挺容易。他完全没有分寸，而且看来他从女人手里借钱也没有一丁点儿的顾虑。

　　人们应该记得，巴尔扎克的母亲动用了自己的资产，才把他从破产的边缘挽救过来；两个女儿的嫁妆又让她的积蓄进一步缩水，到了最后，她剩下的唯一一份财产就只有巴黎的一处房屋了。等到她发现自己已然困窘到了绝望的地步时，她才提笔给儿子写了一封信。安德烈·比利在他的第一版《巴尔扎克传》中引用了这封书信，我在此将其译文附上："我上一次收到你的信还是一八三四年十一月的事了，当时你在信中承诺，从一八三五年四月一日起每个季度给我两百法郎,好让我支付房租和雇女仆的费用。你也知道,我过不了穷日子;你名声那么大,生活又那么奢侈,这让我们处境的差距显得越发令人震惊。我认为对你而言,你给我许下的承诺无异于债务。如今已经是一八三七年四月了,这意味着你已经把这笔债务拖欠了两年。在你总共欠我的一千六百法郎里,去年十二月你给了我五百法郎,而且就像是不情不愿的施舍一样。奥诺雷,在这两年中我的生活是一场无休无止的噩梦。你没有能力帮我,我也不会怀疑这一点,然而结果是我靠抵押房产能够借来的金额已经减少,而我如今再也筹不到更多的钱,手头所有值钱的东西也都当了出去。眼下我终于到了要开口对你说'面包,我的儿子'的地步了。几周以来,我一直靠着我那好心的女婿的赠予过活,可是这样下去是不行的,奥诺雷,你看来还付得起那种昂贵的长途旅行,可是它们不仅耗费你的钱财,更会损耗你的名声——每次你远游归来,这二者都会因为你不能履行合同而大打折扣——想到这一切的时候,我的心都要碎了!我的儿子,既然你供得起……情妇、镶珠宝的手杖、戒指、银器,还有家具,那么假如你的母亲恳求你履行承诺,应该也不会有什么不妥吧。她是会等到万不得已的关头才向你开口的,然而这一刻已经到了……"

而巴尔扎克对这封信的回复是:"我觉得你最好到巴黎来一趟,咱们花上一个小时聊一聊。"

他的传记作家表示,既然天才有属于他们的特权,我们也不应该用常人的标准去衡量巴尔扎克的行为。这是个观念问题。而我个人以为,最好还是承认他的确自私自利、寡廉鲜耻,并且相当不诚实。对于他那不稳定的经济状况,最好的开脱也无非是说:他那轻松乐观的天性让他始终坚信,自己仅凭写作就能挣到大把大把的钱(而且他有一段时间确实挣了不少),而当时还有各种投机买卖一个接一个地刺激着他活跃的想象力，让他以为自己还能够通过投机赚得更多。然而真正参与投机之后，结果却往往不过是在既有的债务上新添一笔而已。假如他真的做到头脑理智、脚踏实地、生活节俭的话，那么他也永远不可能成为如他自己那般的作家了。他爱炫耀、好奢华，就是管不住自己花钱的手。他为了还债拼命工作，但不幸的是，旧账还没还完，他就已然写下了新的欠条。还有一件奇特的事情值得一提：只有在债务的压力之下，他才能一门心思地投入写作，甚至可以一直写到精疲力尽、脸色惨白为止，而他最优秀的几部小说都是在这种情形下写出来的。可是倘若他奇迹一般地居然没有身处窘境，没有拍卖经纪人上门捣乱，更没有编辑和出版商对他提出起诉，他似乎反而会丧失创造力，连一个字都写不出来了。在生命的最后一刻，巴尔扎克说是自己的母亲毁了他，然而此言着实令人震惊，因为明显是他毁了自己的母亲。

3

成功总是能带来朋友，巴尔扎克在文学上的成就也为他带来了众多友人；他的个人魅力、旺盛的精力和极富感染力的幽默感让他成了几乎所有高档沙龙里最受欢迎的客人。被他的盛名吸引的贵妇人之中有一位德·卡斯特里侯爵夫人，她是德·马伊埃公爵的千金、弗里茨-詹姆斯公爵的侄女、詹姆斯一世的直系后代。她用化名给他写了一封信，得到他的回复之后，她便再次写信坦白了自己的身份。他登门拜访对方，这次会面让他十分欣喜，不久之后就开始每天都去见她。夫人是一位面容苍白的金发女子，像花一样娇艳美丽。他爱上了她，而夫人虽然允许他亲吻自己高贵的玉手，却拒绝他更进一步的亲近行为。于是他开始喷香水，每天都戴上崭新的黄手套，然而一切努力都是徒劳。这让他变得越发急躁易怒，并且开始怀疑对方或许是在玩弄自己。而这一事实也相当明确，夫人需要的是仰慕者，而不是爱人。有这样一位功成名就、才华横溢的年轻人拜倒在自己脚下无疑令人愉快，但她完全没有做他的情人的意愿。在叔父弗里茨-詹姆斯的监护下，夫人和巴尔扎克一道前往意大利，并且在途中于日内瓦小驻，而危机就在此时爆发了。没有人知道具体发生了什么。巴尔扎克和侯爵夫人一同出门远足，回来时却是泪流满面。不难推测他或许是在途中向她提出了最后的请求，却被对方以某种令他备感羞辱的方式一口回绝。痛苦又愤怒的巴尔扎克认为夫人无耻地利用了自己，他愤而返回巴黎。然而他这个小说家也不是白当的，每一次经历——哪怕是最丢脸的那种——都可以成为他创作的素材，日后他笔下那种无情又轻佻的上流社会女性都将以德·卡斯特里侯爵夫人为原型。

就在巴尔扎克还在徒劳无功地追求侯爵夫人的时候，他收到过一封来自敖德萨的崇拜者来信，署名是"一位异国女子(L'Étrangère)"。不久之后又收到了第二封署名相同的信。于是他在唯一一份获准进入俄国的法国报纸上刊登了一则广告："阁下来信德·巴尔扎克先生均已收到，今日方才得以借本报致谢；然而先生不知回信应当寄向何处，并为此深表遗憾。"写信的人名叫伊芙琳·汉斯基，她是一位出身高贵且资产丰厚的波兰女士。她三十二岁，已婚，但丈夫却五十多岁了。她为丈夫生过五个孩子，但是只有一个女儿活了下来。她看到了巴尔扎克的广告，他们约定把写给她的信件都经由敖德萨的一位书商转交，这样她就能收到他的来信了。两人就这样开始了书信往来。

巴尔扎克时常挂在嘴边的"生命中最伟大的激情"也由此开始。

他们的通信很快就变得越来越亲密。巴尔扎克以当时流行的夸张口吻吐露心声，试图以此勾起这位女士的怜惜和同情。而她也天性浪漫，早就厌倦了那种住在乏味无趣的乌克兰乡间五千亩土地中间一栋孤零零的豪宅里的单调生活。她仰慕这位作家的才华，对其人亦有浓厚的兴趣。两人开始通信几年之后，汉斯基夫人带着年迈体弱的丈夫、她女儿、一位家庭女教师，还有一批仆人来到了瑞士的纳夏泰尔；而巴尔扎克也应她的邀请前往瑞士。有这样一段关于他们如何相遇的记载，读来虽然令人愉快，不过想象的成分或许大了些：巴尔扎克当时正在公园里散步，看到有一位女士坐在长椅上读书。她的手帕落在了地上，他礼貌地将手帕拾起，却突然发现对方读的书正是自己写的。他开口与其搭话，而这位女士恰好就是与他约定在此地相会的人。当时的她是个颇有些丰腴韵味的美人；她秀发美丽，双唇动人，虽然有一些极其轻微的斜视，但她的双眼还是非常秀美。第一眼看见这么个矮小肥胖的红脸汉子可能让她吓了一跳，给她写来那些诗意而热情的信件的人居然长得活像个屠夫；然而即便如此，他那双闪烁着点点金光的明亮眼睛、他旺盛的精力、活泼的性格，还有于他而言颇为罕见的善意，都足以让她忘记了方才的惊骇。在他于纳夏泰尔停留的五天时间里，两人成了情人。巴尔扎克不得不返回巴黎，分别时两人又约定冬天在日内瓦见面。他在圣诞节前夕到了日内瓦，在那里住了六个星期，在这段时间里，他一面与汉斯基夫人翻云覆雨，一面抽时间写了《朗热公爵夫人》，他在小说中对让自己蒙受屈辱的德·卡斯特里侯爵夫人进行了报复。他动身离开日内瓦之前，汉斯基夫人对他做出了承诺：一旦自己久病不起的丈夫过世，守了寡的她就马上和他结婚。

然而巴尔扎克刚回到巴黎没多久，就遇见了吉多博尼-维斯康蒂伯爵夫人，并且立刻迷上了她。夫人是位金发白肤的英国女子，生性却是与其国籍不甚相符的风流放荡，早已因对自己那位随和的意大利丈夫不忠而恶名昭彰。她很快就成了巴尔扎克的情人，但是当时的浪漫主义者却把这两人的风流韵事传得尽人皆知，就连住在维也纳的伊芙琳·汉斯基都有所耳闻。她给巴尔扎克写了一封充斥着恶毒的指责的信，还宣称自己要回乌克兰去。这对他来说是个巨大的打击，因为他还指望着等她缠绵病榻的丈夫一死就娶她——他相信自己不用等很久——并由此获得她那一大笔财产呢。他连忙借了两千法郎前往维也纳去与对方和解。出行时他号称德·巴尔扎克侯爵，行李箱上装饰着伪造的盾徽，身边还跟着个贴身男仆，这让他旅行的成本大大提高，因为身为贵族，跟旅馆老板讨价还价未免有失身份，给小费的时候也总得给出与他冒充的头衔相符的金额。到达维也纳时，他已经是身无分文，好在伊芙琳足够慷慨大方。但她还是忍不住继续对他大加指责，而他也不得不拼命编造谎言来减轻她的猜忌。三个星期之后，她动身返回乌克兰，两人在此后的八年之中再也没有见面。

巴尔扎克回到巴黎，并同吉多博尼伯爵夫人重归旧好。因为她的缘故，他变得比以往更加挥霍无度。他由于债务问题被捕，而她为他补交了欠款，让他不至于坐牢。自此之后每当他财务吃紧，她都会伸出援手。一八三六年，他的第一位情人德·伯尔尼夫人去世，这令他悲痛不已；甚至宣称她是自己唯一真正爱过的女人，不过其他人却认为，应该说她应该是唯一一个真心爱过他的女人才对。在同一年中，金发碧眼的英国伯爵夫人告诉巴尔扎克，自己怀上了他的孩子。孩子出生之后，她那位十分宽容的丈夫如是说道："啊，我知道夫人想要个黑皮肤的孩子，现在她终于得到自己想要的了。"至于他的其他风流韵事，我在这里只再多提一件，那是与一位名叫伊莲·德·瓦莱特的寡妇之间的私情，同德·卡斯特里侯爵夫人和伊芙琳·汉斯基的情形一样，此事也是从一封崇拜者来信开始的。他的五段感情之中有三段都是这样开始的，这着实有些奇怪,或许这也是这些情感都不甚圆满的原因。倘若吸引一个女人的是男人的名声,那么她会过度关心与其交往所带来的好处,并且因此无法享受真正的爱情所激发的那种无私心的情感。这种情形下的女性是个受挫的爱出风头的人,她会抓住一切机会满足自己的本能。与伊莲·德·瓦莱特的关系持续了四五年。说来也怪,巴尔扎克同她分手的原因,居然是发现了她并没有如同她自己声称的那般高贵的出身。巴尔扎克从她手里借过许多钱,他去世之后,伊莲曾经试图从他的遗孀那里讨回欠款,但最后似乎以徒劳告终。

与此同时,他依旧保着与伊芙琳·汉斯基的通信。在他的早期来信之中,两人之间的关系堪称一目了然。其中有两封被伊芙琳在疏忽之下夹在书里,结果被她的丈夫发现了。得知这一窘况的巴尔扎克写信给汉斯基先生,解释说那只不过是一个玩笑,说是伊芙琳曾经笑话他不会写情书,于是他才动笔写了这两封,用以证明自己分明写得很好。这个解释相当薄弱,但是汉斯基先生显然接受了。此事之后巴尔扎克写起信来就变得异常谨慎,他只会通过潜藏在字里行间的间接方式向伊芙琳保证,自己还像以往一样热烈地爱着她,并且渴盼着两人有朝一日能够彼此结合,共度余生。然而他这话只不过是花言巧语罢了,因为在分别后的八年时间里,除了偶尔调调情之外,他还有两段认真的感情,一段是和吉多博尼伯爵夫人,另一段则是和伊莲·德·瓦莱特,他对伊芙琳·汉斯基的爱根本没有他号称的那么热烈。巴尔扎克毕竟是个小说家,因此当他坐下来给她写信的时候,自然能轻而易举地将自身代入思恋成疾的痴情角色,就像他在举例说明吕西安·德·吕庞泼莱的文学天赋时也能代入年轻有为的记者角色,并以他的笔调写出精彩的文章一样。

不过在他给伊芙琳写情书的时候,他落笔写下的应该就是当时他的真实想法,我对这一点毫不怀疑。因为她早就许诺过,只要丈夫一死，自己马上就嫁给他，而他未来的保障就完全取决于她是否会信守承诺了；所以假如他信中的口吻有一些夸张而刻意，那也没什么好指责的。漫长的八年时光中，汉斯基先生的身体一直还算不错，他的去世非常突然。巴尔扎克期待已久的时刻也随之到来：他的梦想终于实现了，他终于要变成有钱人了，他也终于能够摆脱自己那些"小资产阶级债务"了。

但是伊芙琳在写信告诉他自己丈夫的死讯之后很快又寄来了第二封信，在这封信里，她告诉巴尔扎克自己不会嫁给他。因为她无法原谅他的不忠、挥霍，以及债务。这让他顿时陷入绝望境地。在维也纳的时候，伊芙琳告诉过他，自己不指望他在肉体上也保持忠贞，只要能拥有他的心就够了。就这一点来说，他的心倒一直是属于她的。伊芙琳的不公让他异常愤怒。他由此认定，只有去与她见面才能重获她的芳心。于是在大量的通信之后，虽然对方明显相当不情愿，他还是踏上了前往圣彼得堡的旅程，伊芙琳当时正在那里处理丈夫的后事。事实证明，他的盘算的确没错。他们两个此时都已经是身体发福的中年人了，他四十三岁，她四十二岁，不过看来他的魅力、活力和天赋依然让她难以拒绝。两人就这样再次成为恋人，伊芙琳也再次许诺自己会嫁给他。此时距离最初的承诺已经过去了七年的时间。传记作家们一直困惑于她究竟为何要犹豫这么久，然而其中的原因却明显并不难找。她是一位高门贵妇，也很为自己高贵的出身而自豪，就像《战争与和平》里的安德烈公爵一样。而她当然有可能已经意识到，做著名作家的情人与当庸俗暴发户的妻子之间有着巨大的差别。她的家人也极力劝她不要和这么一位各方面都不合适的人结婚。她的女儿也到了结婚的年纪，她有责任为孩子找个门当户对的婆家，而巴尔扎克是个臭名昭著的败家子，她很可能是害怕他会拿自己的钱去打了水漂。他总是问自己要钱，甚至不能说是从她钱包里捏几个小钱了，而是双手伸进去向外掏。她的确有钱，她本人的生活的确也很奢侈，但是你为了自己的享乐挥霍金钱，和别人花着你的钱去寻欢作乐，这二者当然是完全不同的。

真正古怪的事情并不是伊芙琳·汉斯基等了这么久才嫁给巴尔扎克，而是她居然真的会嫁给巴尔扎克。两人偶尔会见个面，而作为其中一次见面的结果，她怀孕了。巴尔扎克兴奋极了，他认定自己终于彻底赢得了伊芙琳，并且立刻乞求她嫁给自己；可是对方不愿意如此将就了事，她回信告诉巴尔扎克，为了节省开支，她准备生下孩子之后先回乌克兰去，以后再和他结婚。这个孩子生下来就死了。这大约是一八四五或者一八四六年的事。一八五〇年，她嫁了巴尔扎克。他在乌克兰度过了冬天，并且在那里举行了婚礼。为什么她最后还是答应了？她不想嫁给巴尔扎克，她从来就没想过。她是个虔诚的女人，甚至一度认真考虑过要不要进修道院；或许是她的忏悔神父劝导过她，劝她让自己不合常规的处境重返正轨。这一年冬天，由于长期不知疲倦地工作，再加上喝了过多的浓咖啡，巴尔扎克健壮的体格终于崩溃了，他的健康状况开始变差，心脏和肺部全部出现了感染，显然已经时日不多了。伊芙琳或许是对这个行将就木之人动了恻隐之心，因为他虽然不忠，但是毕竟长久以来一直爱着自己。她的兄弟亚当·泽伍斯基写信恳求她不要嫁给巴尔扎克，而皮埃尔·狄斯卡维斯在《巴尔扎克先生的一百天》中引用了她的回信："不，不，不……这是我对那个男人的亏欠，我让他吃了不少苦，他也为了我受了不少罪，我曾经是他的灵感与欢乐。他病了，他没有多少时间了！……他受过很多次背叛；而我会保持对他的忠贞，我会不顾一切地忠于他寄托于我身上的理想,假如他的确像医生说的那样即将死去,至少他在最后一刻还能握着我的手,心中还能留存着我的影像,愿他最后的目光所见之物是我,是那位他如此深爱,也爱他至诚至真的女人。"这封信非常感人,我不觉得其中的真诚有什么值得怀疑的。

这时的她再也不是个富有的女人了。她在女儿身上投入了绝大多数财产,只给自己留下了一份年金。即便巴尔扎克对此深感失望,他也没有表现出来。这对夫妇回到巴黎,他用伊芙琳的钱买了一处装潢豪华的大房子。

说来令人颇为惋惜,虽然巴尔扎克苦等了那么多年才终于实现了自己的愿望,他们的婚姻却并不成功。他们一度在乌克兰住了几个月,人们或许不难猜想,即便性格上难免有所摩擦,两人必定还是能够增进对彼此的了解,从而顺利地步入亲密无间的婚姻生活。对于情人身上的一些习惯和把戏,伊芙琳或许还能放任不管,但是放到丈夫身上就会让她大动肝火了。多年以来,巴尔扎克一直处于主动恳求的位置,因此一旦顺利地结了婚,他就会变得蛮横而霸道。而伊芙琳也是个生性傲慢、难以取悦、脾气急躁的人。她做出了很大的牺牲才能嫁给他,可他似乎对此并不怎么感激,这令她十分恼火。她以前总是说,除非他把债全都还清了,否则她绝对不会嫁给他,他也信誓旦旦地说自己全都还完了。可是刚一到巴黎,她就发现住的房子还是被抵押了,而他依然背着一屁股债。此前她早就习惯了在豪宅里做独当一面的女主人,习惯了身边有一大群农奴随她使唤;法国的仆人让她非常不适应,她也十分反感巴尔扎克的家人插手自己的家务。她不喜欢他们,觉得他们既不入流又自命不凡。这对夫妻经常当众陷入激烈的争执,甚至吵到连他们的朋友都知道。

巴尔扎克是带着病回到巴黎的。他的病也越来越严重,最终到了卧床不起的地步。在接连不断的并发症折磨之下，他在一八五〇年八月十七日离开了人世。

就像凯特·狄更斯和托尔斯泰伯爵夫人一样，伊芙琳·汉斯基给后人留下的印象并不好。她比巴尔扎克多活了三十二年，她贱卖了不少东西，偿还了他留下的债务，还每年都付给他的母亲三千法郎——巴尔扎克生前向她承诺过这笔钱，却从未兑现过——直到对方去世为止。她重新出版了他的全集。以此事为契机，一位姓尚弗勒里的年轻人在她丈夫去世的几个月之后登门拜访；当时这位颇有女人缘的人向她大献殷勤，而她也并没有拒绝。这段私情持续了三个月。之后又有一个叫让·齐古的画家接了他的班，这次的关系则一直维持到她以八十二岁高龄去世，从时间上的长度来看，我们不难料定这段恋情最终变成了柏拉图式的情感。只是后人或许更希望她能够恪守贞节，在哀痛中过完漫长的余生。

4

乔治·桑曾经十分公正地说过，巴尔扎克的每一部作品都是一部巨著中的一页，这部巨著不论去掉其中的哪一页都会不再完美了。一八三三年，他萌生了一个想法，那就是把自己所有的作品整合成一部著作，并将其命名为《人间喜剧》。这个念头在他脑海中闪现的时候，他立刻跑去找到了他的妹妹，"祝贺我吧，"他喊道，"因为我很显然（tout simplement）已经踏上通往天才的道路了。"他是如此描述这个设想的："法国的社会生活是史学家的领域，而我要做的只不过是一名书记员，通过罗列大量的美德与恶行、汇聚有关情感的基本事实、描绘形形色色的人物、选取社会生活中的重要事件、搜罗普遍性格之中的共性塑造典型，我或许就可以书写一部被史学家遗忘的历史，一部社会风俗史。"这的确是个颇具雄心的规划。他在世期间从未将其完成。他留下的作品中某些篇章虽然有其必要性,却显然不如其他部分那样有趣。然而相对于这部巨著的体量而言,这种情况也是在所难免。不过巴尔扎克几乎所有小说中都会有这样的两三个角色,他们的行为被简单而原始的激情所支配,并因此凭借其鲜明的力量脱颖而出。他的长处也恰好体现在对这种人物的刻画上;处理略微复杂一些的人物时,他的笔力就要略逊一筹了。他几乎所有小说中都有几个极其有力的场景,有几部作品的情节也相当引人入胜。

假如某位从未读过巴尔扎克的人请我推荐一部作品,这部作品又应当最能代表他的特色,能让读者对他的风格产生全面了解的话,我会不假思索地直接推荐《高老头》。这部小说的故事从头到尾都是妙趣横生。巴尔扎克会在某些作品中突然中断对故事的讲述,转而探讨起各种毫不相干的事情,或是没完没了地向你谈论那些你半点兴趣都没有的人物,但是《高老头》却没有这些缺陷。他让书中人物的性格体现在他们自己的言行举止之中,并且始终秉持着以其性情所允许的范围内最为客观的态度。小说的结构极其严密,两条主线——老头对不知感恩的女儿们不惜自我牺牲的父爱,以及野心勃勃的拉斯蒂涅初入彼时拥挤而堕落的巴黎之后的经历——巧妙地交织在一起。它愈发强调了巴尔扎克在《人间喜剧》中努力揭示的道理:"人类既不善,也不恶。同它与生俱来的,既有某些本能,又有若干才能。卢梭断言社会(la société)使它堕落;其实不然,社会正在使人类变得更好、更完善。不过,利欲也在助长人类的不良倾向。"[1]

据我所知,正是在《高老头》中,巴尔扎克才第一次萌发了在

---

[1] 丁世中译。

彼此相连的多部小说中延用同一个角色的设想。这么做的难点在于，这个角色必须塑造得足够有趣，能让读者想要知道在他们身上又发生了什么。而巴尔扎克在这一点上非常成功，就我个人而言，某些小说会让我格外想知道其中的某些人物——拉斯蒂涅就是一个很好的例子——有何遭遇，未来又会有什么发展，这会给我带来不少额外的乐趣。巴尔扎克本人也对这一类人物有着浓厚的兴趣。他曾经雇过一个文人当自己的秘书，此人名叫于勒·桑多，他留名文学史主要因为他是乔治·桑的众多情人之一。因为姐妹快要死了，这位秘书请假回了家，又在姐妹去世之后埋葬了她。桑多回来以后，巴尔扎克先是向他表示慰问，又简单问候了他的家人，接下来话锋便突然一转（至少传言是这样讲的）："好啦，这件事就到此为止，咱们来谈谈正事儿吧。咱们来讨论一下欧也妮·葛朗台。"巴尔扎克在写作中采取的这种手段相当有效（顺便一提，圣伯夫曾经一度在气急败坏之下把它批得一文不值），因为它在构思上非常省力，但是我相信，对于创意无限的巴尔扎克而言，采用这一手法未必是出于那种考量。我相信他是认为此举可以为自己的故事增添一些现实感，因为毕竟我们在日常生活中长期接触的差不多还是同一批人；此外更重要的一点是，在我看来，他的主要目的还是将整部作品编织为一个统一的整体。诚如他本人所言，他的目标从不限于描写某一个特定的群体、类型、阶级，乃至于社会，他想要描写的是一个时代和一种文明。他沉溺于一种在他的同胞之中并不罕见的幻景：不论什么灾难降临，法国都会是世界的中心。不过或许正是由于这个缘故，他才有信心去塑造一个色彩斑斓、包罗万象的世界，他才有能力赋予这个世界真实而可信的生命律动。

　　巴尔扎克的小说往往在开头部分进展缓慢。他常用的手法是在开篇阶段详细描写故事即将发生的场景。他总是过度沉迷于这种描写，以至于告诉读者的信息往往会超过必要的限度。他始终没有学会该讲的就讲、没必要讲的就不讲这门艺术。在这番描写之后，他会告诉读者，他笔下人物都长什么模样，有怎样的性格，出身如何，还有哪些习惯、理念和缺陷；把这一切铺垫完之后才开始讲故事。他热情的性格在他塑造的角色身上也得以体现，他们的生活终究又不同；这些角色都是以原色绘制而成，生动而甚至有些刺眼，远比常人更为激动人心；但他们也是活生生的人。而我认为他们之所以真实可信，正是因为巴尔扎克本人也对他们深信不疑，他深信到甚至在临死之时高喊："去把皮安训找来。皮安训会救我的。"皮安训是在他的许多作品中都出现过的一位医生，他聪明而诚实，《人间喜剧》中极少有公正无私的角色，皮安训正是其中之一。

　　我相信巴尔扎克是第一位以膳宿公寓作为故事舞台的小说家。在他之后，这一背景才被广泛利用，因为对于作家们来说，这样可以十分方便地将各色人等汇聚到同一个纷乱的处境之中，但是我还没见过有谁能把这个背景用得比《高老头》效果更好。在这部小说里，我们认识了或许是巴尔扎克笔下最令人胆寒的角色——伏脱冷。有史以来涌现过成千上万个这种类型的角色，却没有一个如他那般鲜明而生动，也没有一个拥有他那种令人信服的现实感。伏脱冷拥有聪明的头脑、顽强的意志和旺盛的活力。这些正是巴尔扎克十分欣赏的品质，他虽然是个无情的罪犯，却让创造他的作者为之深深着迷。对于读者而言，有一点格外值得留意；作者一面让那个全书结尾才能公开的秘密不至于提前泄露，一面十分巧妙地暗示出此人身上潜藏着阴暗之处。伏脱冷是个快活、慷慨、和善的人，他身强力壮，聪明而沉着，让人很难不对其心生崇敬与认同；然而他也诡异得令人恐惧。他让读者为之着迷，就像他迷住拉斯蒂涅这个野心勃勃、出身高贵、为了追求飞黄腾达才来到巴黎的年轻人一样;然而与这位罪犯共处时,读者也会像拉斯蒂涅一样感觉不安。伏脱冷实在是一个塑造得精彩绝伦的角色。

他与欧仁·拉斯蒂涅的关系也刻画得十分到位。伏脱冷一眼就能看穿这个年轻人的内心,并且以微妙的方式逐步侵蚀着他的是非观。诚然,当拉斯蒂涅惊恐地发现,为了让自己娶到一位女继承人,伏脱冷居然杀过一个人的时候,他也的确激烈反抗过,然而祸患的种子已经埋下了。

《高老头》的故事以老头的死作结,拉斯蒂涅参加了他的葬礼,之后独自一人留在公墓中,俯瞰着塞纳河两岸的巴黎城,目光最终停留在自己梦想进入的上流社会所居住的那片城区。"现在咱们俩来拼一拼吧!"[1]他高喊道。有些读者或许不打算阅读拉斯蒂涅登场的全部小说,又想知道伏脱冷的影响会带来什么后果,那么他们或许会对以下内容感兴趣。高老头的女儿、富有的银行家纽沁根男爵的妻子纽沁根夫人爱上了拉斯蒂涅,给他置办了一处装潢豪华的公寓,还给了他不少钱,让他得以像绅士一样度日。由于丈夫不会给她太多钱,巴尔扎克也没讲清楚夫人是怎么做到这一点的。或许在他看来,如果一个恋爱中的女人需要拿钱来资助自己的情人的话,那她无论如何都能弄到钱的。男爵本人对此事似乎持宽容态度,一八二六年,他还在一次金融交易中利用了拉斯蒂涅,这笔买卖让这年轻人的很多朋友倾家荡产,拉斯蒂涅自己却从纽沁根那里得到了四十万法郎的分赃。他用这笔钱给两个妹妹置办了嫁妆,让她们能嫁个好人家,在这之后还能剩下每年两万法郎的收入:"这是过安生日子的钱。"他对朋友皮安训如是说。这笔钱让他不必继续

---

[1] 傅雷译。

依赖纽沁根夫人，而且他也意识到，假如通奸的时间太久，这段私情中也会出现婚姻之中的种种弊端，还得不到婚姻的好处，于是他下定决心甩掉了纽沁根夫人，去做了德斯帕尔公爵夫人的情人，这倒不是因为他爱上了她，而是因为公爵夫人不仅有钱，还是个颇有权势的贵妇人。"也许我有朝一日会和她结婚，"他补充道，"她能让我获得地位，最终还能还完所有的债。"这是一八二八年的事。书中并未挑明德斯帕尔夫人究竟有没有被拉斯蒂涅的花言巧语攻陷，然而即便她的确着了他的道，那么这段私情也没有持续很久，而他也做回了纽沁根夫人的情人。一八三一年，他考虑过娶一个阿尔萨斯姑娘为妻，可是一发现她并没有此前她让自己相信的那么有钱，他就立刻打了退堂鼓。一八三二年，通过亨利·德玛西——他以前也是纽沁根夫人的情人，在路易·菲利普一世统治期间[1]做过内阁大臣——的影响，拉斯蒂涅当上了副国务秘书。并且在任职期间得以大肆敛财。而他跟纽沁根夫人的关系显然持续到了一八三五年，后来或许是在双方达成一致的情形下分手；三年之后，他娶了她的女儿奥古斯塔。因为奥古斯塔是大富豪的独生女，拉斯蒂涅又从这桩婚事中大捞了一笔。一八三九年，他被封为伯爵，并且再次进入内阁。一八四五年，他又成了法兰西贵族院的议员，收入高达每年三十万法郎（约合一万两千英镑），在当时这可称得上是一笔巨款了。

巴尔扎克明显对拉斯蒂涅有所偏爱。他赋予这个人物高贵的出身、英俊的外表、丰富的个人魅力和机智的头脑，还让他对女性有着巨大的吸引力。假如说作家本人甘愿放弃一切——除了他的名声——也想成为像拉斯蒂涅一样的人，应该还不算离谱吧？巴尔扎

---

[1] 路易·菲利普一世在1830年七月革命后被拥上王位，后于1848年的二月革命中逊位。

克崇拜成功者，拉斯蒂涅或许的确是个恶棍，但是他成功了。诚然，他的财富建立在他人的毁灭之上，但这些人会上他的当也是因为自身的愚蠢，而巴尔扎克对蠢人毫无同情。吕西安·德·吕庞泼莱是巴尔扎克笔下另一个冒险家，他因为自身的软弱而失败；而拉斯蒂涅的胆识、决心和力量则让他获得成功。自从他在拉雪兹神父公墓向巴黎发出挑战的那一天开始，就再也不会让任何东西阻挡他自己前进的道路。他下定决心要征服巴黎，而且他赢了。我猜想，巴尔扎克或许根本无法谴责拉斯蒂涅在道德层面上的过失。说到底他还算是个好人：虽然他在涉及自身利益的情况下表现得冷酷无情、不择手段，可是直到最后，他都愿意对自己在穷困潦倒的青年时代结交的老友伸出援手。他的目标从一开始就是过上显赫的生活，是拥有一栋好房子、一大群使唤的人、一辆马车、一长串情人和一个有钱的老婆。他实现了自己的目的，而我认为巴尔扎克应该从未想过这个目标有什么庸俗之处。

福楼拜与《包法利夫人》

1

如果的确如同我相信的那样，一位作家会写什么样的书主要取决于他是什么样的人，那么他们个人经历中发生过什么与之相关的事件也就值得一看了，而各位读者很快就将在下文中看到，对于福楼拜而言，对这一点的了解简直必不可少。他是个相当不寻常的人。我不知道还有哪个作家能像他那样，以热情似火、百折不挠的勤勉献身于文学这门艺术。与许多作家不同，他身上没有那种对作家而言无比重要的活力，但他所拥有的活力也能让思绪平复、让体力回复，或是让体验变得丰富多彩。他认为生命的目标并不只是活下去，因为于他而言，生命的目标是写作；隐修的僧侣为了上帝之爱而放弃俗世的享乐，其坚定程度却无法与为了艺术创作的雄心而放弃生活的圆满与多姿多彩的福楼拜相比。他既是浪漫主义者又是现实主义者。正如我在谈到巴尔扎克时讲过的那样，浪漫主义的核心是对现实的憎恶，以及对逃避现实的那种激情洋溢的渴望。如同所有浪漫主义作家一样，福楼拜在离奇与虚幻之事、遥远的东方以及古风时代[1]中寻求庇护；然而尽管他如此痛恨现实世界，如此厌恶资产阶级的卑鄙、陈腐和愚蠢，却依然对这一切十分着迷，因为

---

[1] 指公元前 8 世纪至公元前 6 世纪，荷马时代结束之后古希腊地区普遍出现城邦制国家的时期。此时的国家皆以一个市镇为中心，结合周围农村而成，一城一邦，独立自主。

他的天性让他总是被自己最反感的东西深深吸引。对他来说，人类的愚蠢有着某种令人厌恶的魅力，全面剖析它的丑恶之处会为他带来一种病态的快感。这种令人着魔的力量刺激着他的神经，就像是长在身上的脓疮，摸起来会很疼，你却总是忍不住要去摸。他身上现实主义者的部分则仔细审视着人性，并将其视作一堆垃圾，他要做的并不是从中寻找尚有价值的东西，而是要向所有人展示，不论外在如何，人类的本质是何其卑劣。

2

一八二一年，古斯塔夫·福楼拜生于鲁昂。他的父亲是一位医生，他在一家医院担任院长，并且和妻儿一同住在那里。那是一个幸福美满、受人尊敬的富裕的家庭。福楼拜的成长经历也跟阶级相同的其他法国孩子没什么区别；他去上学，同别的男孩交朋友，对功课不算很上心，书却读了不少。他十分情绪化，也很有想象力，就像许多敏感的孩子一样，他也为内心深处那种注定与他相伴终生的孤独感所困。"我十岁就去上学了，"他写道，"而我也很快就开始对人类心生反感。"这可不是什么俏皮话，他真的是这样想的。他从少年时代开始就是个悲观主义者了。诚然，浪漫主义在当时风头正劲，悲观主义更是风行一时——仅仅是在福楼拜就读的学校里，就有 个男孩开枪打爆了自己的脑袋，还有一个用领带悬梁自尽；但我们却实在看不出来，既然福楼拜拥有和睦的家庭、慈爱的父母、宠爱他的姐姐和真诚的朋友，为什么他还会觉得人生难以忍受、人类面目可憎。当时的他发育良好，外表上看各方面都非常的健康。

十五岁的时候，他恋爱了。他们全家在那年夏天去了特鲁维尔，彼时那里还是个海边的小村庄，村里只有一家旅馆；他们正是在那里遇见了莫里斯·施勒辛格，他是一位音乐出版商，也是某种程度上的冒险家，当时他正带着妻儿在那家旅馆下榻。我有必要在此将福楼拜日后对施勒辛格夫人的描写转述一番："她个子很高，肤色微黑，漆黑的秀发在肩头垂落；她长着希腊式的高鼻子，目光明亮如火，高挑的眉毛弯成迷人的弧度，她的皮肤散发着光芒，仿佛笼罩着一层薄雾似的金光；她苗条而优雅，你甚至能看到她棕紫色的喉咙上蜿蜒的青色血管。除此之外，她上唇之上那一层纤细的绒毛为她的脸庞平添一种阳刚有力的神态，让金发白肤的美人在她面前相形见绌。她讲话的速度很慢，声音抑扬顿挫，像音乐一样轻柔悦耳。"把 pourpré 这个词翻译成 purple（紫色）时我其实有些犹豫，因为这么说听起来实在是不怎么诱人，但它翻译过来就是这样，所以我也只得推测福楼拜是把这个词当成 bright-hued（色调明亮）的同义词来用了。

当时二十六岁的伊莉莎·施勒辛格正忙于照料她的幼子。福楼拜非常腼腆，若不是因为她的丈夫天性热情快活、很容易跟人交上朋友的话，他根本鼓不起勇气和她讲话。莫里斯·施勒辛格带着这个男孩一起兜风，有一次三个人还一道乘船出海。福楼拜坐在伊莉莎身边，两人肩膀挨着肩膀，她的裙子紧紧地贴着他的手；她用低沉而甜美的嗓音对他讲话，可是他心乱如麻，一个字都没能听进去。夏天结束的时候，施勒辛格夫妇离开了，福楼拜一家返回鲁昂，古斯塔夫也回到了学校。他生命中唯一一次真正的激情也由此开始。两年之后，他再次造访特鲁维尔，却只得知伊莉莎虽然来过，但是此时已经走了。福楼拜当时十七岁。在他看来，以前的自己心神不宁，所以无法真正地爱上她；而如今他对她的爱已经不同了，如今他的爱已经包含了男性的欲望，而她本人的缺席更让他的欲念愈演愈烈。回到家后，他又重新捡起了自己此前多次半途而废的《狂人回忆录》，并且在书中讲述了自己爱上伊莉莎·施勒辛格那个夏天的经历。

十九岁那年，为了奖励他入学考试通过，父亲送他跟一位姓克劳盖的医生去比利牛斯山区和科西嘉岛旅行。此时他的身体已经完全发育成熟，肩膀很宽，同龄人都管他叫"巨人"，而他自己也如此自居。虽然他其实不到六英尺，在今天看来实在算不上高大；但是当时的法国人也比如今要矮得多，而他在同胞当中就很明显要高出一大截了。他的体态瘦削而优雅，漆黑的长睫毛遮着海绿色的大眼睛，一头长发直垂到肩膀。四十年后，一位在青年时代与他相识的女性回忆说，当时的他就像希腊神祇一样俊美。从科西嘉岛返回的路上，这对旅伴在马赛稍事停留，一天早晨，游泳回来的福楼拜留意到，一位年轻女子正坐在旅馆的院子里。他过去打了招呼，两人攀谈起来，她的名字是尤拉莉·傅科，在这里等着乘船去法属圭亚那与在那里做军官的丈夫团聚。福楼拜与尤拉莉·傅科一起度过了那个夜晚，根据他自己的记述，那激情似火的一夜就像雪地上的夕阳一般美好。离开马赛之后，他就再也没有见过她。但是这次经历给他留下了深刻的印象。

此后不久，他前往巴黎学习法律，这倒不是因为他想做律师，而是因为他非得选择一项职业不可了。他在巴黎感觉无聊透顶，他既厌倦那些法律课本，也厌倦了大学生活；他鄙夷同学们的平庸，瞧不上他们的装腔作势与资产阶级趣味。在巴黎求学期间，他写了一部名为《十一月》的中篇小说，并在其中记述了自己和尤拉莉·傅科的韵事。不过他还是赋予了故事中的她高挑的弯眉、生着浅淡绒毛的上唇，还有伊莉莎·施勒辛格那可爱的脖颈。他去那位音乐出版商的办公室拜访，由此再次联系上了施勒辛格，并应邀与他们夫妻共进晚餐。伊莉莎还是一如既往的美丽。上次与她相遇时，福楼拜还是个笨拙的半大小子，而如今的他已经是个英俊、热情、内心充满渴盼的男人了。他很快就同这对夫妻熟络起来，时常与他们一起吃饭，偶尔还会一道去短途旅行。可他仍然像以前一样怯懦而腼腆，很长时间都没有勇气去坦白自己的爱意。不过等他终于开口表白的时候，伊莉莎却并没有像他担忧的那样生气，她只是平静地告诉他，自己并没有准备好与他缔结好友之外的关系。她的经历颇为奇特。福楼拜在一八三六年与伊莉莎相识，彼时的他也像所有人一样，认为她就是莫里斯·施勒辛格的妻子；然而真相并非如此，她的丈夫是一个名叫埃米尔·朱迪亚的人，此人因为诚信问题惹上了大麻烦，此时施勒辛格挺身而出，提出自己可以出钱救他免予诉讼，但条件则是他必须放弃妻子离开法国。他同意了，施勒辛格和伊莉莎·朱迪亚就此生活在一起。但是在当时的法国无法离婚，直到一八四〇年朱迪亚去世，这两人才得以完婚。据说虽然这个不幸的家伙无法陪伴在她身边，最终又在他乡死去了，但她依旧深爱着他；或许正是出于这个原因，加之她对另一个既给了她安身之处、又做了她孩子父亲的男人的忠诚，她才会犹豫不决，不肯接受福楼拜的欲望。但他殷勤无比，而施勒辛格也是众所周知地对她不忠。福楼拜那孩子气的痴情或许感动了她，让她最终被对方说服，同意在某一天到他的公寓去。他等得心急如焚，她却没有出现。根据福楼拜在《情感教育》中的记述，传记作家们普遍接受了以上这个故事，因为它看起来十分可信，所以也很可能的确是对事件的真实记录。总之至少有一点可以确定：伊莉莎从来没有成为他的情人。

一八四四年发生的一件事改变了福楼拜的人生，也对他的文学创作产生了深远的影响，而我也将在下文中继续揭示这一点。在一个幽暗的夜里，他和兄长一起乘车从母亲名下的一处地产赶回鲁昂。哥哥比他年长九岁，并且子承父业做了医生。突然之间，福楼拜毫无征兆地"感觉一股燥热冲昏了自己的头脑，他就像掉落入坑底的石头一样摔了下去"。意识恢复时候，他发现自己浑身是血；哥哥把他抬到了附近的一处房子里，给他放了血，被送到鲁昂之后父亲又再次给他放了血，让他服用缬草和木蓝，并且禁止他抽烟、喝酒和吃肉。他又严重地持续发作了一段时间。在随后的几天中，他崩溃的神经让他几欲疯狂。他的疾病一直笼罩在一片谜团之中，医生们也从不同的角度探讨过这个问题。有些断言他得的一定是癫痫，他的朋友基本也持这个观点；他的侄女在回忆录中对这个问题缄口不言；雷内·杜梅尼勒先生撰写过一本研究福楼拜的重要著作，他本人也是一名医生，他宣称福楼拜的病并不是癫痫，而是所谓的"癔症性癫痫"。然而不管那是什么病，治疗的方法都是大同小异，福楼拜先是用了几年大剂量的盐酸奎宁，之后又改用溴化钾，并且终身都没有摆脱这种药物。

这次发病或许并没有让福楼拜的家人感觉十分意外。他告诉过莫泊桑，自己十二岁的时候就在听觉和视觉上出现幻觉了，这件事可谓众所周知。他十九岁那年被安排着与一位医生一道旅行，那也是因为父亲后来为他制定的治疗方案中包括换换环境，看来他并非全无天生便带着患病隐患的可能性。福楼拜一家虽然富有，但是迂腐守旧，并且乏味而节俭，所以很难相信，儿子只不过是通过了所有受正规教育的法国男孩都要参加的考试，他们居然就会想到让他出门旅行，同行的旅伴还是一位医生。还是个孩子的时候，福楼拜就感觉自己跟身边接触到的人们不太一样，他早年间那严重的悲观思想也很有可能正是由他的怪病引起的，这种神秘的疾病一定从那时便开始影响他的神经系统了。无论如何，如今的他都必须面对自己注定被可怕的病痛折磨这一现实了，由于疾病的发作无法预料，他的生活方式也必须因此发生改变，他决定放弃法律学业（不难推测，他这么做倒一定是心甘情愿的），并下定决心终身不娶。

一八四五年，父亲去世了，两三个月后，他唯一的妹妹卡罗琳也在产下一个女儿之后死去。他一直深爱着自己的妹妹。童年时代的两人形影不离，卡罗琳直到出嫁之前都一直是他最亲密的朋友。

福楼拜医生去世前不久买下了一片名叫克洛瓦塞的地产，这片地皮位于塞纳河畔，其中包含一座具有两百年历史的石制房屋，屋前有一片露台，屋后有一座可以俯瞰河面的小凉亭。医生的遗孀带着儿子古斯塔夫和卡罗琳尚在襁褓之中的女儿搬进了这座房子；她的长子阿希礼此时已经结婚，并且继承了父亲在鲁昂医院的职位。福楼拜就在克洛瓦塞度过了自己的余生。他从很小的时候就开始断断续续地写些东西，如今疾病限制了他正常的生活，他便决定全身心地投入文学创作。他在一楼有一间很大的工作室，窗外就是塞纳河与花园。他也建立了一套十分规律的生活习惯：十点钟起床，读信件和报纸，十一点时吃一餐简单的午饭，饭后去露台上散步，或是坐在凉亭里读书。下午一点钟开始写作，一直工作到七点钟吃晚餐为止，之后再去花园里走一走，回来之后便一直工作到深夜。他闭门谢客，只会和极少的几个朋友见面，他偶尔会邀请这几个人来与自己同住，并且一起探讨作品。这样的朋友总共有三位：阿尔弗雷德·勒·普瓦特万，他比福楼拜年长不少，是他们一家的老友；马克西姆·杜坎，福楼拜是在巴黎读法律的时候认识他的；以及路易·波耶，此人靠在鲁昂教拉丁语和法语的微薄收入度日。这三个人都喜爱文学，而波耶本人还是个诗人。福楼拜生性温柔，对朋友也非常忠诚，可是他占有欲极强，待人也颇为苛刻。勒·普瓦特万对福楼拜有着不小的影响，当他得知此人即将迎娶一位姓德·莫泊桑的小姐的时候，他简直怒不可遏。"此事给我带来的感受，"后来的他如是说，"就像一位主教的丑闻被揭发时对他的信徒产生的刺激一样。"至于马克西姆·杜坎和路易·波耶的情况，我稍后也会谈到。

卡罗琳去世的时候，福楼拜为她的面部和双手取了模，几个月后他前往巴黎，请当时非常著名的雕塑家帕拉迪尔为妹妹塑一尊胸像。他在帕拉迪尔的工作室认识了一位名叫路易丝·柯莱的女诗人。她属于在文人之中也不算罕见的那种作家，他们认为左右逢源的运作完全能够替代才华；此外又以美貌为助力，她得以在文学圈子里多少拥有了一席之地。她拥有一家许多精英人士光顾的沙龙，名为"缪斯"。她的丈夫希波利特·柯莱是一位音乐专业的教授；而她的情人维克多·库辛则是一位哲学家兼政治家，她已经与此人生了一个孩子。路易丝生着一头与其脸形十分相称的金色卷发，声音柔和又满含激情。她对外宣称自己三十岁，实际上却要年长不少。福楼拜当时则是二十五岁。在短短四十八小时之内，在福楼拜因为过于紧张而酿成的一次小意外之后，他就成了她的情人，不过他当然没能取代那位哲学家的位置，虽然根据路易丝本人的说法，此人与她的感情当时完全是柏拉图式的，但他们却依然维持着公开正式的关系；三天之后，福楼拜与路易丝挥泪告别，返回了克洛瓦塞。当天夜里他就给路易丝写下了一封情书，这是他此后写给情人的一连串古怪的情书中的第一封。多年之后，他告诉埃特蒙德·德·龚古尔，他当时对路易丝·柯莱怀着"狂乱"的爱意；不过他这个人总是夸大其词，两人通信的内容也很难证实他的说法。我想我们不难推测，拥有一位公开的情人令他备感骄傲；然而幻想在他的生活中占据着很大的比重，而他也如同许多沉溺于白日梦的人一样，不在情人身边的时候，他的爱意反而比共处时更加强烈。

不过他还是稍显多余地把这一点告诉了路易丝。她催促他赶紧搬到巴黎来；他却告诉对方，自己不能抛下因为丧夫丧女而痛苦不堪的母亲，于是她又恳求他至少来巴黎更频繁一些；而他回答说自己只有找到了合理的借口才能出远门。这让她忍不住愤怒地问道："难道说你就像个黄花闺女一样被管起来了吗？"这话实际上说得还真没错。每次癫痫发作会让他在接下来的几天中身体虚弱、情绪抑郁，这自然会让他的母亲忧心不已。母亲不许他下河游泳（然而这可是他的爱好之一），也不许他在没人照看的时候到塞纳河上划船。只要他按铃让仆人为自己拿东西，母亲就一定会急匆匆地跑上楼来，看看他是否一切正常。他告诉路易丝，假如自己提出要离开几天，母亲应该是不会反对的，但是他无法承受此举可能为母亲带来的悲伤。路易丝当然不会看不出来，如果他对自己的爱真的像自己对他的爱一样热烈的话，那么这种事是无法阻挡他来见自己的。即使放在今天，也不难为他想出几个貌似合理的借口来证明自己非去巴黎不可。他那么年轻，如果他不介意隔那么长时间才见一次路易丝的话，那么很有可能是因为他长期处于强效镇静剂的影响之下，所以没有那么紧迫的性欲。

"你的爱情根本就不是爱情，"路易丝在信中写道，"至少爱情在你的生活中毫无意义。"而他是如此答复的："你想知道我是不是爱你。好吧，是的，我在我力所能及的范围内爱着你；也就是说，在我看来爱情并不是人生中最重要的事情，它只能屈居次席。"福楼拜对自己的直白颇为得意，虽然这种直白也着实残酷。他的不得体实在是令人称奇。有一次他居然托路易丝向一个住在卡延的朋友打听与他在马赛有过一段艳遇的尤拉莉·傅科的消息，让她帮忙给对方捎信；路易丝接受请求时的怒火竟然还让他大为震惊。他甚至对她讲过自己找妓女猎艳的经历，按照他自己的说法，他在风月场上还颇为得意。不过男人最严重的谎言莫过于对他们性生活的吹嘘，而他很可能根本就不具备他夸耀的那种能力。他对待路易丝可以说是相当不上心。有一次，她的软磨硬泡终于让他妥协了，于是他提议在曼蒂斯的一家旅馆见面，如果她一早就从巴黎出发，而他也从鲁昂赶过去的话，他们至少可以在那里共度一个下午，而且他还能在天黑之前赶回家去。不过令他吃惊的是，这个提议居然让她大为光火。在这段关系延续的两年当中，两人总共见了六次面，提出分手的很明显是路易丝。

与此同时，福楼拜正忙于《圣安东尼的诱惑》一书的写作，此书他已经酝酿了很长时间，并且计划等这本书一完工，就和马克西姆·杜坎一起去近东旅游。此事也获得了老福楼拜夫人的同意的，因为长子阿希礼和多年前陪福楼拜去过科西嘉的克劳盖医生一致认为，去温暖国家小住一阵有益于他的健康。书稿完成之后，福楼拜把杜坎和波耶都叫到克洛瓦塞来，准备把这部作品读给他们听。他每天下午读四小时、晚上读四小时，就这样读了整整四天。他们此前已经商量好，听过完整的作品之后才能开始发表意见。第四天的午夜时分，读完小说结尾的福楼拜用拳头重重砸了一下桌子："怎么样？"两位朋友之一答道："我们觉得你最好还是把它扔到火里去，再也别提这回事了。"这可真是一个沉重的打击。不过在几个小时的争论之后，福楼拜最终接受了他们的意见。然后波耶建议说，既然福楼拜以巴尔扎克为榜样，那么他应当写一部现实主义小说。这时已经是早上八点了，他们分别上床睡觉。当天的晚些时候又聚在一起继续讨论之前的话题，按照马克西姆·杜坎的《文学回忆录》记载，正是波耶在那次讨论中提出的故事日后成了《包法利夫人》；然而在福楼拜与杜坎之后的旅途中，福楼拜虽然在家信里提到了不少自己正在考虑的小说主题，其中却并没有《包法利夫人》，因此我们可以肯定是杜坎记错了。这对好友先后游历了埃及、巴勒斯坦、叙利亚和希腊，他们在一八五一年回到巴黎。福楼拜依然没有决定下一步应该试着写什么，而波耶很有可能就是在那个时候给他讲了欧仁·德拉玛的故事。德拉玛是一名实习医师，他在鲁昂医院担任住院内科或外科医生，在附近的一个小镇上也有诊所。他的第一任妻子是个比他年长许多的寡妇，她一去世，德拉玛就娶了附近一位农夫家年轻漂亮的女儿续弦。她自命不凡、生活奢侈，很快就厌倦了自己乏味无趣的丈夫，一连找了好几个情人。她买起衣服来从不考虑自家的财力，债务很快就积累到了令人绝望的地步。她最终服毒自尽，随后德拉玛也自杀身亡。就像大家都知道的那样，福楼拜对这个不幸的小故事非常关注。

　　回到法国不久，他就与路易丝·柯莱重逢了。自从他们分开之后，路易丝的境遇就每况愈下。她的丈夫去世了，维克多·库辛中断了对她的资助，更没有人愿意接受她写的剧本。于是她给福楼拜写了一封信，告诉他她从英国返回时将取道鲁昂；他们见了面，并且重新开始通信。他在不久之后又去了巴黎，再次做了她的情人。这实在令人费解。她是个金发碧眼的女人，此时已经年过四十，而金发碧眼的女性往往不怎么抗老，再加上当时许多自视清高的女性都不化妆。或许他是感动于路易丝对自己的感情，因为她毕竟是唯一一个与他相爱过的女人，而且他看似在性生活方面不是很有安全感，或许是与她那几次为数不多的性爱让他感觉轻松自在。她的信件已经全部毁弃了，不过他的依然流传至今。从这些书信中不难看出，路易丝并没有什么长进：她还是一如既往地盛气凌人、挑剔苛责，令人厌烦。她信中的语气也变得越发尖刻。她不断地催促福楼拜搬到巴黎来，或是让自己到克洛瓦塞去；而他也依旧不断找着借口，自己既不肯去，也不肯让她过来。他信中的重点主要是与文学有关的主题，只在结尾处敷衍了事地表达一下感情；其中最有趣的部分主要是他提及《包法利夫人》艰难进展的内容，他当时全部的精力都投入这本书了。路易丝不时会把自己写的诗寄给福楼拜。而他的批评往往十分严厉。两人的关系不可避免地走向了终点。造成这种后果的还是路易丝本人的草率。维克多·库辛提出要与路易丝结婚，看起来似乎是考虑到两人所生的女儿的缘故，她好像是故意让福楼拜知道自己是因为他才拒绝这门婚事的。她实际上早就决定要嫁给福楼拜了，却又不小心把这个想法告诉了朋友。终于听闻此事的福楼拜惊骇不已，在一系列让他既惊恐又羞耻的激烈争执之后，他告诉路易丝，自己再也不想见到她了。而她却没有气馁，还跑到克洛瓦塞闹了一场，他残忍地把她赶了出去，冷酷得连他的母亲都看不下去了。虽然女性总是会执拗地只相信自己愿意相信的事情，这位"缪斯"最终还是接受了福楼拜已经与自己彻底决裂的事实。作为报复，她写了一本据说相当拙劣的小说，在书中把他写成了一个恶毒的家伙。

3

我必须再次重提一番旧事了。那对好友从近东返回之后，马克西姆·杜坎在巴黎落了脚，并且买下了《巴黎半月刊》一部分股权。他去克洛瓦塞请求福楼拜和波耶为自己撰稿。福楼拜去世后，杜坎还出版了两卷厚重的纪念文集，并将之命名为《文学回忆录》。所有拿福楼拜做文章的人都会毫不客气地引用这部书中的内容，但他们同时又对其作者不屑一顾，这种态度未免就有些忘恩负义了。杜坎在书中写道："作家分为这样两类：一类将文学当作手段，一类将文学视作目的。本人属于且长久以来一直属于前者；我向文学索取的只不过是热爱它的权利，以及细心呵护它的资格。"马克西姆·杜坎将自己归于其中的那个门类范围一向很大。他们这样的人具有文学倾向，热爱文学，同时往往还拥有才华、品位、文化与条件，但就是完全没有创作的天赋。在青年时代，他们或许还能够写出小有所成的诗歌或者中规中矩的小说，然而不久之后，他们就会满足于自认为更加轻松的生活方式。转而要么评论书籍，要么去做文学杂志的编辑；他们为已故作家的选集撰写前言，为精英人士编写传记，对文学主题发表研究性的文章；最后再像杜坎一样写回忆录。他们在文学界同样起着巨大的作用，而这些人往往文笔优美，这让他们的作品读来令人愉悦。我们没有理由像福楼拜轻视杜坎一样对这些人另眼看待。

人们都说杜坎嫉妒福楼拜，而我认为这种说法有失公允。他曾经在回忆录中写道："我从来没有想过将自己拔高到能够与福楼拜相提并论的地步，也向来不允许自己对他的超凡卓越有任何质疑。"这一表态着实是既公正又坦诚了。福楼拜还在学法律的时候，这两个住在拉丁区的小伙子就成了密友；他俩一起去便宜的餐馆吃饭，一起在咖啡馆里畅谈文学。在后来前往近东的旅途中，他们在地中海上一起晕船，在开罗一起醉酒，甚至在有机会的情况下一起去嫖娼。福楼拜不是个好相处的人，因为他对不同意见毫无耐心，暴躁易怒，傲慢专横。然而即便如此，杜坎依然真心实意地喜欢他，并且对作为作家的他十分尊重；不过他毕竟太了解福楼拜了，所以不可能对他的弱点视而不见；他没有任何理由像福楼拜的狂热崇拜者一样崇敬自己这位青年时代的故交。这个倒霉的家伙因此受到了毫不留情的指责。

杜坎认为，这位老朋友把自己埋没在克洛瓦塞实在是大错特错；他曾经在一次去福楼拜家做客时力邀对方搬到巴黎去，他可以在那里与更多人见面，并且通过结交首都的文化圈子、通过与其他作家交流意见，他也可以拓宽自己的思路。他这个提议在表面上看很有道理。小说家必须生活在创作所需的素材之中，他们不能干等着经历送上门来，而是应该主动出去寻找。而福楼拜的生活范围十分狭窄，他对这个世界没有多少了解，与他关系足够密切的女人也只有母亲、伊莉莎·施勒辛格，还有那位"缪斯"而已。但是他的性格急躁而专横，最反感别人对自己的干涉。而杜坎偏偏不依不饶，他甚至在从巴黎寄来的一封信里对福楼拜说，如果他这种狭隘的生活继续下去的话，他的头脑恐怕很快就要软化了。这话让福楼拜暴怒不已，甚至一辈子都不曾忘记此事。这番奚落也确实非常过分，因为他总是担心他的癫痫发作有朝一日会造成近似的后果。事实上，他在写给路易丝的一封信里提到，他有可能在四年之内变成一个白痴。福楼拜给杜坎回了一封饱含怒气的信，他在信中表示，他眼下过的就是最适合自己的生活，他对巴黎文学圈子那群不入流的文人只有蔑视与鄙夷而已。两人自然开始彼此疏远，虽然这对老友日后又重新恢复了联系，但他们再也无法像以前一样亲密了。杜坎是个活跃而精力充沛的人，他毫不掩饰自己想要融入当时文学界的愿望，这个想法却使得福楼拜相当反感："对我们来说已经没有他这个人了。"他如此写道。在之后的三四年里，他提到杜坎的名字时往往充满了蔑视。他认为杜坎的作品低劣可鄙、文风令人生厌、从其他作者处借用词语或者桥段的行径更是极其不休面。然而即便如此，得知杜坎会将波耶写的一部罗马题材的三千行长诗拿到自己的杂志上刊载时，福楼拜还是非常高兴。《包法利夫人》完稿以后，他也同意了杜坎将此书在《巴黎半月刊》上连载的请求。

只有路易·波耶一直是他最亲密的挚友。但福楼拜把他视作一位伟大的诗人——虽然如今看来这完全是误判——并且无比相信他的建议与判断。他也确实对福楼拜有着巨大的帮助，假如没有波耶的话,《包法利夫人》可能根本就不会被写出来,或者至少不会是如今看到的这幅面貌。正是波耶在漫长的争论之后,劝福楼拜把故事大纲写出来的,这件事在弗朗西斯·史蒂穆勒先生的杰作《福楼拜与〈包法利夫人〉》中也有记载。波耶认为这本书很有前途,一八五一年,时年三十岁的福楼拜正式开始着手写作。除却《圣安东尼的诱惑》之外,他比较重要的早期作品都带有强烈的个人色彩,实际上就是他把自己的情感经历写成小说的产物。然而此时他的目标却是要做到绝对的客观。他决心不带任何偏见和预判地揭露真相、讲故事;刻画人物时也不贬不褒,不附加自己的品评:假如他同情某个人物,他不会表露出来;假如另一个人物蠢得让他生气,还有第三个人物坏得令他恼火,他也不会允许自己的文字将这种好恶揭示出来。整体而言,他这一点实现得非常成功,而这或许也是许多读者感觉他的小说具有某种冷淡之感的原因。这种精心雕琢且毫不动摇的超然姿态自然没有能够温暖人心之处。这或许诚然是我们的弱点所在,但是在我看来,倘若作者本人也能分享那种他试图让阅读作品的我们体验到的情感,这对我们读者来说也是一种慰藉了。

  不过就像所有小说家一样,福楼拜也没有做到彻底的客观冷静,因为绝对的客观原本就是不可能做到的。作家只要能做到让角色的性格自然展露,尽可能地让他们的行为与性格相符,就已经很好了;假如他们硬要把读者的注意力拉到女主角的魅力或者反派的恶毒之上,或者滔滔不绝地进行道德说教或者东拉西扯——简而言之,如果故事之中处处可见作者本人的身影——那他们难免会令人生厌;不过这也只是个方法问题而已,许多非常优秀的小说家都使用过这种手法,即便它在当时刚好已经不再流行了,这也不能说明方法本身不好。而规避这种方法的作家也仅仅是把自己的性格置于小说的表面之外而已；在题材与人物的选择以及描绘这些内容选取的视角之中，他们还是会在有意无意之间展露自己的性格。福楼拜一向以阴郁而愤怒的目光审视着这个世界。他极其不宽容，对愚蠢的行径毫无耐心。一切司空见惯、平庸无奇，抑或是富含资产阶级情调的东西都会让他恼怒不已。他不会怜悯。他不知慈悲。他成年之后的绝大多数时间都是个病人，饱受疾病带来的屈辱折磨。他的神经时常处于躁动不安的状态之下。如同我之前说过的那样，他既是浪漫主义者又是现实主义者；他投身于爱玛·包法利那悲惨的故事之中时，他满心怀着一个以在阴沟里打滚来报复自己的男子的愤怒，因为生活无法满足他对理想的渴盼。在这部长达五百页的小说里，我们认识了许许多多的人物，然而除了拉里韦耶医生这个小角色之外，这些人物身上几乎没有什么可取之处。他们卑鄙、恶毒、愚蠢、琐屑、粗俗。的确有许多这样的人，然而很难说人人皆是如此；因此不论那个镇子有多小，要说整个镇子上居然找不到哪怕一个——如果不是两三个的话——明事理、心肠好、热心肠的人的话，那也着实无法令人信服。福楼拜最终也没能将自己的性格彻底置于小说之外。

他精心规划之下的意图是选取一群平凡无奇的角色，设计出的事件也应当是由他们的性格及所处环境影响下的必然结果；不过他也很清楚，人们有可能对这么平庸的角色毫无兴趣，与他们相关的事件也难免乏味无聊。至于他打算如何处理这个问题，咱们不妨稍后再谈。我想在那之前首先探讨一下他究竟有没有实现自己的企图。福楼拜刻画人物的技巧十分精湛。我们很容易相信他们的真实性。第一眼看到这些角色，我们就会立刻把他们当活生生的人，他们脚踏实地，就是存在于我们熟知的这个世界里。我们会自然而然地接受他们，就像是我们认识的水管工、杂货商、医生一样，而不会觉得他们是小说中的人物。比方说郝麦就是个与密考伯先生[1]相似的幽默角色，法国人对他十分熟悉，就像我们熟悉密考伯先生一样；而且我们会深信郝麦的存在，就像我们对密考伯先生多多少少会有些质疑一样，因为他从始至终都是他自己，这一点与密考伯完全不同。不过爱玛·包法利就无论如何都不是什么普通农民的女儿了。诚然，她身上有着某些一切男女都会具备的特质。人人都喜欢那种狂野而荒唐的白日梦，幻想着自己变得富有、俊美，而且成功，就像浪漫冒险小说里的男女主角一样。但是我们中的大多数都太理智、太胆小、太缺乏冒险精神了，所以我们不会让白日梦对我们的行为有什么严重的影响。但爱玛·包法利则非同寻常，因为她试图让幻想在生活中得以实现，也因为她拥有出众的美貌。众所周知的是，这部小说出版之后，作者和印刷商因为有伤风化而被起诉。我读过庭审时公诉人和辩护律师的发言。公诉人引用了书中一系列他以为过于淫秽的段落，然而今人看了只会暗暗发笑，与我们在现代作家那里看得早已见怪不怪的性爱描写比起来，这些段落简直太保守了；但我们还是很难相信，即使当时已经是一八七五年，这样的内容居然还会让公诉人大为震惊。而辩护律师则表示这些段落必不可少，而且小说的道德寓意本身很好，因为爱玛·包法利不检点的行为让她自己遭受了不幸。审判员们接受了这个观点，被告因此被当庭开释。不过显而易见的是，如果说爱玛的下场不好，那也并非是因为她的通奸行为——虽然这倒是符合当时的道德准则——而是由于她签下了堆积成山的账单又没有钱结账。假如她也拥有诺曼底农民那种出了名的节俭天性的话，那么哪怕她换情人如流水也不会有什么损失。

1　《大卫·科波菲尔》中的角色。

福楼拜这本伟大的小说刚一出版便在读者中激起了热烈的反馈，几乎是马上成了畅销书，可是评论家们对它不是漠不关心就是饱含敌意。虽然这看起来着实奇怪，但是他们更加关注一本名叫《范妮》的小说，这本书和《包法利夫人》差不多同时出版，作者是个名叫欧内斯特·费多的人；只不过《包法利夫人》给公众留下的印象实在太深，对日后的小说作者的影响实在太大，这些评论家到最后才不得不对它加以重视。

《包法利夫人》的确是一个不幸的故事，却不能称之为悲剧。我必须在此将两者之间的区别说明一番，在不幸的故事里，事件的发生是偶然的，但是在悲剧中，事件却是人物性格导致的必然结果。像爱玛这般美貌又迷人的女子居然嫁给了查理·包法利这样无趣的傻瓜，这实属不幸。她怀孕之后盼着生个儿子来弥补自己那幻灭的婚姻，生下的却是个女儿，这同样实属不幸。爱玛的第一个情人鲁道夫·布朗热是个自私又残酷的家伙，总是让她失望，这实属不幸。她的第二个情人又卑鄙、软弱而胆怯，这还是实属不幸。她在绝望之下去寻求帮助和指导的乡村神父是个冷酷又愚昧的蠢货，这实属不幸。当负债累累，甚至面临着诉讼风险的爱玛忍辱向鲁道夫要钱的时候，虽然我们知道他原本是很乐意帮忙的，但他还是因为手头恰好没钱而无法伸出援手，这实属不幸。鲁道夫居然从来没有想到，因为他的信誉足够良好，所以律师会毫不犹豫地把需要的钱借给他，这依然是实属不幸。福楼拜讲述的这个故事必然要结束于爱玛的死亡，但我们不得不承认，他实现这一结局的方式实在是将读者的轻信挤压到了濒临崩溃的极限。

尽管爱玛是全书的核心人物，小说开头部分讲的却是包法利的少年时代和他的第一次婚姻，又以他的崩溃和死亡作结，这一点在一些人眼中属于本书的一大败笔。我猜福楼拜的想法或许是要把爱玛的故事嵌套到她丈夫的经历中，就像把油画装进画框里一样。他或许觉得这样做会让叙事更加完满，并为其赋予艺术品的整体性。然而假如他的确秉持着这样的理念，那么一个不那么仓促而武断的结尾或许会让这个意图体现得更加明确一些。纵观全书，查理·包法利一直是个软弱而且容易被人所左右的人。福楼拜告诉我们他在爱玛死后完全变了个人。这个说法实在是过于笼统了。哪怕他承受了巨大打击，我们依然很难相信他就应该变得自负、固执，并且喜好争吵。他虽然愚蠢，却也勤勉认真，因此他会抛下病人不管就显得很奇怪了。他非常需要他们的钱。因为他要还爱玛留下的债，还要养活他们的女儿。福楼拜写下的内容远远不足以解释包法利性格上的剧变。他在故事的最后死去了，可他是个身体强壮的人，当时还处于盛年。对于他的死亡，唯一合理的解释或许就是：在五十五个月的辛苦写作之后，福楼拜决定给这本书做个了结了。既然小说清清楚楚地告诉我们，包法利对爱玛的记忆随着时间的流逝而不断褪色，或许早就不复以往的鲜活，那么我们就不禁要问了：为什么福楼拜没让包法利的母亲给他安排上第三次婚姻呢，就像她给儿子安排第一次婚姻一样？这样一来会给爱玛·包法利的故事平添几分徒然的气息，也更为符合福楼拜那强烈的讽刺意味。

小说是对一系列事件的罗列，这些事件旨在展现一群处于行动之中的角色，并以此激发读者的兴趣。它不是对生活原貌的翻版，就像小说中的对话不可能是生活中场景的重现，而是对其要点简洁明了的总结一样。为了实现作者抓住读者注意力的意图，事实必须经过适当的删减与变化才行。与主题无关的情节必须予以剔除，重复之处必须予以规避——然而天可怜见，生活中重复偏偏比比皆是。独立事件，以及在真实生活中被流逝的时间所分隔的事件则时常需要被重新衔接。没有小说能够彻底避免不可能事件的出现，不过读者也早已习惯了其中最为常见的那种，并且能够坦然接受。小说家所做的不是用文字对生活进行原封不动的记录，他们只是为读者描绘一幅图画，而现实主义作家会努力让这幅画面生动而写实；如果你相信了，作者就成功了。

就其整体而言，《包法利夫人》给人以极其真实的印象，我想这不仅是因为福楼拜笔下的人物栩栩如生，更是由于他对细节的描写精准异常。爱玛婚姻生活的前四年是在一个叫托斯特的村子里度过的；她在那里过得无聊透顶，但是为了维持全书的平衡，对这一时期的描述又必须与其他部分步调一致，细致程度也要与其他部分相等。用不让读者无聊的方式描述一段无聊的事件实属不易，然而那段漫长的文字却会让你读得津津有味。福楼拜在那里叙述的都是些鸡毛蒜皮的小事，但是你却不会感到无聊，因为你读到的东西始终都是新的；同时由于每一件琐事——不论是爱玛的所为、所见或所感——都是那样的平凡无奇，那样的微不足道，这会让你生动地体会到她的百无聊赖。有一段对永镇——也就是包法利一家离开托斯特之后定居的那个小镇——的描写颇为刻板，不过全书之中也只有唯一一处这样的描写；其他部分中对乡村和城镇的描绘全部十分优美，并且与故事紧密交织在一起，增强了叙事的效果。

福楼拜通过情节引出人物，我们也会循序渐进地了解他们的外貌、他们的生活方式，以及他们的处境；实际上这就和我们在现实生活中逐渐增进对他人的了解一样。

4

我在几页之前提到过，福楼拜心里相当清楚，如果以普通人为主题的话，自己的作品就有变得枯燥乏味的风险。但他渴望创作的是一件艺术品，而且他认为，只有通过文风文体之美，他才能克服卑劣的题材与粗鄙的人物带来的种种困难。我不知道所谓的天生的文体家是否存在，不过福楼拜显然不是这种情况；据说那些他生前未曾出版的早期作品冗长臃肿，修辞烦琐。人们普遍认为，从他的书信中看不出他对自己母语的优雅与独特之处有什么感受。不过我倒是不这么觉得。这些信件绝大多数都是他经过一天辛苦的工作之后在深夜时分写成的，寄给收件人之前也不会修改。有些词语的拼写不对，语法也有不少错处，他用了很多俚语，某些言辞甚至有些粗俗；但是其中对风景的洗练描写却真实而富有韵律感，直接放到《包法利夫人》之中也不会不协调；还有些篇章是他在暴怒之下写成的，它们是那样尖锐且直白，令人感觉甚至完全没有改动的余地。 你能在那些简短而干脆的语句中听到他本人的声音。但福楼拜并不打算把这种风格用在自己的作品里。他对传统风格怀着强烈的偏见，并且对其优点熟视无睹。他以拉布吕耶尔和孟德斯鸠为榜样，立志要让自己写出的散文逻辑严密、精准而迅捷，同时既像诗歌一样多变、悦耳、富有韵律和音乐性，又不至于失去散文的特点。他一向秉持着这样一种观点：从来无须用两种方式来叙述同一件事情，只有一种方式就够了。而这种方式使用的措辞必须严丝合缝地符合想要表达的思想，就像手套紧密贴合在手指上一样。"当我在自己的词句中发现半谐音[1]或是用词重复时，"他曾如是说，"我就知道自己又忍不住犯错了。"（在《牛津词典》中，man 和 hat，nation 和 traitor，penitent 和 reticent 都属于半谐音的例子。）福楼拜声称自己绝对要在作品中避免半谐音的出现，即使为此花上一个星期也在所不惜。他不允许自己让同一个词在一页纸上出现两次。这么做看起来没什么道理：假如某个词用在特定位置合适，那就应当

---

[1] 只有元音押韵，辅音不押韵；或只有辅音押韵，元音不押韵。

把它用在这里，因为用什么同义词或者委婉的表达替代都不会更加恰当了。如同许多作家一样，福楼拜也具有与生俱来的韵律感，而他小心翼翼地不让自己被这种韵律感所支配（比如乔治·穆尔在后期作品中就完全受韵律感的摆布了），并煞费苦心地进行调整。他调动自己的全部才智组合语音与词句，让它们实现或迅疾或迟缓，或倦怠或激昂的效果；简而言之，就是要让它们传达出他所想要表达的状态。

  写作的时候，福楼拜首先把自己想写的内容粗略地打个草稿，然后再对这份草稿进行加工，他不断地扩展、删减、重写，一直到改出想要的效果为止。全部改完之后，他会跑到露台上，高声念出刚刚写好的文字，如果听起来不够悦耳的话，那就说明这段文字肯定有什么问题。他就会把稿子再拿回去修改，改到心满意足才罢休。泰奥斐尔·戈蒂埃认为，福楼拜过于强调为了使行文更加丰富而运用的韵律与和声了；按照他的说法，这些东西只有在福楼拜用他那大嗓门朗读的时候才能听得出来。他还补充说，文句是用来在心中默默品读的，而不是拿去大声往外吼的。戈蒂埃时常讽刺福楼拜的一丝不苟："你知道这个倒霉的家伙为了某件事后悔得要命，连日子都过不痛快，但是你可猜不着他后悔的究竟是什么——因为他在《包法利夫人》里连用了两个摆在一起的所有格：une couronne de fleurs d'oranger[1]。这让他难受极了，可是不管他怎么尝试，都只能发现没办法避开这种用法。"英语中的所有格让我们这些说英语的人可以幸运地躲开这种困境。我们只要说"Where is the bag of the doctor's wife"就可以了，但是用法语讲的话，你就得说"Where is the bag of the wife of the doctor"。不得不承认，这种

---

[1] 直译为"一只橙子的花的花环"，故而称其有两个叠在一起的所有格。

话看起来可真算不上漂亮。

路易·波耶经常在周日造访克洛瓦塞。福楼拜会把一周以来自己写的东西念给他听。波耶提出批评意见，福楼拜暴跳如雷地与他争辩，而波耶寸步不让，最终福楼拜会接受朋友坚持认为应当做出的改动：删掉多余的情节和无关的比喻，纠正错误的注释。也难怪这部小说写作的速度慢得像蜗牛爬了。福楼拜在一封信中写道："我花了周一周二这整整两天时间，结果只能写出两行东西来。"这并不意味着他在两天之中只写了两行字，实际上他很有可能写了十几页；他的意思是在辛辛苦苦写了那么多之后，其中只有两行文字能让他自己满意。福楼拜发现写作往往会耗尽他的精力，让他筋疲力尽。阿尔方斯·都德相信，这都是他为了治病而不得不长期使用的溴化物造成的影响。如果确实有这种因素的话，让他把自己脑子里的那一大堆乱七八糟的念头条理分明地罗列在纸面上，也确实要花上很大的力气了。我都知道，创作《包法利夫人》中农业展上那个著名的场景时，福楼拜付出了巨大的努力。场景中爱玛与鲁道夫在当地的旅馆里靠窗坐着。同时有一位行政长官的代表来发表了一通讲话。在写给路易丝·柯莱的一封信中，福楼拜如此描述了自己的设想："我必须在同一段对话中将五六个正在讲话的人物、其他几个没有讲话的人物（其中一个在听其他人讲话）、对话发生的地点，以及这个地方的感觉整合在一起，同时还要对人物和器物进行外形描写，而这都是为了将一对开始（因为共同的情趣爱好）而互生好感的男女凸显出来。"这听起来似乎不算很难，而福楼拜也确实出色地完成了任务。不过这部分虽然只有二十七页，他却花了整整二十七天才写完。若是让巴尔扎克用他自己的方式来写的话，一个礼拜就足够了，质量也绝对不会逊色。诸如巴尔扎克、狄更斯和托尔斯泰这些伟大的小说家拥有我们常说的灵感。而福楼拜的灵感只会在某些场景中零星闪现；在除此之外的更多部分中，他依靠的似乎还是辛勤的工作、波耶的忠告和建议，以及他自己敏锐的观察力。这并非是对《包法利夫人》的贬低；试想一下，这样一部伟大的作品，居然不是像《高老头》和《大卫·科波菲尔》那样依靠天马行空的想象力写成，而几乎是完全靠着理性的推论而写就的，这不能不说是一件奇事。

因此人们也自然会发问：既然福楼拜下了这么多苦功，那么他究竟有多么接近自己梦寐以求的完美文体呢？然而哪怕精通这门语言，外国人在文体这个问题上也没什么发言权。语言中的精妙、旋律、幽微、贴切以及节奏都是外国人很难体会到的，他必须接受本地人的意见才行。福楼拜过世之后的那一代法国人对他的文体评价极高；如今欣赏它的人却没那么多了。当下的法国作家认为它缺乏自发性。然而就像我之前提过的那样，福楼拜对这种"要求写作必须同讲话一样的新理念"一直心怀恐惧。当然，书面语言虽然不用过于接近口语，但总要比书面化的口语更贴近一些，因为书面语只有深深扎根于被人广泛使用的口语之中，才能真正具有生命与活力。福楼拜是个外省人，他在写作中也时常用些外省人的土语，这让正统派相当不快；然而我相信对于外国人而言，除非专门把这一点指出来，否则他们是发现不了这些问题的；就像他们看不出福楼拜也像所有作家一样偶尔会犯语法错误一样。没有几个英国人——哪怕他们能够轻松愉快地阅读法语——能指出下面这句话哪里有语法错误："Ni moi! reprit vivement M. Homais, quoiqu'il lui faudra suivre les autres au risque de passer pour un Jésuite."[1] 更没几个人能说

---

1 "我也不相信！"郝麦先生连忙接下去道，"不过除非他不怕别人把他看成耶稣会会士，否则他将来也得同流合污。"（李健吾译）

出如何改正。

法语注重修辞，而英语注重意象（两个民族之间的巨大差异也由此得以体现），而修辞正是福楼拜文风的根基。他大量——甚至可以说是过度地——运用三元结构。这种句子由以重要程度升序或降序排列的三部分构成。使用这种手法可以相对简单地达到平衡，效果也令人颇为满意，因此被演说家们广泛利用。以下是一个来自伯克的例子："于他而言，他们的愿望应当具有巨大的价值；他们的意见应当高度尊重；他们的事物则应当持续关注。"这种句式在使用中也有其风险，使用过度的话便只会显得单调乏味，而福楼拜本人也未能幸免。他在一封信中如此写道："明喻对我的折磨就像人家身上长的虱子一样，我每时每刻都在努力蹑死它们，可是我的措辞中却还是长满了这些玩意。"评论家们发现，他书信中的明喻往往是自发写成的，而《包法利夫人》中的比喻却过于字斟句酌，过于平衡工整，反而显得不太自然。这里刚好有一个典型的例子：查理·包法利的母亲来拜访爱玛及其丈夫，"Elle observait le bonheur de son fils, avec un silence triste, comme quelqu'un de ruiné qui regarde, à travers les carreaux, des gens attablés dans son ancienne maison."[1] 这句话当然堪称绝妙，但是其中的明喻本身实在是太震撼了，它反而分散了你的注意力，让你无法关注此处本应着重刻画的情绪。而明喻的目的应当是为叙述增添力度与意义，而不是削弱这一效果。

据我所知当前最为优秀的法国作家都在刻意规避着修辞的运用。他们力求用简单而自然的方式将自己想要表达的内容写出来。

---

[1] 她注视儿子的幸福，闷不作声，仿佛一个人破了产，隔着玻璃窗，望见别人坐在自己的旧宅吃饭。（李健吾译）

他们在三元结构面前退避三舍,他们对明喻避之不及,就好像它的确是福楼拜拿来类比的害虫一样。我想这正是他们不甚推崇福楼拜文风的真实原因,至少对于《包法利夫人》的文风来说是这样,因为他写《布法与白居谢》的时候已经摒弃了所有修饰;这也解释了他们为什么更喜欢他书信中那轻松、流畅、生动、自然的风格,却不喜欢他那些小说巨著中苦苦塑造而成的文风。当然,这也只不过是流行趋势的问题,因此我们也完全没有必要去评判福楼拜在风格上的优劣。文风可以如斯威夫特一般严肃拘谨,如杰里米·泰勒一般花团锦簇,或者如伯克一般浮华夸张;每一种都很好,而你更喜欢哪个就完全取决于个人喜好了。

5

《包法利夫人》出版之后,福楼拜又写了《萨朗波》,这本书普遍被认为失败之作,此后又重新修改了一版《情感教育》,他在书中再次描绘了自己对伊莉莎·施勒辛格的爱恋。许多法国文人将《情感教育》视作福楼拜最具代表性的杰作。这本书混乱而难读。主人公弗里德里克·莫洛一部分形象来自福楼拜本人,或者说就是他眼中的自己;另一部分则来自马克西姆·杜坎,或者说是福楼拜眼中的他;然而这两个人之间的差距实在太大,所以合为一体之后也没什么真实感,这个人物终究不太令人信服,并且非常无趣。但是这本书的开头部分十分巧妙,临近结尾时那个阿诺克斯夫人(伊莉莎·施勒辛格)和弗里德里克(福楼拜)分别的场面也是凄美至极。在这之后,他又第三次开始续写《圣安东尼的诱惑》。尽管福楼拜声称自己脑子里有足够的灵感,直到生命的终结都有书可写,但这些灵感到了最后也只不过是模糊的规划而已。有趣的一点是,除了《包法利夫人》参考了现成的故事之外,福楼拜仅有的几部小说都是建立在他很早以前便萌生的灵感之上的。他很早就出现了衰老的迹象，才三十岁就已经谢了顶，还变得大腹便便。或许就像马克西姆·杜坎所说的那样，是他的神经痉挛和为了抑制症状而服用的令人消沉的镇静剂逐渐磨灭了他的想象力和创造力。

  时光飞逝，外甥女卡罗琳嫁了人，家里就只剩下了福楼拜和母亲。母亲去世之后，他一度在巴黎租了一间公寓，在那里住了几年，但他依然深居简出，几乎和住在克洛瓦塞的时候没什么区别。他的朋友很少，只是每个月参加一两次在马格尼举办的文学界人士聚餐。福楼拜身上总有股外省人的土气。埃特蒙德·德·龚古尔说过，他在巴黎生活越久，这股土气反而越重。他在餐厅吃饭时一定要单间，因为他既受不了噪声，也受不了身边有其他人；而且如果把外套和靴子都脱掉的话，他就不能安稳地吃饭。法国在一八七〇年战败之后，卡罗琳的丈夫在经济上陷入了困境，为了让他们不至于破产，福楼拜把所有财产都转移给外甥女婿，自己除了老宅之外几乎什么都没留下。此事带来的忧虑让他平复多年的痉挛症状再次复发，每次他出去吃饭，居伊·德·莫泊桑都要去餐厅接他，并确保他能安全到家。在龚古尔的描述中，此时的他暴躁易怒、尖酸刻薄，随便一点小事都能让他深感冒犯，有时甚至会无缘无故地发火；不过他也在自己的日记中写道："只要你肯让他做主角，甘愿让你自己因为他不停地开窗户而害感冒，那么他还算是个讨人喜欢的伙伴。他有着某种有些沉默的欢乐，笑起来像个孩子，非常具有感染力。在日常接触中，他又流露出一种发自内心的温情，这不能说没有魅力。"龚古尔的这番话相当公正。而杜坎是这样描述他的："这个躁动又专横的大个子会因为最小的一点矛盾就大发脾气，然而他又是每一位母亲都梦寐以求的那种最恭敬、最温柔、最细心的儿子。"你只要读一读他写给外甥女的那些迷人的信件，就会知道他能够柔情到什么地步了。

福楼拜生命的最后几年过得十分孤单。他绝大多数时候都住在克洛瓦塞,他抽烟抽得很凶,暴饮暴食,从不锻炼身体。他过得相当拮据,朋友们最后给他找了一份闲职,一年有三千法郎的收入,虽然他感觉此事非常屈辱,却还是不得不接受了这个职位。只是他根本没有活到能够从中获益的时候。

他出版的最后一部作品是由三篇小说组成的短篇集,其中名为《纯朴的心》的那一部堪称精彩绝伦。他又开始撰写一部名叫《布法与白居谢》的小说,并决心在书中再次对人类的愚昧进行抨击。为了获取他自认为必要的参考素材,他以自身一贯的那种事无巨细的态度读了足足一千五百本书籍。这部小说计划分为两卷,而他很快就要写完第一卷了。一八八〇年五月八日上午十一点钟,女仆去书房送午饭,却发现他倒在长沙发上,嘴里还咕哝着难以理解的胡话。她连忙跑去找医生,可医生赶来时已经无能为力了。过了还不到一个小时,古斯塔夫·福楼拜就撒手人寰了。

他生命中唯一真诚、忘我且无私地爱过的女人就是伊莉莎·施勒辛格。一天傍晚,他与朋友在马格尼进晚餐,泰奥斐尔·戈蒂埃、泰纳、埃特蒙德·德·龚古尔都在座,席间福楼拜讲了一番奇怪的话:他说自己从未真正拥有过一个女人,可以说还是处子之身,他经历过的所有女人都只不过是另一位女性的"床垫",那个女人才是他魂萦梦绕的对象。莫里斯·施勒辛格的投机生意以惨败告终,他带着妻儿搬到巴登巴登,并于一八七一年去世了。爱上伊莉莎三十五年之后,福楼拜才提笔给她写了第一封情书。开头的称呼并不是他常用的"亲爱的夫人",而是"我的旧爱,我此生唯一的挚爱"。她来到克洛瓦塞,自从上次相见之后,两人身上都发生了巨大的变化。此时的福楼拜肥胖而丑陋,通红的脸膛上长了不少斑点,他蓄了一部大胡子,用一顶黑色软帽遮掩自己的秃顶。伊莉莎则是越发瘦削了,她的肌肤早已失去了细腻的光泽,头发也几乎全白了。《情感教育》中阿诺克斯夫人和弗里德里克·莫洛最后一次见面那段动人的描写,很有可能就是福楼拜和伊莉莎这次久别重逢的真实再现。此后两人又见过一到两次,后来就再也没人听说他们见过面了。

福楼拜过世的一年之后,马克西姆·杜坎去巴登消夏。有一天他出去打猎,发现自己不知不觉便走到了伊莱诺精神病院附近。医院的大门开着,女性病人每天都可以在看护的陪伴下外出散步。她们两两成对地走了出来。其中有个病人向他鞠了一躬。那是伊莉莎·施勒辛格,那个福楼拜长久以来徒劳地爱恋着的女人。

狄更斯与《大卫·科波菲尔》

1

查尔斯·狄更斯虽然个头不高，但是举止优雅，外表讨喜。国家肖像馆里还收藏着一幅他的画像，那是二十七岁的时候麦克里斯给他画的。画中的他坐在写字台旁一把考究的椅子上，一只纤细优美的小手轻轻搭在一页手稿上。他穿得非常华丽，脖子上系着一条宽大的丝绸领带，褐色的卷发别在耳后，垂落在脸颊两侧。他的眼睛很漂亮，脸上那副深思熟虑的表情也正符合无比仰慕的公众对这位年少成名的青年作家的期待。而肖像画无法表现出的是他的活泼、他光彩照人的精神，还有他心灵与头脑的活跃，每个与他打过交道的人都能从他的神态中看到这些特质。他多少有些花花公子的习气，年轻时爱穿天鹅绒外套、夸张的马甲、色彩鲜艳的领带和雪白的帽子；不过他这副行头可能从未实现过他想要的效果：人们不仅大为震惊，还说他的装扮既花里胡哨又不修边幅。

他的祖父威廉·狄更斯原先是个仆人，他和一个女佣结了婚，最终当上了克鲁厅的管家，那是切斯特议员约翰·克鲁家的宅邸。威廉·狄更斯有两个儿子，威廉和约翰，不过眼下我们只要关注约翰就好，这一方面因为他后来成了英国最伟大的小说家的父亲，另一方面也因为他是其儿子笔下最伟大的形象密考伯先生的原型。威廉·狄更斯去世之后，他的遗孀依然留在克鲁厅服务。三十五年后，拿了养老金退休的她搬到了伦敦，可能是为了离两个儿子近一点。克鲁家送这两个失去父亲的孩子接受教育，还给他们找到了谋生的手段。他们在皇家海军军需处给约翰谋了一份差事。他在那里跟一位同事交上了朋友，不久之后就娶了这位同事的妹妹伊丽莎白·巴萝。从刚结婚的时候开始，约翰的财政就一直有些吃紧，只要有人蠢到愿意借钱给他，他就敢伸手去拿。不过他心地善良、为人慷慨，脑子也不算笨，还称得上勤劳肯干（虽然没准儿只是一阵一阵的）。此人显然很喜欢美酒，鉴于他第二次因为欠债被捕的时候，控告他的正是一名酒商。晚年的约翰经常被描绘成一个衣着考究的老家伙，总是用手指拨弄着表链子上拴着的一大串印章。

查尔斯是约翰和伊丽莎白的第二个孩子，却也是他们的第一个儿子。他于一八一二年在波特西出生。父亲在两年后被调到伦敦，三年后又调到查塔姆。年幼的查尔斯在那里上学，并且开始学着读书。他父亲倒是有那么几本藏书，比如《汤姆·琼斯》《威克菲尔德牧师传》《吉尔·布拉斯》《堂吉诃德》《蓝登传》《佩里格林·皮克尔历险记》之类。查尔斯把这些书读了又读。日后他自己的小说也体现出了这几本书对他那巨大而持久的影响。

一八二二年，已经有了五个孩子的约翰·狄更斯被调回伦敦，查尔斯则被留在查塔姆继续学业，有好几个月的时间不能和家人团聚。约翰·狄更斯将家字小安顿在伦敦市郊的卡姆登镇，他们的房子日后被查尔斯描写成了密考伯一家的住处。虽然他每年的收入有差不多三百磅多一点，放到今天的话就接近一千两百英镑了，他们一家却过得拮据异常，甚至没有条件供查尔斯继续上学。让小查尔斯最厌恶的是，他居然被打发去干看孩子、擦皮靴、掸衣服，还有帮狄更斯太太从查塔姆带来的女仆做家务之类的杂活儿。空闲的时候，他就在卡姆登镇里闲逛，这是"一个荒凉的地方，四周只有田地和沟渠"，还会去附近的萨默斯镇与肯特镇，有时候他走得更远一些，就去苏荷区和莱姆豪斯匆匆转一圈。

他们的境遇越来越糟了，狄更斯太太决定为双亲都在印度的孩子们办一所学校；她借了一笔钱（可能是从婆婆那里借到的），还印了用来分发的传单，让她自己的孩子们把传单塞进附近的邮筒里去。这样自然没有招到任何学生。而债务的问题又一天比一天紧迫。查尔斯经常被打发到当铺去，只要能还钱的东西一律当掉；那些对他来说无比重要的书籍也被卖掉了。后来，狄更斯太太的远房姻亲詹姆斯·拉莫特在一家自己担任合伙人的碳粉厂里给查尔斯找了份工作，工资是每周六先令。他的父母感激地接受了这份工作，不过这也无异于因为终于能把他甩出去而松了一口气，这一点深深地刺痛了这个十二岁的男孩。没过多久，约翰·狄更斯就因为欠债被捕，关进了马夏尔西监狱；当掉最后一点可以当的东西之后，他的妻子也带着孩子们搬了进去。这座监狱不仅肮脏污秽，而且拥挤不堪，因为里面住的不仅仅是犯人，还有他们的家属——如果他们愿意带进来的话；犯人们被批准携带家属，然而很难讲此举究竟是为了排遣他们的牢狱之苦，还是因为这些可怜人确实无处可去。如果欠债的人还有点钱，那么他最大的不便也就是失去自由，而且这种不便在某些情况下还能得到减轻：特定的犯人在遵守某些条件的前提下可以被获准住在监狱外面。过去看守们往往会蛮横地勒索这些犯人，还会对他们施以残酷的虐待；不过到了约翰·狄更斯入狱的时候，最糟糕的虐待已经不复存在，他还能把日子多少过得舒服一些。那个忠诚的小女仆住在监狱外面，但是每天都来帮忙看孩子做饭。他仍然领着每周六英镑的工资，但是完全没有还债的打算；不难猜想的是，乐得躲开债主的他甚至不怎么在意获释。他很快就恢复了平时的精神劲儿，被其他欠债入狱的犯人"推举为管理监狱内部经济的委员会主席"。上至狱卒，下至监狱里最凶恶的犯人，他没过多久就和监狱里的所有人混熟了。约翰·狄更斯在服刑期间照旧正常拿着薪水，这一点让传记作家们一直非常困惑。唯一合理的解释或许是这样：因为政府职员多半是有些权势的人安排的，而因为欠债而入狱这种罪过还不算那么严重，至少没严重到需要中断他的薪水的程度。

父亲刚坐牢的时候，查尔斯还住在卡姆登镇；然而因为此地距离位于查令十字街哈格佛桥的碳粉厂太远，约翰·狄更斯就给他在南华克的兰特街租了个房间，这个地方距离马夏尔西监狱很近。他的早饭和晚饭都可以和家人一起吃。他在工厂里干的活儿还不算太艰苦，主要就是刷瓶子、贴标签，再把它们捆扎起来。一八二四年年四月，克鲁厅的老管家威廉·狄更斯太太去世了，把全部积蓄留给了两个儿子。约翰·狄更斯的债终于（被他哥哥）还上了。重获自由的他再度把家小安顿在卡姆登镇，自己也重返皇家海军军需办公室的岗位。查尔斯又在工厂里刷了一阵瓶子，不过后来约翰·狄更斯跟詹姆斯·拉莫特发生了争执，"他们是通过写信来吵架的，"查尔斯日后如此写道，"因为导致冲突爆发的是我从父亲那里带给他的一封信。"詹姆斯·拉莫特告诉查尔斯，因为他父亲羞辱了自己，所以他必须走人。"我带着一种奇怪的轻松之感回了家，这感觉甚至有些像是一种压迫。"他的母亲试图从中调停，这样查尔斯就保住那份工作和薪水了，她当时还是极其需要每周的那六先令的；这件事让他永远无法原谅母亲。"此后我从未忘记这件事，既不想忘记，也不能忘记，我的母亲居然如此热心地想把我送回去。"然而约翰·狄更斯不吃这一套，他把儿子送进了一所名字很气派的学校，名叫"惠灵顿议会学院"，这所学校位于汉普斯泰德路上。他总共在那里待了两年半。

人们很难搞明白这个孩子在碳粉厂到底干了多久；他是二月初

开始去工作的，而六月份他就已经回到家里了，所以他在工厂里度过的时间应该不会超过四个月。然而这段日子似乎给他留下了极深的印象，对他而言，这段经历实在是过于屈辱，以至于他根本无法谈及此事。当约翰·福斯特——那是他的挚友，也是第一位为他写传记的人——偶然触及此事时，狄更斯告诉福斯特，"即使是在此时此刻"，而这已经是二十五年之后了，对于他所提及的这件事，"他也依然铭记在心，无法遗忘"。

我们早就听惯了杰出的政客和工业巨头吹嘘自己早年间刷盘子、卖报纸的故事，以至于我们反而不太理解为什么狄更斯一心认为父母把他送进碳粉厂是一种严重的伤害，是一件因为过于羞耻所以必须当作秘密掩藏起来的事情。他是一个快活、淘气、机灵的男孩，并且早已熟知生活的阴暗面。从很小的时候开始，他就看到了父亲的挥霍与短视让他们一家陷入了何种境地。他们家很穷，过的也当然是穷人的日子。还住在卡姆登镇的时候，他不仅要做刷洗打扫的活儿，还经常被打发拿着大衣或者小玩意儿去当掉换钱吃饭；像其他男孩一样，他也一定经常在大街上跟和他境况差不多的孩子们一起玩。不过在出身同一阶级的其他孩子都去上学的时候，他却得去工作了，而且挣得还不算少。他每周的工资是六先令，不久又涨到了七先令，这笔钱放在今天就相当于二十五到三十先令了。有一小段时间他得完全靠工资养活自己，搬到马夏尔西监狱附近以后，他可以同家人一起吃早饭和晚饭，只有午饭需要自己出钱。和他一起在工厂工作的其他男孩都很友好，因此很难理解他为什么会觉得和他们混在一起有那么丢脸。他不时会被带去看望住在牛津街的祖母，而他自然会从父亲那里得知，祖母一辈子都是"伺候人的"。或许约翰·狄更斯的确有点势利眼，还有点毫无依据地自以为是，但是一个十二岁的孩子肯定对社会差异没什么概念。我们可以进一步猜想，如果查尔斯的确比较老成，感觉自己比工厂里的其他孩子高出一头的话，他也应该聪明到足以明白自己的收入对家人来说是何等重要。不难预料，对他来说，能够挣钱养家应该是他那种骄傲的一个主要来源。

　　人们或许会由此推测，正是因为福斯特的发现，狄更斯写了一部分自传交给他，我们才能得知他这段经历中的种种细节。在他发挥想象力编写回忆录时，我猜他的心中一定充满了对童年的自己的同情；设想着如今已经功成名就、广受爱戴的自己处于那个位置上会感到的痛苦、厌恶与羞耻，并把这一切赋予了那个小男孩。写到这个可怜的孩子的孤独，以及被自己最信任的人们背叛的痛苦时，那一切在他眼前是如此生动而鲜活，甚至让他泪眼模糊，慷慨宽宏的心也为之滴血。我不认为他是在有意夸大，那种夸张实在是不得已而为之：因为他的才华——甚至可以称之为天才——就在于这种夸张的本领。正是通过对密考伯先生性格中喜剧元素的详述与强调，他才能惹得读者捧腹大笑；正是通过加强对小内莉日益衰弱的悲惨的描写，他才能让读者也为之落泪。假如他没有把在碳粉厂度过的那四个月描绘得如此感人的话（而且只有他才拥有那样的能力），他也不可能成为如此伟大的小说家；而且尽人皆知的是，他在《大卫·科波菲尔》中一再利用这段经历增强小说中的悲惨气息。就我本人而言，我并不相信这段经历带给他的痛苦真的有日后他声名大噪、成了公众人物之后自以为的那么严重；我更不相信那些传记作家认为这段经历对他的人生与作品具有决定性影响的说法。

　　还在马夏尔西监狱服刑的时候，约翰·狄更斯因为害怕自己身为无力偿还的债务人会丢掉皇家海军军需处的工作，便以身体欠佳为由恳求部门的上级推荐自己领退休金；最终考虑到他长达十二年的服役和六个孩子,他"出于同情的考虑"获准拿到了每年一百四十英镑的退休金。对于约翰·狄更斯这种人来说,这笔钱可不够养家,他必须得找点其他途径增加收入。他有一手速记的本领,并且在与新闻界有些关系的内兄帮助下找了一份议会记者的工作。查尔斯在学校里待到了十五岁,然后去了一家律师事务所当听差。他似乎并不觉得这份工作有损于他的尊严。他毕竟加入了今天所谓的白领阶层。几周之后,父亲想办法让他去另外一家律师事务所当了职员,每周的工资有十先令,后来又涨到了十五先令。他感觉这种生活枯燥无味,就本着自我提高的目的去学了速记。十八个月之后,他就能胜任常设法庭记者的工作了。二十岁的时候,他已经获得了报道下议院辩论的资格,并且很快就以"记者席上速度最快、记得最准的人"而闻名了。

在此期间,他爱上了一位名叫玛丽亚·比德内尔的漂亮姑娘,她是一位银行职员的女儿。两人初次见面时,查尔斯只有十七岁。玛丽亚是个轻浮的女孩,她似乎给过他不少鼓励性的暗示,两人甚至可能秘密缔结过婚约。能有个情人让玛丽亚很开心,但是查尔斯一文不名,她根本就没打算嫁给他。他们的关系在两年后结束,两人还十分"浪漫"地把之前互赠的礼物和信件退了回去,查尔斯觉得自己的心都要碎了。他们直到多年以后才得以重逢。彼时早已结婚多年的她获邀与大名鼎鼎的狄更斯夫妇一道用餐,而她早已变得肥胖、平庸而愚蠢。此后她成了《小杜丽》中弗洛拉·芬琴的原型。而在那之前,《大卫·科波菲尔》中的朵拉也是以她为原型的。

为了离工作的报社近一点,狄更斯住进了离河岸街不远的一条又黑又脏的街道,然而他感觉这个住处不够称心,很快就又在弗尼瓦尔宾馆租了个不带家具的房间。可是他还没来得及布置房间,父亲就再次因为债务被捕,他必须负担父亲在负债人拘留所生活的费用。"不难猜想，约翰·狄更斯有一段时间不能和家人团聚了。"查尔斯为其他家人安排了便宜的住处，自己带着弟弟弗里德里克住在弗尼瓦尔宾馆的"四楼后屋"里。"因为他思想开明，慷慨大方，"已故的尤纳·蒲柏亨尼希在她那部可读性很强的狄更斯传记中如此写道："而且他似乎总是能够轻松地解决这样的难题，他自己的家人，以及日后他妻子的家人，都逐渐养成了习惯，希望他能为这帮没骨气的人找点钱和差事，家里的顶梁柱总是得承担这样的重担。"

2

在国会下议院的记者席工作了差不多一年之后，狄更斯开始撰写一系列关于伦敦生活的短文；最早的几篇刊登在《月刊》上，后来的则登载在《晨报》上；虽然没有稿费，这些文章却引起了一位姓马孔尼的出版商的关注，在作者二十四岁生日当天，它们被集结成两卷出版，配以克鲁克香克绘制的插图，命名为《博兹札记》。马孔尼为第一版付给他一百五十镑的稿酬。这本书获得了很好的评价，他很快就获得了新的约稿邀请。当时那种人物滑稽的趣谈小说十分盛行，这类小说按月刊载，每期一先令，还带有漫画插图。那就是如今连环漫画的前身，它们在当时也如同幽默漫画一样广受欢迎。有一天，一位查普曼与霍尔出版公司的合伙人找到狄更斯，请他写一个关于业余运动员俱乐部的故事，用以配合一位知名艺术家绘制的一系列插图。这个故事总共计划出版十二期，合伙人出价每月十四英镑作为今天所谓的"连载版权费"，日后结集成书还有额外的稿酬。狄更斯表示自己对体育一窍不通，因此不认为能够按时完稿，可是"这份报酬太诱人了，实在是无法抗拒"。接下来的事就不用我多说了：这些故事最后就组成了《匹克威克外传》。开始的五期并没有获得很大的成功，然而拜萨姆·韦勒所写的导言所赐，它的好评直线上涨。到了结集出版的时候，查尔斯·狄更斯已经非常有名了。虽然评论家们对此事的态度有所保留，他的名声还是打出来了。根据记录，《季度评论》提及他的时候表示："不需要未卜先知的天赋也能预知他的未来：虽然眼下他如日中天，将来他必然一落千丈。"然而诚然如此，在狄更斯的整个职业生涯当中，一般的读者如饥似渴地阅读他的作品，而评论家们却总是找他的茬。

一八三六年，就在《匹克威克外传》的第一期出版的几天之前，狄更斯结婚了，妻子凯特是狄更斯在《晨报》的同事乔治·贺加斯的长女。乔治·贺加斯家里有六个儿子和八个女儿。他的女儿们每个都生得丰满小巧、娇艳红润，还长着蓝色的眼睛。凯特是姐妹之中唯一一个达到适婚年龄的。狄更斯娶的是她而不是其他姑娘，似乎也是由于这个原因。短暂的蜜月过后，这对夫妻在弗内瓦尔宾馆安顿下来，并邀请凯特的妹妹玛丽·贺加斯——一个十六岁的漂亮姑娘——来和他们同住。忙于连载《匹克威克外传》的同时，狄更斯又接了另外一部小说的合同，那就是《雾都孤儿》。这本书也是要在月刊上连载的，于是他就用两周时间专心写作其中一部，再用另外两周写另外一部。多数小说家往往过于关注当前正在创作的人物，以至于它们不知不觉间侵蚀作者脑海中的其他文学构思；而狄更斯却能轻松自如地在两个故事之间跳转，这着实是一项令人惊叹的才能。

狄更斯非常喜欢玛丽·贺加斯，在凯特因为怀孕而无法与他一同出行时，玛丽就成了他的伙伴。凯特的孩子出生了，因为她还有可能再生好几个，一家人从弗尼瓦尔宾馆搬了出去，在道蒂街上找了处房子。玛丽出落得越发漂亮可爱了。在一个五月的晚上，狄更斯带着凯特和玛丽出去看戏；他们玩得很开心，回到家的时候也是兴高采烈的。但是玛丽突然病倒了。他们找来了医生。但她几个小时后就死去了。狄更斯从她的手指上取下一枚戒指戴到自己手上。他至死都戴着这枚戒指。他悲痛欲绝。不久之后，他在日记中写道："她是那样一位迷人、快活、亲切的伙伴，她比任何人都能理解我的思想与感情，假如她现在还和我们在一起，那么我将别无所求，只希望这份幸福能够持续下去。可是她已经走了，只愿上帝慈悲，能让我有朝一日与她重逢。"他这番话颇为值得注意，也告诉了我们许多东西。他把自己的墓地安排在玛丽旁边。我认为他无疑已经深深地爱上了她。只不过我们永远不可能知道他自己是否意识到这一点了。

玛丽去世时凯特已经再次怀孕，这一打击让她流了产。等她的身体恢复一些之后，狄更斯带着她出国短期旅行了一阵，以此平复两人的情绪。至少到了夏天的时候，他自己的精神已经完全恢复，还跟某位埃莉诺·P女士打得火热。

3

凭借《雾都孤儿》《尼古拉斯·尼克尔贝》和《老古玩店》几部作品，狄更斯踏上了一条稳健的成功之路。他工作很努力，在几年的时间里，往往是上一本书完稿还很远，他就已经开始着手写新书了。他本着取悦读者的目的写作，因此也很关注大众对刊载自己作品的《月刊》的反响。有意思的是，直到《月刊》的销量下降，表明他的故事没有以前吸引人了之后，他才动了把《马丁·瞿述伟》拿到美国出版的心思。他不属于那种以流行为耻的作家，也获得了巨大的成功。但是对于获得成功的作家来说，他们的生活未必会发生什么变化，随成功而来的往往是一种极其单一的模式。迫于职业的需求，他每天都要拿出几个钟头的时间专心写作，而他也找到了一种最适合自己的生活模式。他得跟当时的社会名流与文艺精英打交道，接受贵妇们的招待，他既出席聚会也组织聚会，他要出门旅行，也会在公开场合露面。大体而言，这就是狄更斯的生活模式。诚然，很少有作家有幸体验过他所享有的成功。他似乎拥有无穷无尽的精力。他不仅以很快的速度创作着一部又一部长篇小说，还创办杂志并担任编辑，甚至在很短的一段时间内承担过一份日报的编辑工作；他偶尔写一些即兴之作；他发表演讲，在宴会上致辞，举办自己作品的朗读会。他经常骑马，每天走上二十英里对他来说简直不算一回事，他喜欢跳舞，开起玩笑来乐此不疲，他会给孩子们变戏法，还参加业余戏剧演出。

他一向痴迷戏剧，一度还认真考虑过登台表演；那时他正在向一位演员学习演讲技巧，学着背诵台词，甚至在镜子前练习如何入场、就座和鞠躬。对于彼时刚刚涉足时尚界的他来说，我想这些技巧应该还是非常有用的。不过挑剔他的人依然认为他举止粗俗，穿戴卖弄。在英国，口音往往能决定一个人的地位，鉴于狄更斯几乎终生都是在伦敦度过的，所以他很有可能会在某些场合带一点土气的伦敦东区口音。不过他依然凭借着英俊的外表、明亮的双眼、饱满的活力和快活的笑声博得了人们的喜爱。人们对他的奉承或许会让他有些得意，但是他并没有被这一切冲昏头脑。他仍旧保持着一种迷人的谦逊，是个温柔可爱、情感丰富的家伙。像他这样的人，一进门就会给整个房间带来一阵愉悦的气息。

奇怪的是，即便狄更斯拥有那么强的观察能力，他也随着时间的推移而与身处社会上流的人们越发熟络，可是他在小说中对这一类角色的塑造却从来不如平凡些的人物成功。他在生前所受的各种批评当中，最为常见的一种就是他不会描写真正的绅士，他笔下的律师和律师助理——他在律师事务所工作期间就对这几种人非常熟悉了——特色都十分鲜明，但医生和牧师就没有什么特点；他写起自己童年时曾混迹其中的底层平民来最为得心应手。看来能让小说家熟稔于心，并将其用作自己创作原型的人，终究还是他们从小就认识的人物。对于小孩子而言，一年的时间很长很长，远比成年人眼中的一年长得多。因此他们有充足的时间来认识身边人们所具备的特质。"许多英国作家在描写上流社会风貌时都非常失败，"亨利·菲尔丁如此写道，"而其中的原因之一，或许就是他们其实对这种生活一无所知……如今这一类人并不会像其他人一样，出现在街上、商店里和咖啡馆中；他们并不会像动物之中那些置身上层的个体一样轻易展露自己。简而言之，对于无法拥有这几项条件——头衔、财富，或者赌徒这一不亚于上述二者的可敬身份——的人们而言，他们是无缘亲眼见到这个群体的。不幸的是，够格涉足那个世界的人们很少愿意承担写作这项倒霉差事，而从事写作的人往往更加贫穷、社会层次更低，因为很多人都相信干这一行不需要任何本钱。"地板上铺了厚厚的地毯，窗户上挂着装饰华丽的窗帘。他们雇了一个好厨子，三个女佣和一个男仆，还给自己置办了一辆马车。他们邀请贵族和社会名流参加晚餐会。这些聚会的铺张甚至让简·卡莱尔都震惊不已，而杰佛利勋爵给友人柯珀恩勋爵写信说，自己应邀去他们的新居用餐，并且享受了一顿"对于既有家庭又刚刚富裕起来的人来说，实在是有些奢华过头的晚餐"。狄更斯那慷慨大方的性格让他喜欢被人群围绕的感觉，而且因为他出身贫寒，如今的他以奢华为乐也是再自然不过的。不过这种生活是需要很多钱的。他的父亲、父亲的全家，还有他妻子的家族一直花着他的钱。而他创办自己的第一份杂志《汉普雷老爷的钟》一部分也是为了弥补庞大的开支。为了给杂志开个好头，他把《老古玩店》放在上面连载。

一八四二年,他把四个孩子交给凯特的妹妹乔吉娜·贺加斯照顾,自己带着凯特一起去了美国。此前从未有哪位作家像他一样广受追捧。不过这趟旅程却不能说获得了十足的成功。一百年前,美国人尽管乐于贬低欧洲的一切,却对针对自己的任何批评都极其敏感。一百年前,美国媒体会毫不留情地侵犯所有不幸成为新闻的人物的隐私。一百年前,宣传意识强烈的美国人会把来自外国的名人视作吸引眼球的天赐良机,只要人家对自己像公园里的猴子一样的待遇表现出一点点不满,他们就会说人家是自视甚高,目中无人。一百年前,美国是个言论非常自由的国家,只要不冒犯他人并且不影响他人的利益就行,每个人都有权发表自己的意见,只要他们同意其他人也拥有这样的权利即可。而查尔斯·狄更斯对这一切一无所知,他犯下了不少大错。当时并没有国际版权法规,英国作家的作品在美国销售无法获得任何利润,而这一点也同样损害着美国作家的利益,因为不用花钱,所以书商们自然更愿意出版英国作家的书,而不是掏钱购买本土作家的作品了。但是狄更斯在他本人的欢迎宴会上的演讲中提起这个话题就不够明智了。讲话激起了强烈的反馈,在报纸的描述中,他"不是个合格的绅士,而是个唯利是图的流氓"。虽然他身边挤满了崇拜者,在费城,他和等着见他的人群握手就握了整整两个小时,但他的戒指和钻石别针,他那花哨刺眼的马甲都引发了大量的批评。更有些人认为他的行为相当缺乏教养。然而他举止自然,毫不矫揉造作,到了最后几乎没有人能抗拒他的青春气息、讨喜的外表和快活的性格。他在美国交上了不少好朋友,他一直到去世都和他们维持着良好的关系。

在多事且疲劳的四个月之后,狄更斯夫妇回到英国。此时孩子们已经非常依恋他们的乔吉娜姨妈了,这对因为旅途而疲惫不堪的夫妻便邀请她与自己同住。当时的她十六岁,玛丽搬到弗尼瓦尔宾馆与新婚的狄更斯夫妇一同生活的时候也是这个年纪。她长得和玛丽很像，从远处甚至可能会被错当成玛丽。这对姐妹是如此相似，"以至于当她、凯特和我一起坐着的时候，"狄更斯如此写道，"我几乎要以为此前发生的一切只是一场忧伤的梦境，而我才刚刚从这个梦中醒来。"乔吉娜漂亮、迷人，也毫不张扬。她非常擅长模仿，总是能借此把狄更斯逗得捧腹大笑。随着时间的流逝，他开始越来越依赖她。他们会一起长途散步，他会把自己的文学创作计划讲给她听。他发现乔吉娜是一个有用且可靠的书记员。狄更斯一家习惯的生活方式非常昂贵，而他很快就发现自己背上了不少尴尬的债务，于是他决定把房子租出去，自己带着家人——当然也包括乔吉娜——到意大利去，那里的生活更便宜，他也可以更好地节约开支。他在意大利待了一年，主要是住在热那亚，虽然他遍游意大利全境，可是因为他的思想太狭隘，他的文化也过于贫乏，这段游历并没有对他的精神世界产生什么影响。他依然是个典型的英国观光客。不过发现生活在国外是多么愉快（以及省钱）之后，狄更斯开始长时间住在欧洲大陆。而乔吉娜也往往作为家庭的一员与他同行。有一次他们准备在巴黎住一段时间，她单独陪狄更斯去巴黎寻找公寓，而凯特则留在英国，等着他们把准备工作安排妥当。

凯特的性格平和而忧郁。她很难适应新环境，既不喜欢查尔斯带她同去的旅行，也不喜欢自己陪伴他一同参加的聚会，更不喜欢她不得不担任女主人的聚会。她看起来似乎颇有些笨拙、平庸乃至于愚蠢；那些一心想跟这位知名作家相处的大人物很可能会因为不得不忍受他那乏味的妻子而心生不悦。令她尤其烦恼的是，有些人甚至完全不拿她当回事。给声名显赫的人做妻子可不轻松，而除非她机智圆滑、富有幽默感，否则她是不太可能胜任的。如果不具备这些特点的话，她就必须深爱自己的丈夫，必须崇拜着他，以至于她能够坦然地接受人们感兴趣的是丈夫而不是自己。她必须足够聪明，能从丈夫爱着自己这一点中获得慰藉，由此不介意他在思想上对自己如何不忠，并相信他到了最后总会回到自己身边寻求安慰和信心。凯特似乎从未与狄更斯相爱过。他在订婚之后给凯特写过一封信，在信中指责了她的冷淡。她会嫁给他，或许是因为在那个年代，婚姻是女人唯一的出路；又或许是因为她身为八个女儿之中的老大，父母给她施加了不小的压力，让她接受一个能在未来供养她的求婚者。她是个温和而善良的小女人，但是她无法满足丈夫的盛名对她的要求。她在十几年间生了十个孩子，还流产了四次。她怀孕的时候，陪伴爱旅行的狄更斯出行的一直是乔吉娜，她与他一起出席聚会，甚至还会在他的晚宴桌旁接替了凯特的位置。人们难免认为这种局面会让凯特非常不快，然而我们并不知道凯特到底是什么态度。

4

日子一年又一年地过去了。到了一八五七年，查尔斯·狄更斯四十五岁。在他活下来的九个孩子里，年龄最大的几个已经长大成人，可是最小的只有五岁。此时的他已经闻名于全世界，成了全英国最受欢迎的作家。他拥有极大的影响力。他的生活完全处于公众的视野之中，这也很符合他爱出风头的本性。他在几年前与比自己小十二岁的威尔基·柯林斯[1]相识，而他们很快就发展出了亲密的友谊。埃德加·约翰逊先生如此写道："他（柯林斯）喜欢美食、香槟和音乐厅；他经常同时和好几个女人维持着暧昧

---

[1] 威廉·威尔基·柯林斯（William Wilkie Collins，1824—1889），英国侦探小说作家，主要作品有《月亮宝石》《白衣女人》等。

关系；他为人很有趣、玩世不恭、风趣幽默，同时也无拘无束得到了有些粗俗的地步。"在狄更斯眼中，柯林斯就代表着"快活和自由"——这同样也是约翰逊先生的说法。两人一同在英国各地旅行，还去巴黎玩了一趟。狄更斯当时大概也和许多地位相似的男人一样，只要身边有轻浮的年轻女子，他们就不会错过与之来往一番的机会。凯特无法满足他所期待的一切，长久以来，他对妻子的不满也越发强烈。"她的性格温柔而顺从，"他写道，"但她无论如何都无法理解我。"从刚刚结婚的时候开始，她就对他颇为猜疑。我猜在他知道妻子其实没有理由猜忌自己的时候，他还会觉得她的吵闹容易忍受一些，总比日后她的确很有理由怀疑时好得多。于是他也只好让自己相信他和妻子并不合适。他有了很大的发展，而她还是一开始时的样子。狄更斯深信自己并没有什么应当指责的地方。他认定自己是个好父亲，为孩子们做了能做的一切。然而在现实中，他虽然对需要养活这么多孩子有所不满，并且认为这一点完全是凯特的错，但是在孩子们小的时候，他还是很喜欢他们的；可是随着孩子们越长越大，他也对他们逐渐失去了兴趣，等男孩子们年龄一到，他就立刻把他们送到各个遥远的地方去了。不过这帮孩子也的确不是很有前途。

倘若不是发生了一场无法预知的意外，狄更斯夫妻之间的关系未必会有什么改变。就像许多性格不合的夫妻一样，他们或许早已彼此疏远，却在外界面前维持着一种亲密的假象。狄更斯恋爱了。就像我此前说过的一样，狄更斯对舞台抱有浓厚的兴趣，他不止一次为了慈善的目的参与过业务戏剧演出。我叙述的事情发生的时候，狄更斯正应邀在曼彻斯特出演《冰冷的海洋》，这是威尔基·柯林斯在他的帮助下创作的一部戏剧，此前曾经在德文郡戏院为女王夫妇和比利时国王上演过，并且获得了巨大的成功。而当他同意将这出戏在曼彻斯特再次搬上舞台时，他认为在这么大的剧场里观众可能听不见自己女儿们的声音——她们此前就在剧中饰演少女的角色——便决定找专业演员来替代她们。一个名叫爱伦·特纳的年轻姑娘入选了其中一个角色。她只有十八岁，生得娇小美丽，还有一双碧蓝的眼睛。彩排是在狄更斯家里进行的，他本人担任导演。爱伦对他十分仰慕，那副想要讨好他的模样更是楚楚可怜，这让狄更斯相当受用。彩排还没结束，他们就坠入了爱河。他送给她一只手镯，不想却被错送到了他自己的老婆手里，而凯特自然跟他大闹了一场。狄更斯采取的似乎是一种无辜被冤枉的态度，对于处于这一尴尬境地的丈夫而言，这也是最方便的选择了。戏剧如期上演，他饰演的主角是一位富有自我牺牲精神的北极探险家，他的表演十分悲怆，全场观众无不为之落泪。他甚至为了这个角色留起了胡子。

狄更斯夫妻之间的关系越来越紧张。他从前是那么和蔼可亲，平易近人，如今却喜怒无常，躁动不安，跟除了乔吉娜之外的任何人都会发脾气。他变得十分郁郁寡欢。最终他得出了一个结论：自己再也不能和凯特一起生活了；然而他在公众之间的地位又让他十分畏惧公开分手可能招致的负面影响。他的焦虑也是很好理解的。在他那些利润惊人的圣诞题材作品中，他不遗余力地把圣诞节描绘成弘扬家庭美德、赞美家庭幸福的标志性节日。多年以来，他一直在用感人的方式告诉读者哪里都没有家好。当时的情况十分微妙。狄更斯提出了各种各样的建议。其中一个是让凯特拥有一套属于自己的房间，不和狄更斯住在一起，但是依然在他的聚会上担任女主人，并且同他一起出入社交场合。另一个建议是让她留在伦敦，而他搬到新近在肯特郡购置的房子盖德山庄去。而当他到伦敦去的时候，凯特就留在盖德山庄。还有一个方案是让她到海外定居。这几种提议她都极力反对，最后两人决定彻底分居。凯特被安置到卡姆登市郊的一栋小房子里，每年拿六百磅的收入。此后不久，狄更斯的长子查尔斯过去陪她住了一段时间。

这样的安排十分令人意外。让人不由得心生疑惑：虽然凯特的性格十分平和，或许还有些愚蠢，但她怎么会容忍自己被逐出家门呢？她为什么会同意抛下孩子们呢？她当然知道狄更斯对爱伦·特纳的迷恋，她应该也能想到，手里攥着这张王牌的她想提什么条件就能提什么条件。狄更斯在一封书信里提到了凯特的一大"弱点"，而在另一封不幸在当时便已经出版的信中，他又暗指是某种心理疾病"导致他的妻子认为自己还是离开为好"。如今我们倒是可以断言，这些话是在隐晦地指出凯特有酗酒的毛病。嫉妒心、失败感和认为自己不被需要的屈辱感让她选择借酒浇愁，这也实在并不奇怪。如果她确实成了个酒鬼，那就不难解释为什么一直乔吉娜在打理家务，照顾孩子；为什么即便母亲离开了，孩子们依然待在自己家里；以及为什么乔吉娜会写下"可怜的凯特无力照顾孩子们，这是尽人皆知的"这样的话了。或许长子去与她同住，正是为了保证她不会喝太多酒。

狄更斯的名气实在太大，以至于他的私生活不可能不引发流言蜚语。各种于他不利的谣言甚嚣尘上。听说贺加斯一家——也就是凯特与乔吉娜的母亲和姐妹们——在散播爱伦·特纳是他的情妇的消息之后，他震怒不已，威胁说要把凯特净身出户，从而逼着她们签署一份澄清声明，表示她们并不相信作家与年轻的女演员之间的关系有任何不妥之处。考虑了整整两个星期之后，贺加斯一家才勉强在这一威胁下屈服了。她们一定十分清楚，如果他的确将恐吓付诸实践的话，那么凯特完全可以用铁一般的事实将此事付诸法律；如果她们不敢把事情闹到这步田地的话，那毫无疑问只能因为是凯特这边有什么过错,而且她们不愿意让它泄露出去。乔吉娜身边也围绕着不少传言。而她在这件事里也的确扮演着一个谜一般的角色。我很好奇为什么至今没有人以她为核心人物创作一出戏剧。我在这一章中也提到过,玛丽去世之后,狄更斯的日记相当值得留意。在我看来,那则日记不仅明确了狄更斯曾经爱过玛丽这一点,还证明他当时对凯特已经有所不满了。而当乔吉娜搬来和他们一起生活的时候,因为她长得酷似玛丽,狄更斯也被她深深地迷住了。那么他当时也爱上她了吗?而她也爱他吗?这一点谁也说不清楚,乔吉娜的确嫉妒着凯特,狄更斯去世之后,她在为其编辑书信选集时把所称赞凯特的言论全部删去了;然而教会与政府对待与亡妻之妹结婚的态度使得一切近似的关系都带上了一些乱伦的色彩,而她也有可能根本就没想过要和这个在同一屋檐下生活了十五年的男人发展出任何超越兄妹深情的情感。或许对她来说,能够获得这样一位大名人的信赖,能够在他身上建立完全的支配地位,这就已经够了。而最奇怪的是,在狄更斯深深迷恋着爱伦·特纳的时候,乔吉娜居然和她交上了朋友,还非常欢迎她到盖德山庄来。不论乔吉娜对此到底做何感想,她对此一直守口如瓶。

查尔斯·狄更斯与爱伦·特纳之间的私情被知情人遮掩得很好,以至于人们无法确定其中的细节。她似乎一度拒绝他的追求,但最终还是屈服于他的坚持。有人认为狄更斯以查尔斯·特林汉姆的假名在佩克姆给她买了座房子。按照狄更斯女儿凯蒂的说法,爱伦给他生了个儿子;然而因为没有任何关于此事的记录,或许可以推测出这个孩子是夭折了。不过据说爱伦的委身也没让狄更斯因此精神焕发,心情愉悦;他比她大了二十五岁还多,而且他也一定深知对方并不爱自己。最难以承受的痛苦莫过于没有回应的热恋。他在遗嘱里给她留了一千英镑,她最终和一个牧师结了婚。她曾经对一个姓本汉姆的牧师朋友说，对于狄更斯强加给她的亲密关系，她简直"一想起来都会感觉恶心"。就像很多女性一样，她似乎乐于享受自己的地位带来的种种好处，却不认为自己有理由被要求做出回报。

就在与妻子分手的同时，狄更斯开始举办自己作品的朗读会，他为此周游英伦列岛，并且再度前往美国。他极富戏剧性的天赋发挥了很大的作用，并因此而获得了巨大的成功。然而他已经辛劳过度了，再加上不断旅行的劳累，这一切严重地损耗了他的身体，人们开始留意到，虽然他只有四十几岁，但是他看起来已经像个老人了。何况朗读会也不是他活动的全部：从他与妻子分开直到去世，在这十二年中，他写了三部长篇小说，还办了一份大受欢迎的杂志《一年四季》。他的身体状况会变坏也一点都不奇怪了。他开始饱受一些恼人的小病困扰，那些演讲很明显不断消耗着他的精力。人们劝他放弃这些演讲，可是他坚决不肯；他喜欢置身于公众的关注下，喜欢登台时的激动、观众面对面的掌声与欢呼，以及支配全场为他带来的力量感。而且会不会还有这样一种可能呢：他或许认为假如爱伦看到无数对他心怀仰慕的人们成群结队地来听自己演讲，她也许会更喜欢他一点？他决定再办最后一次巡回朗诵会，可是演出进行到一半，他就实在病得太厉害，不得不把巡演取消了。他回到盖德山庄，开始专心写作《德鲁德疑案》。然而他不得不弥补巡演经理的损失，于是只好暂时把小说放下，又在伦敦安排了十二场朗读会。那是一八七〇年一月的事了。"圣詹姆斯宫人满为患，在他入场和离开的时候，听众都会全体起立欢呼鼓掌。"回到盖德山庄之后，他继续埋头写作小说。六月份的一天，和乔吉娜一道用餐的他突然病倒了。她连忙派人找来医生，还有他两个生活在伦敦的女儿。第二天，这位明智又干练的姨妈打发女儿中年龄小一些的凯蒂去把狄更斯即将死去的消息告知他的妻子。凯蒂和爱伦·特纳一起回到了盖德山庄。此事之后的第二天，一八七〇年六月九日，狄更斯去世了。他被安葬在威斯敏斯特教堂。

5

在马修·阿诺德一篇著名的文章中，他主张真正优秀的诗歌必须拥有极高的严肃性，因为他发现乔叟的作品缺乏这一条件，所以一方面对他极尽赞美之能事，又不肯认定他在最伟大的诗人之中拥有一席之地。阿诺德实在是过于严苛了，以至于他对幽默抱持的疑虑可不止一星半点。我想他应该绝对不会承认，拉伯雷的嬉笑和弥尔顿向人类阐明上帝之伟力的欲望具有同样的严肃性。不过我很理解他的观点，而且这一观点也不仅仅适用于诗歌。或许正是因为狄更斯的小说里并没有这么高的严肃性，虽然狄更斯的小说有着种种优点，我们阅读时多少会有一丝隐隐约约的不满。假如当今的我们在读这些作品时脑子里装着那些伟大的法国和俄罗斯小说，那么就算是乔治·艾略特的作品也显得幼稚得吓人了。狄更斯的作品相比之下简直不够成年人的水平。但是我们不能忘记这一点：我们已经不怎么读他的小说了。我们变了，他的书对我们而言也一起变了。我们已经不可能再体会到与狄更斯同时代的人们阅读这些新鲜出炉的作品时的感情了。我准备引用尤娜·波普-轩尼诗[1]书中的一段话来展现这一点："杰弗里爵士的朋友兼邻居亨利·希登斯太太向他的书房里瞥了一眼，只见杰弗里低着头趴在桌子上。抬起头时他的眼中噙满了泪水。她连忙致歉说：'我不知道原来您听到了什么坏消息，或者正在因为什么事情难过着呢，不然我就不来了。难道

---

[1] 尤娜·波普-轩尼诗（Una Pope-Hennessy, 1875—1949），英国历史学家及传记作家。

有谁死了吗？''是的，确实有人死了，'杰弗里爵士答道，'我因为这种事哭起来可真是太傻了，可是我实在忍不住。你听了这个消息也会难过的。小内莉，是博兹[1]的小内莉死了。'"杰弗里爵士是一位苏格兰法官，《爱丁堡评论》的创办者，以及严厉而苛刻的评论家。

就我个人而言，我感觉狄更斯的幽默感还是非常具有感染力的，可是他那些旨在渲染悲伤的部分却完全无法打动我。在我看来，他的确拥有强烈的情感，却没有心。当然，我必须立刻对这个观点加以阐明。他的确拥有慷慨善良的心肠，对穷人和受压迫的人充满热烈的同情，而且就像我们都知道的那样，他对社会改革也抱有持久的兴趣（而且他的关注还能产生实际的效力）。然而这只是一种演员式的心肠，我的意思是说，他的确能够强烈地感受到自己希望表现出来的情感，就像出演悲剧戏份的演员能够体会到自己应当传达出的情感一样。"赫卡柏对他有什么相干，他对赫卡柏又有什么相干"。[2] 说到这一点，我想起了一位在莎拉·伯恩哈特的剧团里工作过的女演员在多年之前对我讲过的一件事。当时这位伟大的艺术家正在表演《费德尔》，在她最感人的那段独白之中，她突然在众目睽睽之下因为愤怒而烦乱起来，原来是她发现站在舞台侧面的几个人在大声讲话；于是她便向那几个人走去，同时背对着观众，仿佛是在悲痛中隐藏了自己的面庞一样，实际上她则是用法

---

[1] 即"Boz"，狄更斯创作后来汇总为《博兹札记》的一系列短篇时选用的笔名。
[2] 语出《哈姆雷特》第二幕第一场，朱生豪译。赫卡柏是特洛伊王后，特洛伊国王普里阿摩斯的妻子。这处引用的完整上下文为："这一个伶人不过在一本虚构的故事、一场激昂的幻梦之中，却能够使他的灵魂融化在他的意象里，在它的影响之下，他的整个的脸色变成惨白，他的眼中洋溢着热泪，他的神情流露着仓皇，他的声音是这么呜咽凄凉，他的全部动作都表现得和他的意象一致，这不是极其不可思议的吗？而且一点也不为了什么！为了赫卡柏！赫卡柏对他有什么相干，他对赫卡柏又有什么相干，他却要为她流泪？"

语对那几个人嘘了一句："闭上你们的臭嘴，你们这些浑蛋。"而后她又带着一副完美的哀伤神情转过身来，继续表演着自己激情洋溢的独白，并完美地将其推向了感人至深的尾声。而观众什么都没有察觉到。如果她对自己必须要讲的台词没有真心实意的感受，而她居然还能表演得如此悲怆而高尚，这实在是令人难以置信；然而她的感情是一种职业化的情绪，它仅仅停留在表面，它只是神经的反应，而非出自内心，这种情感丝毫不会影响她在表演中的沉着冷静。我并不怀疑狄更斯的真诚，不过那也只是一种演员的真诚；而这或许就是为什么如今的我们总会感觉他笔下的悲伤并不真实，不论他如何拼命在文中堆积苦难，我们也不会为之感动。

然而我们也没有权力要求一位作家做到他力不能及的事情，倘若狄更斯确实缺少阿诺德所谓伟大的诗人不可或缺的那种高度的严肃性，他也同样具有许多其他优点。他是一位伟大的小说家，拥有诸多美妙的天赋。他认为《大卫·科波菲尔》是自己最好的作品。作家在评判自身作品时往往不能做出很好的判断，不过我倒是觉得狄更斯的判断非常正确。众所周知的是，《大卫·科波菲尔》在很大程度上具有自传性质；但是狄更斯写的并不是自传，而是小说，虽然他从自己的生活经历中汲取了大量的素材，他却只会本着自身的目的来运用它们。其他部分则交由他那丰富的想象力来完成。他读书不多，文绉绉的对话只会让他感觉厌烦，而他日后在文学界的广泛交友似乎也没给他带来什么影响。反倒是童年时代在查塔姆读过的那些作品给他留下了极其深刻的印象。在这些作品当中，从长远来看，我认为对他影响最大的还是斯摩莱特的小说。斯摩莱特呈现给读者的人物并不具备什么夸张的特质，却生动鲜明，与其说是角色，不如说是各种不同的"性格"本身。

对人的敏锐观察也正符合狄更斯的天性。密考伯先生的形象来源于他的父亲。约翰·狄更斯是个夸夸其谈、花钱大手大脚的人，然而他既不是傻子，也远非没有能力；他勤劳、善良、情感丰富。我们也都看到狄更斯是如何塑造他的了。如果说文学史上最著名的喜剧人物当数法斯塔夫的话，那么密考伯先生也应该与他不相上下。有人批评狄更斯不该让密考伯最后在澳大利亚当了一名受人尊敬的地方官，还有些评论家认为他应该将那种鲁莽、轻率、目光短浅保持到最后，这些批评在我看来实在有失公允。澳大利亚是个人口稀少的国家，而密考伯先生相貌堂堂，接受过一定的教育，而且言谈举止非常唬人；我不觉得拥有这些优点的他在那个环境中能够获得一官半职有什么不对。不过狄更斯的高明之处不仅在于塑造喜剧角色，他对斯蒂福兹那个温和的仆人的刻画也是令人赞叹，他那种神秘而阴暗的特质实在是让读者不寒而栗。乌利亚·希普身上则颇有所谓的"大众通俗剧"的味道；不过他也绝对是个强大而可怕的角色，对他的塑造也堪称高明。诚然，纵观《大卫·科波菲尔》全书，生动鲜活、新颖独特的人物比比皆是，他们彼此之间也呈现出了惊人的差异性。现实生活中从来不会有比如密考伯夫妇、辟果提和巴基斯、特拉德斯、贝特西·特洛伍德和迪克先生、乌利亚·希普和他的母亲这样的角色——他们都是狄更斯旺盛想象力的产物。然而他们充满活力，首尾呼应，不仅刻画得惟妙惟肖，前后一致，而且那么真实可信，以至于读者几乎不可能不相信他们。他们或许并不是真人，但他们又是那样生动鲜活，有血有肉。

狄更斯塑造人物的方法大致如此：他将原型人物身上的性格、特征与缺点加以夸张，又给他们每个人安排下一系列能将其本性深深地烙印在读者脑海中的话语。他的笔下并未呈现出人物的发展与变化，总而言之，他们一开始是什么样，到了最后就还是什么样。

（狄更斯小说中的确有一两个例外，然而作者在他们身上展现出来的性格转变非常不可信；这些变化完全是为了完美结局的顺利展开而安排的。）如此刻画人物有一大风险，那就是它会限制故事本身的可信度，而其结果就是形象塑造的漫画化。如果作者想要呈现的是一个引人发笑的角色——比如密考伯先生——那么漫画化自然没什么不好，然而如果他想让人对某个角色心生同情的话，这么做就行不通了。狄更斯对女性角色的处理从来就谈不上成功，除了总是把"我决不会抛弃密考伯先生"挂在嘴边的那位密考伯太太，以及贝特西·特洛伍德以外，其他的女性角色都是漫画式的人物。参考了狄更斯初恋情人玛丽亚·比德内尔的朵拉太愚蠢、太幼稚了；原型是玛丽和乔吉娜·贺加斯的艾格妮丝又太完美、太理智——而这两个形象都无趣得令人发指。小艾米莉在我看来就是一个败笔。狄更斯显然希望我们对这个人物产生同情；可是她的遭遇完全是自找的。她最大的抱负就是做一位淑女，大概还希望斯蒂福兹能跟自己结婚，所以才会跟着他私奔。然而对他来说，她实在称得上是最不称心的情人了，她整天沉着脸闷闷不乐、泪眼汪汪地自怨自怜，也难怪斯蒂福兹会对她心生厌倦了。在整部《大卫·科波菲尔》之中，最莫名其妙的女性角色就是罗莎·达特尔了。我猜狄更斯可能原本打算让这个角色在故事中发挥更多的作用，然而他并没有这么做，这或许是因为他害怕此举会激怒他的读者。我只能推测斯蒂福兹以前是她的恋人，而她对他怀恨在心，因为斯蒂福兹抛弃了她，可是她依然爱着他，对他抱有一种混杂了嫉妒、饥渴与复仇之心的爱意。狄更斯在这里塑造的其实是一个巴尔扎克更拿手的角色。在《大卫·科波菲尔》所有主要人物之中，斯蒂福兹是唯一一个被塑造得十分直接的。狄更斯让斯蒂福兹在读者心中留下了十分鲜明的印象：他的魅力、优雅与风度，他的友好、善良，还有与各色人等和睦相处的亲和力,他的开朗、勇敢、自私、鲁莽、不计后果与冷酷无情。作者描绘出的是一个我们很多人都相当熟悉的形象:这种人不管走到哪里都会让人愉快,但是他们所到之处也总是祸事不断。狄更斯给他安排的下场非常糟糕,我猜如果是菲尔丁的话,可能会对他稍微宽容一些;因为就像奥诺太太提起汤姆·琼斯的时候所说的那样:"遇上这么个不懂得害臊的女人,也就不能净怪小伙子了,说真的,干出这种事来也是极其自然的。"如今的小说家不仅必须保证书中内容的可能性,还得确保其拥有必然性。而狄更斯当年却不受这种限制。斯蒂福兹离开英国几年之后乘船从葡萄牙回来,而他居然会在距离雅茅斯很近的地方遭遇海难、溺水身亡,此时的大卫·科波菲尔又刚好在那里为了拜访老友而短期停留,这种巧合着实让读者很难相信。如果为了满足维多利亚时代恶有恶报的要求,斯蒂福兹必须死掉的话,那么狄更斯也完全可以为他想出一个更加真实可信的退场方式。

6

济慈活得太短,华兹华斯的寿命又太长,这实在是英国文学界的一大不幸;而与此同样不幸的一点是,在我国最伟大的小说家处于创作巅峰的那个时期,盛行的出版方式鼓励的却是那种散漫又啰唆的风格,这也助长了英国小说家那种与生俱来的爱讲题外话的倾向,这对他们的创作是非常有害的。维多利亚时代的小说家实际上就是靠笔杆子干活的工人。他们必须严格按照合同上的要求,将稿件按照一定的篇幅划分成十八、二十或者二十四期连载,同时还要对故事做出精心安排,好让每一期的结尾都能吸引读者想买下一期。他们无疑早已构思好了故事的主线,然而我们也知道,在开始出版之前能写好两三期,他们就已经心满意足了。剩下的部分他们会等到需要的时候才去写，一心指望着自己的创造力能让他们写够合同需求的页数；然而我们也从他们自己的坦白中得知，他们的创造力有时也会枯竭，这时就只能勉强写些什么了。有时他们的故事主线实际上已经完结了，然而却可能还有两三期连载要写，于是就只能想方设法地拖延结尾。这种形式让他们不得不偏离主题，啰唆个没完，这么写出来的小说自然会形式散乱、枯燥冗长了。

狄更斯写作《大卫·科波菲尔》时采用了第一人称叙事。这种直截了当的方式也给他帮了大忙，因为他的情节往往非常复杂，而读者的注意力有时会偏移到某些与主线发展无关的人物和事件上。在《大卫·科波菲尔》一书中，这种明显偏离主题的内容只有一处，那就是对斯特朗先生与其妻子、母亲，以及妻子的表妹之间关系的描写；这段描述非常乏味，而且和大卫也没什么关系。我猜他是想用这部分内容来填补两处时间线上的间隙：一处是大卫在坎特伯雷上学的那几年，另一处则是从大卫对朵拉失望直到朵拉去世的那段时间。不这么做的话，他也不知道该如何填补这几块空白。

狄更斯也未能从以自己为主人公的半自传体小说必将遭遇的风险中幸免。大卫·科波菲尔十岁的时候被严厉的继父送出去工作，就像查尔斯·狄更斯被自己的父亲打发出去一样；他承受着跟那些在他看来社会地位比不上自己的同龄人厮混的"屈辱"，就像狄更斯在写给福斯特的自传片段中极力让自己相信的一样。狄更斯竭尽全力，想要激发读者对自己笔下主人公的同情，而在大卫为了保护自己，逃到多佛去找姨婆贝特西·特洛伍德——她可真是个既有趣又可爱的角色——的那段著名的旅途上，他往自己的骰子里灌铅的时候也确实毫无顾忌。无数读者都觉得这段逃亡的故事十分悲惨，而我的心肠可要硬多了：我只是奇怪这孩子怎么这么蠢，不管遇到谁都只有被抢被骗的份儿。他毕竟在工厂里干过好几个月，还时常在伦敦的街头晃荡；那我们也不难想到，虽然厂子里的其他孩子达不到他的标准，却应该能教他一点东西才对；而且他还和密考伯一家一起生活过，帮他们往当铺里送过不少家当，还去马夏尔西监狱看过他们；假如他真是作者描写的那种聪明孩子的话，那么即便他年龄尚小，也肯定对世界有了一定的了解，并且机灵到足以自保了。然而大卫·科波菲尔不仅在童年表现得如此无能，成年之后的他也没有应对困境的能力。他在朵拉面前的软弱、他处理家庭生活中的日常问题时表现出的无知，都简直让人无法忍受；而且他居然没看出艾妮斯爱上了他，这实在是愚钝得可以。我实在是无法相信他居然能像书里写的那样成为成功的小说家。如果他真的能写小说的话，我觉得他写出来的东西应该也会更接近亨利·伍德太太的小说，而不是查尔斯·狄更斯的作品。作者竟然一点都没有把自己的动力、激情和活力附注自己笔下的这个人物，这实在是怪事一桩。大卫纤弱、英俊、颇具魅力，不然他也不可能博得每一个与他相遇的人的喜爱；他诚实善良、勤勉认真，然而他也绝对算是个傻瓜。他称得上是全书之中最没意思的人物了。而将他形象的薄弱苍白、他的不中用、他在棘手局面之前的无能体现得最为彻底的，就是小艾米莉和罗莎·达特尔在苏荷区阁楼上的那一场大闹，大卫目睹了这一切，却丝毫没有试图阻止的意思，而其中的理由简直完全站不住脚。

　　这一幕恰好证明了以第一人称叙事的手法可能会将叙事者逼向一个虚假得可怕的田地，他作为主角简直不够格，让读者完全有理由对他产生愤慨。虽然哪怕采用了第三人称叙事，站在上帝视角上来进行讲述的话，这个场景依然夸张过头，招人反感，但是它至少能够艰难地获得一些可信度。当然，人们阅读《大卫·科波菲尔》时获得的乐趣，并不在于非要达到这样的共识，即生活的确——或者曾经——与狄更斯的描述一致。这么说可绝对不是对他的贬低。小说就像是天上的国度一样,其中有许多房屋,而作者只会邀请你进入他自己选中的那一间。每一间的存在都自有其道理,但是读者必须尽力适应自己被引入其中的环境。正如同阅读《金碗》[1]和《蒙帕纳斯的布布》[2]时,你必然要选择不同的视角。《大卫·科波菲尔》是一位想象力活跃、情感热烈的人对生活加以奇幻化加工的产物,它时而欢快,时而悲怆,你应该像阅读《皆大欢喜》[3]一样来阅读这本小说,它给你带来的也是同样怡人的乐趣。

---

1 英国作家亨利·詹姆斯的小说作品,其中主要情节涉及上流社会的婚姻、恋爱及乱伦等问题。
2 法国作家夏尔·路易·菲利普的小说作品,讲述了一位在丈夫的逼迫下沦为妓女的巴黎女子的故事。
3 莎士比亚戏剧。

艾米莉·勃朗特与《呼啸山庄》

1

一七七六年，唐郡的年轻农民休·普朗蒂与埃利诺·麦克格罗结婚；第二年的圣帕特里克节当天，他们的十个孩子之中的老大出生了，这对夫妻便以这位爱尔兰主保圣人的名字为孩子命名。普朗蒂似乎不识字，因为他好像一直不太确定自己的姓到底怎么拼。孩子的姓在洗礼登记簿上写的都是"布朗蒂"和"布朗提"。他那一点小小的田地完全养不活这么一大家子人，于是他同时也在一个石灰窑工作，年景不好的时候还去附近一位乡绅家里帮忙。不难想象，长子帕特里克肯定要在父亲的田地里帮着干杂活，直到他年纪大到可以出门赚钱为止。此后他做了手工纺织作坊的织工。不过他是个头脑聪明、志向远大的小伙子，十六岁的时候，他不知以什么方式接受了足够的教育，居然在自己出生地附近的乡村学校当上了老师。两年之后，他在德拉姆巴利罗内的教区学校找到了一份类似的差事，而且一做就是八年。关于他这段经历有两种说法：一种说法声称，他的能力给卫理公会的牧师们留下了深刻的印象，他们希望他去接受神职人员的培训，还给他凑了一些钱，再加上他自己的一点积蓄，让他可以去剑桥上大学；另一种说法则表示，离开郊区学校之后，他去了一位牧师家做家庭教师，并且在雇主的帮助下进入了圣约翰学院。当时的他二十五岁，作为大学生来说是有些超龄了，他是个身材高大、体格强壮的小伙子；相貌英俊，并且有些为自己的外表沾沾自喜。求学期间，他的经济来源主要是一份奖学金、两份助学金还有做辅导赚来的外快。他在二十九岁那年拿到了文学学士学位，并且被英国国教会授予神职。如果资助他上剑桥的确实是卫理公会的牧师的话，他们一定会觉得自己这项投资是打了水漂。

正是在剑桥求学期间，帕特里克·布朗蒂——至少他的姓氏在入学花名册里是这么拼的——把姓改成了勃朗特（Bronte），后来又加上了分音符号，正式署名为帕特里克·勃朗特（Patrick Brontë）。他被任命为埃塞克斯郡威瑟菲尔德的助理牧师，并且在那里与一位玛丽·伯德小姐相爱了。这位小姐年方十八，虽然谈不上富有，家境倒还算得上殷实。他们原本已经订了婚。然而出于某种人们至今都没搞明白的原因，勃朗特先生甩了伯德小姐。人们猜测这或许是由于他自视过高，以为等一等再结婚会对自己更有好处。此举深深地伤害了玛丽。而这位英俊的助理牧师的行为可能在教区内引发了不少流言蜚语，因为他离开了威瑟菲尔德，转而到什罗普郡的惠灵顿去做助理牧师了，几个月之后又去了约克郡的哈特谢德。他在哈特谢德遇到了一位平凡矮小的三十岁女人，名叫玛丽亚·布兰威尔。她出身体面的中产阶级家庭，每年还能拿到五十镑的个人收入；此时的帕特里克·勃朗特已经三十五岁了，大概也觉得尽管自己相貌英俊、说话还带着讨喜的爱尔兰口音，也差不多到了该结婚的时候了，现在结婚也很符合他对自己的规划。于是他就向玛丽亚求了婚，她接受了，两人在一八一二年正式完婚。这对夫妇还住在哈特谢德的时候，勃朗特太太就已经生下了两个女儿，分别命名为玛丽亚和伊丽莎白。此后，勃朗特先生又被调动到布拉德福附近的另一个助理牧师职位上，勃朗特太太在这里又生了四个孩子。他们分别是夏洛特、帕特里克-布兰威尔、艾米莉和安妮。结婚前一年，勃朗特先生自费出版过一部名为《村舍诗篇》的诗集，一年后又出版了第二本，起名叫《乡村吟游诗人》。搬到布拉德福附近以后，他又写了一本名叫《林中村舍》的小说。不过读过这几部大作的人都说它们实在是乏善可陈。一八二〇年，勃朗特先生被任命为约克郡霍沃思村的"终身助理牧师"，想必他的抱负终于得到了满足，因为他就在这里度过了余生。他从未回爱尔兰看过留在那边的父母和兄弟姐妹，但是母亲在世期间，他每年都会给她寄去二十英镑。

婚后第九年，即一八二一年，玛丽亚·勃朗特罹患癌症去世。成了鳏夫的帕特里克·勃朗特劝动了妻妹伊丽莎白·布兰威尔，请她从原来居住的彭赞斯搬过来照顾自己的六个孩子；然而他还想要续弦，等了一段时间之后，他给伯德太太——就是十四年前他甩掉的那个姑娘的母亲——写了一封信，在信中询问玛丽·伯德是否依然单身。几周之后，收到了回信的他又写了一封信给玛丽本人。这封信写得自命不凡，油嘴滑舌，而且诚实地讲，他行文的品位也相当恶劣。他居然厚着脸皮写道，自己昔日的爱情之火被重新点燃，现在他极其渴望与她见上一面。这封信的目的实际上就是求婚。而她的回信相当刻薄，但是他并没有气馁，并且在下一封信中极其不明智地告诉对方："你愿意怎么说，怎么想，那都随你的便，<u>反正我是毫不怀疑</u>，假如你愿意做我的人的话，你的日子可会比现在乃至于<u>未来的单身生活</u>好得多。"（那些下划线是他在原信中自己加上的）在玛丽·伯德那里碰了一鼻子灰之后，他又开始考虑其他选择。勃朗特先生似乎从来没有想到过，像他这么一个带着六个孩子的四十五岁鳏夫可不怎么吸引人。他又向自己在布拉德福做助理牧师时认识的伊丽莎白·弗里斯小姐求婚，不过遭到了对方的拒绝；在那之后，他似乎终于放弃了这件吃力不讨好的事情。不管怎么说，幸好还有伊丽莎白·布兰威尔照顾着家务和孩子们。

霍沃思村的牧师住宅是一栋褐砂石砖建的小屋，它位于陡峭的山脊，整个村庄就散布在下面的山坡上。屋前有一片十分窄小的花园，屋后和两侧都是教堂的墓地。勃朗特姐妹的传记作家们一向认为这个环境实在是过于压抑，在医生眼里或许的确如此，但是对于牧师而言，这算得上是一片可以陶冶情操，乃至于抚慰心灵的景观；至少这位牧师和他的家人对这一切早已到了习以为常，乃至于熟视无睹的地步，就像卡普里岛的渔夫不会在意维苏威火山，伊斯基尔岛的渔夫面对落日无动于衷一样。房子的一楼是客厅、勃朗特先生的书房、厨房和储藏室，二楼则是四间卧室和一间起居室。只有客厅和书房铺了地毯，所有窗户都没有装窗帘，因为勃朗特先生最害怕失火。地板和楼梯都是石头的，一到冬天就又冷又潮，布兰威尔小姐害怕着凉，就总是在屋子里按照固定的路线走来走去。屋外有一条通向荒野的小路。传记作家们总是有意无意地想要把勃朗特一家的生活描写得更加凄楚，于是他们会习惯性地把霍沃恩写成一个荒凉、阴冷、灰暗、沉闷的地方。然而即便是在冬天，这里也会有些碧空如洗，阳光明媚的日子，冷冽的空气令人心神畅快，草地、荒野与森林都宛如色粉画一般柔美。我正是在这样一个冬日造访霍沃思的。整个村庄都沐浴在银灰色的薄雾之中，为它那模糊朦胧的轮廓添上了一丝神秘的气息。叶子落尽的枯树姿态典雅，如同浮世绘冬景中的树木。路边的山楂树篱笆挂满冰霜，闪着洁白的光芒。在艾米莉的诗歌和《呼啸山庄》中，你都能发现荒野的春天有多么激动人心，夏日又是何等的丰饶美丽。

勃朗特先生喜欢在荒野上长时间散步，他走得很远。晚年时他曾经自夸一天能走四十英里。他成了个离群索居的人——这跟从前相比算是个变化，因为相对于助理牧师这个职业而言，他曾经非常热衷社交，喜欢聚会和调情；如今除了附近的教区牧师偶尔回来喝杯茶外，他能见到的就只有教会执事和他教区的教民了。如果有人请他做客他就去，假如有人请他做法事他也欣然应允，但是他和他的家人都"不怎么和别人交往"。虽然他出身贫苦的爱尔兰农家，却不让孩子们和村里的其他孩子打交道。孩子们只能坐在一楼那个冷飕飕的小客厅里——那就是他们的书房——要么读书，要么用耳语般的声音说话，这样就不会打扰到父亲了。父亲一不高兴就会耷拉着脸不说话。他在上午给孩子们上课，布兰威尔小姐则在下午教他们家务和针线活儿。

即便是在妻子去世之前，勃朗特先生就更喜欢一个人在书房吃饭，这也是一个他保持终身的习惯，而他的理由则是自己消化不良。艾米莉在日记中写道："我们晚饭准备吃煮牛肉、芜菁和土豆，还有苹果布丁。"一八四六年，夏洛特在一封自曼彻斯特寄来的信里说："你知道，爸爸只吃白煮的牛、羊肉，茶，还有面包和黄油。"对于长期消化不良的人来说，这种食谱看起来可不算合适。我个人是倾向于相信，勃朗特先生独自进餐是因为他不喜欢和孩子们在一起，他被孩子们打扰时也总是很生气。他在晚上八点做家庭祷告，九点钟锁上前门，别好门闩。然后他走过孩子们待着的房间，告诉他们不要睡得太晚。上楼上到一半的时候，他会停下脚步给挂钟上弦。

盖斯凯尔夫人认识勃朗特先生已经有好几年了，而她给此人下的结论是：他自私、暴躁，并且盛气凌人；而身为夏洛特密友之一的玛丽·泰勒也在给另一位朋友埃伦·纳西的信中写道："我每次想到夏洛特对那个自私的老头子的付出就来气。"近年来有人打算粉饰他的形象，不过怎么粉饰都无法掩盖他给玛丽·伯德写的那些信。这些信件的全文都收录在克莱门特·肖特的那本《勃朗特一家及其交往圈》之中。怎么开脱也遮掩不了在他的助理牧师尼科尔斯先生向夏洛特求婚时他的所作所为，不过这个问题我们留到后面再谈。盖斯凯尔夫人还有如下记载："勃朗特太太的保姆跟我说过，有一天孩子们都到荒野里去了，结果突然下起雨来，她想着孩子们回来的时候身上一定都湿了，所以就翻出几双别人送的彩色小靴子来，放到厨房的灶火边烘暖。结果孩子们回来的时候靴子却不见了，只能闻到一股烧皮子的怪味儿。原来是勃朗特先生进门时看到了这些靴子，觉得它们对自己的孩子来说太鲜艳也太奢侈了，于是就扔进火里烧掉。他容不下任何会冒犯到他那老古董的极简主义的东西。在这件事的很久以前，有人送给勃朗特太太一件丝绸礼服，它不论是样式、颜色还是材料都绝对不符合他所认为的得体，结果勃朗特太太就从来没穿过它。不过，她把这条裙子珍重地放在抽屉里，那个抽屉平时一般都会上锁。然而有一天，她正在厨房里忙着，突然想起自己把钥匙忘在抽屉里了。一听见勃朗特先生正往楼上走，她就预感到自己的礼服要遭殃，就赶紧跟着跑了上去，结果发现裙子还是被剪成了碎片。"这个故事可能纯属偶然，不过保姆应该也没有胡编乱造的必要。"有一次他拿起壁炉前的地毯，把它塞进炉子里烧掉了。然后他忍着烧地毯的恶臭留在屋子里，一直看着它被烧成了一团皱巴巴的焦炭，再也用不了了为止。还有一回他拿了几把椅子，把它们的靠背全部锯掉改成了板凳。"公平起见，我必须额外补充一句：勃朗特先生声称这些故事纯属子虚乌有。然而却没有人怀疑他确实性格暴躁，更没有人质疑他为人严厉而蛮横。我也暗自思索过，勃朗特先生拥有这么多令人不快的特质是否应该归因于他对生活的失望。就像许多出身卑微的人一样，他绞尽脑汁地试图跳出自己出身的阶级并接受教育，不过他可能也同样过高地估计了自己的能力。我们知道他对自己英俊的外貌颇为得意，他在文学上的努力又没有获得成功。那么当他意识到自己多年以来的艰苦奋斗，最终只换来一个约克郡荒野中的终身助理牧师之后，他会感觉沮丧又苦闷也就不奇怪了。

他们一家在牧师住宅中的艰辛和孤单往往被过度夸大了，才华横溢的三姐妹对此似乎还是很满意的；何况假如她们仔细考量一下父亲的出身的话，可能还会觉得自己远远谈不上不幸。与全英国那许许多多的牧师女儿相比，她们的境况既不算太好也不算太糟，她们都过着离群索居、财力有限的日子。勃朗特家也不是没有邻居，比如住在他家附近的其他牧师、乡绅、磨坊主、小手工业者等等，他们完全可以和这些人交往；如果他们不和外人打交道的话，那完全是出于他们自己的选择。他们谈不上有钱，但是也绝对不算穷。勃朗特先生的圣职不仅给他带来了一栋房子，还有每年两百磅的薪俸，妻子也有每年五十磅的收入，她死后则应该是被他继承了。伊丽莎白·布兰威尔来霍沃思住的时候，也带来了自己每年五十磅的年金。这样一来，这一家人全年总共能拿到三百磅，这笔钱放在现在就至少相当于一千两百磅了。对于如今的牧师来说，就算扣掉个人所得税，这也算是很大的一笔钱了；当今许多牧师的妻子能雇上一个女仆就谢天谢地了，而勃朗特家却有两个，活儿多的时候还会找村子里的姑娘们来帮忙。

一八二四年，勃朗特先生把四个大一点的女儿送进了位于科万桥的一所学校。这所学校刚刚兴建不久，为的就是让贫穷牧师的女儿们接受教育。学校里的卫生条件和伙食都非常差，管理也完全不合格，两个大女儿在学校死去了，夏洛特和艾米莉的健康也受到了影响，不过奇怪的是，她们又待了一个学期之后才被从学校带走。只上过这么一阵学之后，她们的教育都是由姨妈负责的。勃朗特先生对儿子的重视远比对三个女儿要多，而帕特里克-布兰威尔也的确被视为家里最聪明的一个。勃朗特先生不愿意送他去学校，坚持要自己在家教育他。他是个很有天赋的男孩，行为举止也挺讨人喜欢。他的朋友F.H.格兰迪是这样描写他的："他的个头出奇地矮，这一点也困扰了他一生。他长着一头茂密的红发，还总是把头发梳得高高的，我猜是为了掩盖身高上的不足吧。他的额头饱满而宽阔，几乎占了整个面孔的一半，显得非常睿智；他小小的眼睛像雪貂一样机敏，躲在深陷的眼眶里，外面还遮着一副从来不肯摘下的眼镜。他长着高耸的大鼻子，可惜下巴的形状却不怎么有力。除了偶尔匆匆瞥一眼别处之外，他似乎总是低垂着视线，几乎从来没有改变过。又小又瘦的他第一眼看去实在谈不上吸引人。"他挺有才华，姐妹们也很喜欢他，希望他能成就一番大事。他口才很好，也急于表达，并且似乎是从某位遥远的爱尔兰先祖那里继承来了善于社交、多话却不招人讨厌的天赋，因为他的父亲是个寡言而阴沉的人。如果有来当地的黑牛酒店投宿的旅客感觉寂寞难耐，店主就会问他："需要找人陪你喝几杯吗，先生？需要的话，我就派人去把帕特里克叫来。"而帕特里克-布兰威尔也总是乐意效劳。我必须在此补充一点，多年之后，夏洛特·勃朗特已经成了名人，再有人向店主打听此事的时候，他反而对此矢口否认："帕特里克-布兰威尔呀，"他说，"根本不用派人去叫。"如今你依然可以在霍沃思的黑牛酒店看到当年帕特里克-布兰威尔与朋友们纵酒狂欢的那个带温莎椅的房间。

夏洛特刚满十六岁的时候又进了一次学校，这一次是在罗海德，她在那里过得很开心；不过仅仅一年之后，她就回了家，为了在家教自己的两个妹妹。虽然就像我之前说过的那样，这一家人没有人们以为的那么贫穷，不过姑娘们也确实没什么指望。万一勃朗特先生过世，他的薪俸也就自动终止了，而布兰威尔小姐还准备把自己那笔钱留给她那个讨人喜欢的外甥。于是姑娘们打定主意，她们只有把自己训练成家庭教师或者学校教员，才能有办法养活自己。在那个年代，对于认为自己是淑女的女性来说，这是唯一的出路。帕特里克-布兰威尔这时候也年满十八岁，是时候决定自己要从事什么职业了。他像姐妹们一样在绘画上有些天赋，并且梦想成为一名画家。于是一家人最终决定让他去伦敦，到皇家学院去学习。他去倒是去了，然而他们的计划却毫无成果。在伦敦观光了一段时间，大概也是玩够了之后，他回到了霍沃思。他试图写作，不过也没什么成就；然后他劝父亲给他在布拉德福弄一间画室，让他可以靠着给当地人画肖像谋生；不过这件事也失败了，勃朗特先生把他叫回了家。此后他又在巴罗佛内斯的一位波斯尔思韦特先生家当家庭教师。这一次他似乎干得还不错，然而不知道为什么，仅仅六个月之后，他就被勃朗特先生带回了霍沃思。父亲很快又在利兹到曼彻斯特铁路线上的索沃比桥站给他找了一份报务主任的工作，之后又换到了卢德登福特车站。他既孤独又百无聊赖，并且饮酒无度，最后因为严重失职而被车站开除。与此同时，夏洛特在一八三五年返回罗海德当老师，还把艾米莉作为学生带了过去。可是艾米莉在那里想家想得厉害，甚至还病倒了，姐姐不得不把她送回家。让性格更加镇定平和的安妮顶替了她。夏洛特在这份工作上干了三年，最终也因为健康状况变差而回了家。

艾米莉这时已经二十二岁了。帕特里克-布兰威尔不仅不省心，而且更不省钱；于是夏洛特的身体一有好转，就不得不去当了保育员。这可不是她喜欢的那种工作。她和妹妹们都不太喜欢孩子，就像她们的父亲一样。"拒绝这帮孩子粗鲁的亲密真是太难了"，她在写给埃伦·纳西的信中抱怨道。她痛恨寄人篱下的生活，并且时时防备着他人的冒犯。她实在是个不太好相处的人，从她的书信中看,有些事情分明是雇主会自然地认为自己有权命令她去做的,她却觉得人家应该请她帮忙才对。工作了三个月之后,她回到了父亲的教区,不过大约两年之后,她又到布拉德福附近的罗顿去给一对姓怀特的夫妻工作。夏洛特觉得他们的品位不怎么样。"我真不敢相信W太太居然是税务官的女儿,而且我确信W先生的出身也很低。"然而不管怎么说,她在这一家过得似乎很不错,只是她在写给密友的信中说道:"没有人比我更清楚家庭教师的生活是多么辛苦——因为只有我自己才知道,我的全身心都是何等地抗拒着这项差事。"长久以来,她一直有个和妹妹们一起办一所学校的想法,如今她又把这个念头捡了起来;而怀特夫妇——他们应该是善良而正派的好人——也鼓励她,不过他们也提醒她说,如果想要获得成功的话,她必须拥有一定的资质才行。虽然她能读懂法语,却不会讲,德语则是一点都不会,于是她决定出国去学习外语。她说服了布兰威尔小姐,请她预支了用于这笔开销的款项;然后夏洛特和艾米莉就在勃朗特先生的照看下动身前往布鲁塞尔。这两个姑娘——夏洛特二十六岁,艾米莉二十二岁——成了黑格寄宿学校的学生。十个月之后,她们因为布兰威尔小姐病重而被叫回英国。由于帕特里克-布兰威尔的行为实在是不检点,布兰威尔小姐在去世前剥夺了他的继承权,把自己仅剩的一点钱全部留给了几位外甥女。这笔钱倒是足够她们去实现讨论已久的办学计划了;可是由于父亲年事已高,视力也下降了,于是她们决定就把学校设立在郊区里。夏洛特感觉自己还没有做到准备周全,于是她接受了黑格先生的邀请,回到布鲁塞尔,在他的学校里教英文。她在比利时待了一整年,一回到霍沃思,三姐妹就开始着手写企划书,夏洛特还给朋友写信,请他们推荐一些可以开办的课程。至于她们打算如何给教区里的学生们准备校舍则不得而知,因为她们家里只有四间卧室,而她们一家人自己就把这些房间占满了，何况因为从来没有学生来学习，所以这些问题也永远不可能得到解答了。

2

三姐妹从童年时代就开始断断续续地写作了。一八四六年，她们用柯勒、艾利斯和阿克顿·贝尔的笔名自费出版了一卷诗集。出这本书花了五十磅，最终只卖出了两本。此后三人又各自写了一部小说，夏洛特（笔名柯勒·贝尔）的《教授》，艾米莉（笔名艾利斯·贝尔）的《呼啸山庄》，还有安妮（笔名阿克顿·贝尔）的《艾格尼丝·格雷》。被一家接一家的出版社拒绝之后，史密斯·埃尔德公司终于回信了，那是夏洛特的《教授》被投过去之后的事。社方在信中说，他们很愿意考虑出版一本她写的更长的小说。此时夏洛特手里刚好有一部即将写完，一个月之内就能交给出版社，于是她们接受了。这部小说就是《简·爱》。艾米莉和安妮的小说最终都被一位姓纽拜的出版商接受了，虽然"他们开的条件让两位作者非常泄气"，她们还在夏洛特把《简·爱》交给史密斯·埃尔德公司之前对书稿进行了校对。虽然《简·爱》收获的评论不算非常好，但是读者非常喜欢，它很快就成了畅销书。这让纽拜先生也试图让公众相信，正是《简·爱》的作者写了《呼啸山庄》和《艾格尼丝·格雷》，并把这两部小说合在一起以三卷本的形式发售。这本书没有激起什么反响，也的确有很多评论家将它们视为"柯勒·贝尔"不甚成熟的早期作品。勃朗特先生在劝说之下同意去读一读《简·爱》。读完之后，有一天他去和孩子们一起喝茶时说道："姑娘们，你们知道夏洛特写了一本小说吗？她写得好极了。"

布兰威尔小姐去世的时候，安妮正在索普-格林的一位罗宾逊太太家做家庭教师。她的性格温柔可亲，与苛刻又挑剔的夏洛特比起来，她很明显更容易和他人和睦相处。她对于自己的处境也没什么不满之处。她回霍沃思参加姨妈的葬礼，返回索普 - 格林时把在家里闲着的帕特里克 - 布兰威尔也带了过去，并介绍他做罗宾逊太太儿子的家庭教师。雇主埃德蒙·罗宾逊牧师非常富有，他年迈多病，却有个挺年轻的太太。虽然这位太太比帕特里克 - 布兰威尔大了整整十七岁，他还是爱上了她。这两人的关系究竟如何无人知晓，然而不管怎么说，这段私情被撞破了。帕特里克 - 布兰威尔被扫地出门，罗宾逊先生责令他"永远不许再见自己孩子的母亲，不得再踏进她的房门一步，更不许给她写信或者与她谈话"。帕特里克 - 布兰威尔"怒气冲冲地大吼大叫，发誓说自己离开她就活不了；嚷嚷着指责对方居然选择留在丈夫身边。又祈祷多病的牧师最好赶紧死掉，这样他们俩就幸福了"。帕特里克 - 布兰威尔平时就酗酒成性，如今又在痛苦之下吸上了鸦片。不过他似乎很快就又和罗宾逊太太联系上了，并且在他被驱逐几个月之后，两人还在哈罗盖特见了面。"据说她准备抛下自己的一切身份和地位，两人一起远走高飞。结果反而是帕特里克 - 布兰威尔劝她少安毋躁，再稍微等一等。"因为这段记录出于帕特里克 - 布兰威尔本人之口，而且怎么看都不像是真的，我们基本可以把它当成一个愚蠢自负的年轻人的瞎编乱造了。有一天他突然收到一封信，告知他罗宾逊先生已经过世了；有人告诉艾米莉的传记作家玛丽·罗宾逊说："他像精神错乱一样绕着教堂的院子跳起舞来；他真的实在是太喜欢那个女人了。"

"第二天他一大早就爬了起来，认真地穿戴整齐准备出发；不过他还没来得及离开霍沃思，就有两个人快马加鞭地跑进村里。他们是来找帕特里克 - 布兰威尔的，他兴冲冲地和他们见了面，一个骑马来的人和他一起走进了黑牛酒店。"这人从寡妇那里捎来了消息,她乞求他不要再接近自己,因为哪怕他们见上一面,她就会立刻失去所有财产和孩子的监护权。至少帕特里克-布兰威尔自己是这样说的,然而因为这封信从未被公布过,罗宾逊先生的遗嘱里也没有找到这样的条款,所以他说的到底是不是实话也就不得而知了。只有一点非常确定:罗宾逊太太不想再和他有什么瓜葛了,她很有可能是编了这么一个理由,好让这个打击对他来说不那么致命而已。勃朗特一家相信她的确是帕特里克-布兰威尔的情人,并且把她之后的行为也归罪于他的恶劣影响。她也许的确是他的情人,但是那也有可能完全是他自己在吹牛,硬说自己征服了这位女性,就像很多男人会做的一样。况且就算罗宾逊太太真的对他迷恋过一阵,也没有理由认定她就一定想过要嫁给他。他喝酒喝得更凶了,准备就这样喝死自己。有个曾经在他最后的时刻照料过他的人告诉盖斯凯尔夫人,当他知道自己大限将至的时候,他坚持要从床上爬起来,因为他想要站着死去。他只在床上躺了一天。夏洛特的情绪太低落了,人们不得不把她带走,不过他们的父亲、艾米莉和安妮却留在那里,目睹了帕特里克-布兰威尔站了起来,挣扎了二十分钟之后,他如愿站着死去了。

从帕特里克-布兰威尔死去之后的那个礼拜天开始,艾米莉再也没有走出房门。她患了感冒,咳嗽不止,而且病得越来越重。在给埃伦·纳西的信里,夏洛特如此写道:"我真害怕她胸口疼,而且她只要一动,我就立刻能听到她的呼吸变得急促起来。她看起来太瘦弱、太苍白了,她那个沉默的性格更是让我非常不安。问她是完全没用的,因为她根本就不会回答。给她提些康复方面的建议更是没用,因为她根本就不听。"过了一两周之后,夏洛特又在给另外一个朋友的信中写道:"我真希望艾米莉今晚能好一些,不过想要搞明白她到底情况如何实在是太难了。生病以后的她比以前还要顽固，对于同情，她既不需要也不接受。不管是嘘寒问暖还是提供帮助都会让她不高兴；除非万不得已，否则她绝对不肯在病痛面前退缩一步；她不愿放弃平时的爱好，你只能眼睁睁地看着她做各种现在的她不适合做的事情，还一句话都不敢多说……"一天清晨，艾米莉像平时一样早早起床，穿戴整齐之后开始做针线活儿；她感觉胸闷气短，视力也越来越模糊，可是她还是继续干着活儿。她的情况越来越糟，但是死活不肯看医生，到了中午时分，她才终于同意叫人找个医生来。可是一切都已经太晚了，下午两点钟的时候，她去世了。

夏洛特当时正在写作另一部小说《雪莉》，不过她暂时放下了这本书去照顾安妮，安妮患上了当时所谓的"奔马痨"[1]，帕特里克-布兰威尔和艾米莉都死于这种疾病。直到这个温柔的小姑娘死后，她才有机会将这部小说写完，此时距离艾米莉过世也只有五个月。她分别在一八四九年和一八五零年去了两次伦敦，并且得到了充分的重视；她被引荐给萨克雷认识，乔治·里奇蒙还给她画了幅肖像。史密斯·埃尔德出版公司有一位名叫詹姆斯·泰勒的职员，在夏洛特的描述中，他是一个严厉而古板的小个子。此人向夏洛特求婚，但是她拒绝了。此前还有两个年轻牧师向她求过婚，不过他们也是无功而返。她的父亲或者附近的其他教区牧师手下还有两三个助理牧师对她明确表示过兴趣，不过这些求婚者都被艾米莉拦了下来（姐妹们都管她叫"少校"，因为她打发这种人很有一手），何况父亲也不同意，所以这些事最终都不了了之了。不过夏洛特最终还是跟父亲手下的一位助理牧师结了婚，那就是亚瑟·尼科尔斯牧师，他是在一八四四年到霍沃思来的。在夏洛特那一年写给埃

---

[1] 即急性肺结核。

伦·纳西的信里，提起他的时候是这样说的："我无论如何也没法在他身上看到你发现的那些优点。倒是他狭窄的心胸让我印象很深刻。"几年之后，她又把他划入自己最不屑的那种助理牧师之列："这些人看我是个老处女，而我看他们则有一个算一个，都是无趣、狭隘、毫无吸引力的男人。"尼科尔斯先生也是个爱尔兰人，他在一次假期中回爱尔兰去了，而夏洛特照例写信对纳西说："尼科尔斯先生还没有回来，而我得遗憾地说，教区里很多人都抒发了或许他还是不要大费周章地回来更好的愿望。"

一八五二年，夏洛特给埃伦·纳西写了一封长信，随信还附上了尼科尔斯先生写给她的一张便条，她说，这张便条"让我的心中留下了深深的忧虑……"。"我不会去打听爸爸看到了什么，猜到了什么，虽然我也差不多能推测出来。他已经非常生气地留意到尼科尔斯先生低落的情绪，还有他号称要搬到国外去，身体也越来越差了——他留意到了这一切，却并不怎么同情，甚至还会含沙射影地挖苦他。这礼拜一晚上，尼科尔斯先生到家里来喝茶，虽然我没有直接看到，但是我隐隐约约地感觉——有时我不用看就能感觉到——他不断向我投来的目光，还有他那古怪而焦躁的克制到底有何玄机。喝过茶之后，我像平常一样躲进餐厅里，而尼科尔斯先生也像平常一样陪爸爸一起坐到八九点钟；然后我听到客厅的门打开的响动，他应该是准备走了，我正等着前门关上的声音，他却在走廊中停下了脚步；他轻轻敲了敲餐厅的门，接下来发生的事情就像闪电降临在我头上一样。他走了进来，站在我面前。他说了些什么你肯定能猜到，他的模样简直认不出来，而我至今也无法忘掉他当时的样子。他从头到脚都在颤抖，脸色惨白，声音压得低低的，虽然充满激情，却说得十分吃力。他让我平生第一次意识到，面对着毫无把握的结果时，让一个男人表达爱意是何等艰难。"

"看到这个平日里像雕塑一样的人这么颤抖着,心烦意乱,无力又无助,我感到了一种奇妙的震撼。他对我讲起这几个月以来他承受的痛苦,他说他再也承受不了了,只求能够得到一点点希望。而我当时只能请求他先离开,并答应他第二天一定会给出答复。我问他有没有对爸爸讲过这件事,他说他不敢。我推搡着把他送出了房间。他一走我就立刻去了爸爸身边,把刚才发生的一切告诉了他。随之而来的是一阵超乎想象的狂怒;如果我真的爱着尼科尔斯先生的话,那么听到这番针对他的恶言恶语肯定会让我难以忍受的;而事实上我也的确感觉热血沸腾,因为我觉得这实在是太不公了。可是爸爸那副模样可真不是开玩笑的,他太阳穴上的青筋像鞭子一样绷了起来,眼睛也布满了血丝。我连忙向他保证,明天就明确地拒绝尼科尔斯先生。"

在另一封三天之后写就的信中,夏洛特说:"你问我爸爸为什么在尼科尔斯面前表现得那么丢脸,我真希望你现在就在这里,来看看眼下爸爸是个什么心情,那你就会更了解他了。他对待尼科尔斯先生的态度极其强硬,并且毫无疑问十分轻蔑。他们两个至今还没有面谈过,一切交流都是通过信件进行的。我不得不说,爸爸写给尼科尔斯先生的便条极其残酷。"而后她又继续表示说,自己的父亲"对他(尼科尔斯先生)手头缺钱的状况想得太多了;他说这样婚配有失身份,我嫁给他的话这辈子就完了,如果我真的要结婚的话,他也希望我找一个和他不一样的对象"。事实上勃朗特先生的表现就像当年对待玛丽·伯德的时候一样恶劣。他和尼科尔斯先生之间的关系紧张到了极点,以至于后者直接辞去了助理牧师的职位。不过之后的继任者都不能让勃朗特先生满意,而夏洛特最后也对他的抱怨失去了耐心,告诉他这也只能怪他自己。假如他允许自己嫁给尼科尔斯先生,那一切早就好了。爸爸依然表现得"非常非常有敌意，并且极其不公正"。然而她还是和尼科尔斯先生见面、通信，最终订了婚。他们在一八五四年完婚，当时的她三十八岁，九个月之后，她在分娩时死去。

埋葬了妻子、妻妹和六个孩子之后，帕特里克·勃朗特牧师终于能在他喜欢的孤寂中一个人吃晚餐了。他还在荒野中散步，在他那日渐衰弱的身体允许的范围内能走多远就走多远。他读报纸、布道，每天上床睡觉之前给钟表上发条。有一张他年老之后拍的照片，里面的老人穿着黑色的外套，脖子上围着一条极宽的白围巾，一头白发剪得很短。他长着纤细的眉毛、鼻梁挺直的大鼻子，嘴唇紧紧抿着，眼镜背后是一双暴躁易怒的眼睛。他以八十四岁高龄在霍沃思去世。

3

我在写关于艾米莉·勃朗特和《呼啸山庄》这一部分的时候，谈及她父亲、弟弟还有姐姐夏洛特的部分远比提到她自己的时候多，这实际上也是有一定用意的。因为在各种有关这一家人的书中，我们看到的大部分内容也是关于这几个人的。艾米莉和安妮很少被人留意到。安妮是个温柔又漂亮的小姑娘，但是她不起眼，也不算很有才华。可是艾米莉就完全不一样了。她可是个神秘、古怪而且模糊的角色。似乎从未有人直接窥见过她清晰的真面目，他们所能见到的形象都宛如荒野池塘中反射出的影子。只有从她留下的诗歌、那唯一的一部小说，还有零零散散的传闻逸事中，你才能隐约猜出她是个什么样的女人。她冷漠、紧张、令人不安；假如你听说她纵情于无拘无束的欢乐——比如她偶尔在荒野中漫步的时候——你反而会感觉心神不宁。夏洛特有朋友，安妮有朋友，唯独艾米莉一个朋友都没有。她的性格中充满了各种矛盾：她苛刻、武断、任性、阴郁、愤怒、褊狭；而同一个她也虔诚、负责、勤奋、任劳任怨、对她所爱的人们既温柔又耐心。

在玛丽·罗宾逊的描述中，十五岁的她是个"胳膊很长的高个子姑娘，发育良好，脚步轻捷。她身材纤细，穿上最好的衣服时像女王一样高贵；可是当她在荒野中懒懒散散地漫步，冲着小狗吹口哨，迈着大步走过崎岖的道路时，她又显得既散漫又男孩子气了。她是个又高又瘦、吊儿郎当的姑娘，虽然长得不难看，不过面容不算匀称，脸色也苍白而晦暗。她天生一头美丽的黑发，用一把长梳子松散地束在脑后时非常好看，但是她从一八三三年开始留的那种长卷发一点都不适合她。她的眼睛是淡褐色的，非常美丽"。就像她的父亲、弟弟和几个姐妹一样，她也戴着眼镜。她长着个鹰钩鼻子，嘴巴宽大而显眼，表情丰富。她穿衣完全不考虑流行，哪怕是过时已久的带羊腿袖的衣裳也照穿不误；还总是穿着紧贴在她瘦长身体上的直筒长裙。

她和夏洛特一起去了布鲁塞尔，可是她很讨厌那里。为了表示对这两个姑娘的善意，朋友们总是邀请她们在周日和假期中到家里去玩，可是她们两个都太腼腆了，去别人家做客对她们来说简直非常痛苦，一段时间以后，朋友们也认定或许还是不邀请她们更好。艾米莉对单纯为了社交的闲谈毫无耐心，因为它们的内容无疑都是相当琐碎无趣的；它的目的不过是泛泛地表示友善，参与其中的人们也只是出于礼貌而已。艾米莉过于羞涩，无法加入这种谈话，而谈话中的人们也往往会让她心生恼怒。她的羞涩中既有胆怯内向，也有着某种傲慢。如果她的确非常孤僻的话，那么她那种标新立异的穿着好像也有点奇怪了。在极其害羞的人身上，某种想要表现自己的倾向也不算不寻常见，所以我们或许可以认定：她会穿着那种可笑的羊腿袖衣服，或许就是为了高调地展示自己对这群平庸之辈的

187

蔑视，而跟他们在一起时，她却连话都说不利索。

在学校的娱乐时间里，姐妹两人总是一起散步。艾米莉通常会一言不发地紧紧依偎在姐姐身边，如果有人对她们两个说话，回答的也总是夏洛特。艾米莉几乎不和任何人说话。姐妹俩都比学校里的其他女孩大上好几岁，因此很讨厌她们那种吵闹、活跃，以及相对于那个年龄的孩子而言十分正常的傻气。蒙西热发现，艾米莉非常聪明，但是也相当固执，不管是什么话，只要它有悖于她自己的意愿或信条，她就无论如何都不肯听。他还发现她任性自负、求全责备，和夏洛特在一起时表现得像个暴君。不过他也的确留意到了艾米莉身上的不同寻常之处——她或许原本应该是个男人才对。蒙西热说："她的意志顽强而专横，不会被任何艰难险阻吓倒，究其一生不曾屈服。"

布兰威尔小姐去世后，艾米莉返回霍沃思，这样对她来说似乎才是最好的。她此后再也没有离开过。看起来似乎只有在那里，她才能生活在幻想之中，那是她生命中最大的折磨与慰藉。

每天清晨她都是第一个起床，趁着年老体衰的女佣泰比下楼之前干完一天当中最粗重的活计。她熨全家人的衣服，做饭也基本上都是她来负责。此外她还做面包，做得相当好。揉面团的时候，她会不时抬头瞥两眼支在眼前的书。"跟她一起在厨房干活儿的人，还有那些临时叫来帮忙的姑娘们，都记得她身边总是放着一支铅笔和一张纸片，每当她在煮饭或者熨衣服中稍微找个空闲休息一会儿的时候，她就会拿起纸笔急匆匆地记下一些灵感，然后再继续干活儿。她对这些姑娘总是既友好又热情——甚至让人感觉很舒服，她有时会像个男孩子一样快活！她和蔼、善良，稍微有一点男子气，'我的线人是这么说的'，不过她在陌生人面前又非常羞怯，如果屠夫家的儿子或者面包师的伙计出现在厨房门外，她就会像一只小鸟一样躲进客厅或者门廊,听到他们沉重的脚步顺着小道走远才肯出来。"村里的人都说她"更像是个男孩子,而不是女孩儿","当她懒散地迈着大步,一边冲自己的小狗吹着口哨,一边在荒野上溜达的时候",她的模样看起来既散漫又男孩子气。她不喜欢男人,对父亲手下的其他助理牧师甚至连基本的礼貌都谈不上,不过有一个例外,那就是威廉·维特曼牧师。据说这位牧师年轻英俊,机智且善谈;他身上有着"某种女孩子气的观感、举止和喜好"。勃朗特一家管他叫"西莉亚·艾米莉亚小姐"。而艾米莉与他的关系是出了名的好。其中的原因应该也不难理解了。在她那本名为《勃朗特三姐妹》的书中,梅·辛克莱谈及艾米莉时总是会使用"有阳刚之气"这个表述。而罗默·威尔逊谈到她的时候也发出了这样一个疑问:"孤独的父亲会在她身上看到自己的影子吗?他会感觉到,在这个家里除了自己以外,只有她身上还存在着男性精神吗?……从很早的时候开始,她就知道了自己心里住着一个男孩,后来则变成了一个男人。"据说夏洛特小说里的雪莉就是以艾米莉为原型塑造的;有趣的是,雪莉那位年老的女家庭教师总是会责备她,因为她总是用仿佛她是个男人的口吻谈及自己;女孩子会这么做并不常见,我们或许只能猜想那是艾米莉的习惯。

她性格举止中有很多地方让当时的人莫名其妙,而在今天却很容易解释。在那个年代,同性恋并不像如今这样可以公开讨论,它通常是个令人尴尬的话题,但是它始终存在于男性和女性之间。我想很有可能不论是艾米莉自己、她的家人,还是她家人的朋友——因为就像我说的那样,她自己没有朋友——都不明白是什么让她如此古怪。

盖斯凯尔夫人很不喜欢她。有人对她说过,艾米莉"从来不会对任何人类表示关切,她所有的爱都留给动物了"。她喜欢狂野又难以驾驭的动物。有人给过她一只名叫"管家"的斗牛犬，关于这条狗，盖斯凯尔夫人讲过一个有意思的故事："和被它认定为朋友的人在一起的时候，'管家'可以说非常忠诚；可是如果有人用棍子打它或者用鞭子抽它，那就会立刻激起这条恶犬那凶猛的天性，让它直扑对方的咽喉，紧紧咬住不放，直到有一方快要断气才肯松口。'管家'平时还有这么一个缺点，它喜欢偷偷溜到二楼去，躺到铺着精美的白色床单的床上舒服地伸展那四条粗壮的狗腿。可是牧师住宅里一贯是打扫得干干净净、布置得一丝不苟的；'管家'的这个毛病实在是太招人烦，所以艾米莉在泰比的抱怨下宣布：只要再发现这条狗不守规矩，自己就要狠狠地打它一顿，让它不敢再犯，完全不管别人的警告和这种狗本身那出名的凶恶。在一个秋天的晚上，泰比在暮色渐浓的时候找到了艾米莉，老女仆半是得意，半是害怕，同时又十分恼火地告诉她，'管家'正躺在最好的一张床上，享受地打着盹儿呢。夏洛特看见艾米莉的脸色变白了，嘴唇也抿得紧紧的，但是又不敢说什么，只要家里人看到艾米莉像这样脸色发白、双眼发亮，还死死地抿着嘴唇，就没有人敢过去劝她了。她走上二楼，泰比和夏洛特则站在楼下阴暗的过道里等着。艾米莉走下来的时候手里拖着不情不愿的'管家'，它脖子上那一片松松垮垮的皮被死死抓着，拖在地上的两条后腿拼命反抗，还一直凶猛地低声吼叫着。旁观的人们想要说些什么劝一劝，却不敢开口，生怕干扰了艾米莉的注意力，让她一时无法提防这只愤怒的猛犬。她把狗放开，又把它按在楼梯底下的一个阴暗角落里；因为害怕这狗跳起来咬住她喉咙，她根本就没有时间去拿棍子，而是直接攥起了拳头，趁着狗还没有跳起来，直接一拳砸向它那凶恶的红眼睛。然后她就这样一边咒骂，一边狠狠地'惩罚'它，一直把它的两只狗眼都打肿了才停手。等这只被打了个半瞎的狗头昏脑涨地回到自己的窝里，艾米莉又亲自照顾它，给它热敷被打肿了的脑袋。"

夏洛特是这样描写她的："她（艾米莉）的确公正无私、精力充沛；不过如果要说她也没有我希望的那么听话，或者肯听别人的意见的话，我也就只能时刻谨记人无完人了。"艾米莉的脾气难以捉摸，姐妹们似乎都有些怕她。从夏洛特的信件中可以看出，艾米莉时常让她既困惑又恼火，而且她明显不知道应该如何看待《呼啸山庄》这部作品；她完全没有意识到，自己的妹妹写出了一部具有惊人原创性的杰作，就连她自己的作品在对比之下也显得十分平庸。她甚至感觉自己有必要为此而道歉。在《呼啸山庄》计划再版的时候，她承担了这本书的编辑工作。"我也是逼着自己通读本书的，因为这是我在妹妹死后第一次翻开它，"夏洛特写道，"书中的力量让我心中充满了全新的敬意；然而我同时也感觉压抑万分：读者几乎完全无法尝到一丝一毫纯粹的愉悦，每一束阳光都需要艰难地穿越乌云的阻碍，每一页文字都充斥着某种道德上的激情，而作者本人却并没有意识到这一点。"她又写道："如果朗诵这部作品时，饱受那些严酷无情的人物——那些堕落而迷失的灵魂——影响的听众感觉毛骨悚然的话；如果有人抱怨，只是听到那些描述得逼真而恐怖的场景就让人夜间难以入睡，白日也心神不宁的话，'艾利斯·贝尔'一定并不明白这话是什么意思，并且怀疑这样的抱怨是不是装模作样。如果她还活着的话，她的心智会像大树一样生长——长得更高、更直、覆盖更为广泛——上面结出的果实会更加成熟甘美，花朵会更加明艳动人；但是也只有时间和经验才会对她的心智有所影响；其他人的思想是不可能征服它的。"而人们总是倾向于认为，夏洛特从未真正了解自己的妹妹。

4

《呼啸山庄》是一部非凡的杰作。小说会在很大程度上暴露出它们写作的时代,这不仅因为它们会采取当时常见的写作风格,还因为它们表现出当时的思想气候、作者的道德观念以及他们认可或摒弃的既定观点。年轻的大卫·科波菲尔完全有可能写出像《简·爱》这样的小说（虽然他的才华就略逊一筹了）,亚瑟·彭登尼斯可能写出和《维莱特》有几分相似的小说,虽然劳拉的影响或许会让她避开直白的性爱描写,哪怕正是这种描写为夏洛特·勃朗特的作品赋予了独特的辛辣气息。不过《呼啸山庄》却是个例外。它和同时代的小说没有任何关联。它是一部很糟糕的小说,也是一部绝好的小说。它既丑陋又美丽。这是一本令人恐惧且痛苦,又充满了力量与激情的书。有些人认为,一个过着幽静生活、不认识几个人、对世界似乎也是一无所知的牧师女儿不可能写出这样一部作品。这种观点在我看来实在是荒唐可笑。《呼啸山庄》是一部狂野的浪漫主义作品。而浪漫主义恰恰会规避对现实的耐心观察,而是放任想象力不受束缚地纵情驰骋,时而热情洋溢,时而暗淡忧伤,让它沉浸在恐怖、神秘、激情或暴力之中。考虑到艾米莉·勃朗特的性格,还有她那一直被压抑着的激烈情感,《呼啸山庄》正应该是唯独她才写得出来的那种书。不过从表面上看,这本书看起来倒更像是她那个废物弟弟帕特里克-布兰威尔写的,也确实有人相信他才是这部小说的作者,或者至少是起了一部分作用。弗朗西斯·格兰迪是持这种观点的人之一,他曾经如此写道:"帕特里克·勃朗特对我讲过——这一点也有他姐姐的话作为佐证——《呼啸山庄》有很大一部分是他写的……我们在路登顿福特长途散步时他对我讲过的那些充满诡异天才的奇妙幻想都在小说中得以展现。我倾向于认为,构思小说情节的是他,而不是他的姐姐。"还有一次，帕特里克-布兰威尔与两个朋友迪尔登和里兰德约好在通往基思利路上的一家酒馆里见面，在那里互相朗诵彼此的诗作；以下是迪尔登在大约二十年后写给哈利法克斯《卫报》的文章中的内容："我朗诵了《恶魔王后》的第一幕；可是当帕特里克-布兰威尔把手伸进帽子里的时候——他总是把即兴写出来的东西放在帽子里——摸出来的却不是诗稿，而是他为了'试试手'而写的一本小说的草稿。让大家扫了兴让他有点懊恼，正准备把稿纸塞回帽子里，朋友们热心地催他念一念，因为我们都很想知道他写小说的本领如何。短暂的犹豫之后，他满足了我们的要求。他每读完一页，就把一页稿纸扔回帽子里，就这样持续读了一个小时，全程都牢牢抓住了我们的注意力。稿纸上的故事在读到某一句中间时戛然而止，他口头告诉了我们后续的发展，还有人物原型的真实姓名，不过由于其中的某些人士依然在世，我也不便在此将其公之于众。他说自己还没有想好小说的标题，也担心自己碰不上大胆到愿意出版这部作品的出版商。帕特里克-布兰威尔读的那段残章中出现的场景，以及里面出现的人物——虽然他们也经过了一些发展——都和《呼啸山庄》一模一样。而夏洛特却言之凿凿地认定那部小说就是妹妹艾米莉的作品。"

这段记录要么是实情，要么就是一派谎言。夏洛特非常鄙视自己的弟弟，甚至在基督教道德所允许的范围内恨着他；不过我们都知道，基督教的道德水准中可是给直接坦诚的仇恨留了不少余地，而夏洛特未经证实的言论或许也不应予以采信。她或许也是说服了自己去相信想要相信的东西。这也是人之常情。这个故事非常详细，如果说有人会无缘无故地把它编出来也确实有些奇怪。这该如何解释呢？其实根本就没有解释。还有人暗示说，是帕特里克-布兰威尔写了前四章，然后因为吸毒和酗酒半途而废，于是艾米莉

193

把它接了过来。他们说这几章节与之后的文字相比显得更加生硬做作，然而这种说法在我看来完全站不住脚；如果说这几章的口吻比后文浮夸自负不少的话，我认为那是因为艾米莉在试图表现洛克伍德是个愚蠢而自命不凡的傻瓜，而且她也还算成功地达到了这个目的。我毫不怀疑《呼啸山庄》是艾米莉独立完成的作品，也唯独她才写得出来。

必须承认的是，这本书写得不怎么样。勃朗特姐妹的文笔都不算好，作为家庭教师，她们喜欢那种浮夸而又迂腐的文风，就是那种用"litératise"来描述的风格。故事的主要部分是由迪恩太太讲述的，她是一个负责各种杂活的约克郡女仆，就像勃朗特家的泰比一样；因此更贴近会话的语言风格用在她身上会更加合适，可是艾米莉给她安排的说话方式却很奇怪，可以说根本没人会这样讲话。以下是一个很典型的例子："我反复肯定说那次背信告密的事，如果该受这样粗暴的名称的话，也该是最后一次了，我借这个肯定来消除我对于这事所感到的一切不安。"[1] 艾米莉·勃朗特本人似乎也已经意识到，自己让迪恩太太说的都是些她这样的女仆不可能明白的话，所以为了让这一点讲得通，艾米莉只得让她表示，自己在工作期间有机会读了几本书，不过即便如此，她讲出来的话还是装腔作势得令人咋舌。她不说"读信"，而是"阅览信函"。她递送的不是"信"，而是"函件"。她不"走出房间"，而是"退出斗室"。她每天干的活儿叫"日间工作"。她不说"开始"做什么，而说"着手"如何如何。人们不会"大喊"或者"高叫"，而是"喧嚷"；他们也不是简简单单地"听"，而是"聆听"。说来有些可悲，这位牧师的女儿花了好大力气想要像一位淑女一样高雅地写作，成品看起

---

[1] 杨苡译。

来却颇有些假斯文。不过我们也并不指望《呼啸山庄》能写得多优美，因为即便写作手法更高明，它也未必就会变成更好的小说。就像那幅名为《埋葬基督》的早期佛兰德绘画一样，画上那些瘦骨嶙峋的人物在痛苦中扭曲的面庞，还有他们那僵硬又笨拙的姿态，无不为这幅画面平添了更加强大的恐怖之感，还有更为直击人心的残酷气息，让它比起提香那些同一题材的美妙画作来更加悲怆而凄美。同理，在《呼啸山庄》这种不伦不类的语言风格中，也有着某种能够增进故事中激烈情感的东西。

《呼啸山庄》的结构非常笨重，不过这一点也不奇怪，因为艾米莉·勃朗特此前从没写过长篇小说，而她要讲的是一个涉及整整两代人的复杂故事。这件事难度很高，因为作者需要在两组人物和事件之间达成一定程度上的一致；还得小心留意不让其中一组的趣味盖过另外一组。而艾米莉在这一点上做得并不算成功。凯瑟琳·欧肖死后，整个故事就缺少了某些力量，直到想象力极为丰富的最后几页才有所改善。小凯瑟琳是个难以令人满意的角色，艾米莉·勃朗特似乎不知道该如何处理她这个人物；而且她很明显没能赋予她大凯瑟琳那样激情洋溢的独立精神，也没有让她继承父亲那愚蠢的软弱。她是个被宠坏的姑娘，愚蠢任性，粗野无礼；读者无法对她遭受的痛苦感到太多同情。书中也没有交代清楚她是如何与年轻的哈里顿相爱的。哈里顿的形象相当模糊，除了这是个阴郁而英俊的人之外，我们对他就一无所知了。在我看来，想要编写这样一个故事，作者就不得不把流逝的岁月压缩成一段固定的时间，好让读者能够一览其全貌，就像我们一眼就能看完一幅巨大的壁画一样。我不认为艾米莉·勃朗特刻意思考过要如何在凌乱的故事中营造一个相对统一的印象，但是我也相信她一定问过自己，如何让笔下的故事保持连贯；她很有可能想过，自己能做到的最好的方式就是让一个人物向另一个人物来讲述这一长串的故事。这种讲故事的方法确实相当方便，不过也不是她独创的。而这么做还有一个不便之处：当故事里的讲述者需要叙述一系列事物，甚至还包括景物描写的时候，就完全无法维持那种会话式的风格了，因为精神正常的人是不会这么做的。当然，既然故事里有个叙述者（迪恩太太），那就必须还有一个倾听者（洛克伍德）。如果换成经验更丰富的小说家的话，他们或许会找到更好的方法来讲述《呼啸山庄》的故事，不过我也无法相信，艾米莉·勃朗特会因为她的写作建立在前人创造的基础上而选择这种写作方式。

何况除此之外，我认为只要想一想她的偏激、她的病态、她的羞怯，还有她的内敛，我们或许就能预料到，她一定会采用这种方式。除此之外还有什么办法呢？其中一种写法是把这个故事以上帝视角写出来，就像《米德尔马契》和《包法利夫人》一样。然而我觉得倘若将这么一个残酷的故事以描述自己造物的口吻讲述出来，那是有悖于她那既执拗又强硬的性格的；况且这么一来的话，就难免要讲到希斯克利夫在呼啸山庄之外的经历了，比如他如何接受的教育，怎么赚来的大钱之类。而她做不到这一点，因为她根本就不知道他怎么才能做到。她要求读者相信的现实并不可信，然而她却对这一点置之不理。另外一种做法是让迪恩太太向她自己——向艾米莉·勃朗特——讲述这个故事，然后通过第一人称来叙述它；然而这样做会拉近她和读者之间的距离，我怀疑那对于极其敏感的她来说近到无法承受了。由洛克伍德引入故事的开头，再让迪恩太太把故事一点点展开，这样一来，她就在两重面具之下掩藏了自己。勃朗特先生给盖斯凯尔夫人讲过这么一个故事，它在这里似乎能说明一些问题。

孩子们还小的时候，他想要了解一下他们平时因为胆小而无法在他面前表露出来的个性，于是他就让孩子们轮流戴上一个旧面具，因为把脸蒙起来以后，他们就敢更大胆地回答他的问题了。他问夏洛特，世界上最好的书是哪一本，她回答说是《圣经》；而当他问艾米莉，自己该怎么对付她那个麻烦的弟弟时，她的回答则是："跟他讲道理，如果他不听的话，那就用鞭子抽他。"

那么为什么艾米莉创作这部强大有力、激情澎湃，同时也令人恐惧的大作时要把自己隐藏起来呢？我认为那是因为她在书中展露了自己最为隐秘的本能。她窥探着自己心中那深不可测的孤独，并且在其中看到了一个不能言说的秘密，而身为作家的冲动又迫使她摆脱这副重担。据说将她的想象力点燃的是父亲讲过的那些自己青年时代在爱尔兰经历的古怪故事，还有她在比利时读书时学过的霍夫曼的作品。据说回到故乡之后，她还是会坐在壁炉边的地毯上，搂着"管家"的脖子阅读这些传奇。我个人倾向于相信，她在德国浪漫主义作家那些神秘、暴力而恐怖的故事中看到了某些十分迎合自己狂野性格的东西；但我同时也认为，她是在自己的灵魂深处找到的希斯克利夫与凯瑟琳·欧肖。她自己就是希斯克利夫，她自己就是凯瑟琳·欧肖。她把自己投射在小说的两位主人公身上算是很奇怪吗？我认为一点也不会。我们之中没有一个人是完全一致的，我们每个人身上都有着不止一个人的影子，它们往往以一种奇诡的方式彼此共存，而小说家的独特之处，刚好在于他们能够将自己身上杂糅合一的各种性格化作个体的人物表现出来；而他们的不幸之处则是倘若某个人物身上没有属于他们自己的一部分，那么不管这个人物在故事中有多么重要，他们都无法将其塑造得栩栩如生。这也是《呼啸山庄》中的小凯瑟琳不够令人满意的原因。

在我看来，艾米莉在希斯克利夫身上寄托了自己的全部。她给了他自己的狂怒、自己那激烈却饱受挫折的情欲、自己从未得到满足的爱情、自己的忌妒、自己对全人类的仇恨与鄙视、自己的残忍、自己的施虐之心。读者或许还记得这件事：她为了一点小事，就赤手空拳地狠狠殴打了爱犬的脸，而她对这条狗的爱大概还远胜过对任何人类。艾伦·纳西还讲过这样一桩奇事："她喜欢把夏洛特领到她（夏洛特）绝对不敢主动前去的地方。夏洛特对不认识的动物有着极大的恐惧，而艾米莉乐得把她带到离得很近的地方，然后告诉她自己做了什么、具体是怎么做的，再乐滋滋地笑话她那被吓坏了的模样。"我认为，艾米莉以希斯克利夫那种阳刚而又有些动物性的爱情爱着凯瑟琳·欧肖；我想当她以希斯克利夫的身份对欧肖又踢又打，还扯着她的脑袋往石板上撞的时候，她应该纵情笑了出来，就像她嘲笑着夏洛特的惊恐一样；当她以希斯克利夫的身份猛扇小凯瑟琳的耳光，对她大肆羞辱的时候，我想她也是笑着的。在我看来，当她对自己笔下的人物加以欺侮、辱骂与恫吓的时候，她感受到的是一种释放的快感，因为在现实生活中，与自己的同类共处于她而言也是与之相近的刻骨羞辱；而我也认为，扮演凯瑟琳这个角色的时候，虽然她与希斯克利夫争斗不休，虽然她对他十分鄙夷，虽然她知道他是个凶残的畜生，她还是全身心地爱着他，她因为自己能够左右对方而欢喜不已，同时由于施虐心理中同样也有着受虐的成分，所以她迷恋于他的暴力、他的残忍，还有他桀骜不驯的性格。她感觉他们两人十分相似，而事实上也的确如此——如果我那个认为他们两个都是艾米莉·勃朗特化身的观点正确的话。"耐莉，我就是希斯克利夫！他永远永远地在我心里。他并不是作为一种乐趣，并不见得比我对我自己还更有趣些，却是作为我自己本身而存在。"[1]

---

[1] 杨苡译。

《呼啸山庄》是一个爱情故事，它或许也是有史以来最古怪的爱情故事了，其中最为古怪的部分就是恋人之间始终保持着贞洁。凯瑟琳热烈地爱着希斯克利夫，而希斯克利夫也同样爱着她，而对于埃德加·林顿这个人，凯瑟琳就只有善意（有时也包含着些许恼怒）的容忍了。人们不禁会感觉奇怪，既然这两个人爱得如此深切，他们为何没有不顾一切可能面对的困境而私奔呢？人们更搞不明白他们为什么没有成为真正的恋人。也许是艾米莉所受的教育让她把私通视作不可饶恕的罪行，也许是两性之间的性爱令她恶心反胃。我相信她们姐妹两个都拥有旺盛的性欲。夏洛特貌不惊人，她肤色蜡黄，挺大的鼻子长得有点歪。然而在她尚未成名并且身无分文的时候，就已经有很多人向她求婚了，而那个时代男人们往往是期望妻子能带来一份财产的。不过美貌并不是唯一让女性具有吸引力的要素；诚然，绝世美貌通常都有些令人恐惧：你会对其仰慕不已，却不会被其打动。如果有小伙子爱上了夏洛特这样一个挑剔又尖刻的姑娘的话，他们必然是发现她具有性吸引力，也就是说，他们能隐约感到她高昂的情欲。刚刚与尼科尔斯先生结婚的时候，她其实并没有爱上他，并且反而觉得他狭隘、阴沉、专横，而且一点也不聪明。从她的信件中能够清晰地看出来，结婚之后她对丈夫的看法发生了很大的转变，因为相对于夏洛特来说，这些书信变得轻佻了不少。此时的她爱上了他，而他的那些缺点对她来说也就无关紧要了。对于这一点，最有可能的解释大概就是她的性欲终于得到了满足。而我们也没有理由认为艾米莉身上就没有像夏洛特一样旺盛的情欲。

5

一部小说从何而来是一个奇妙的问题。如果在小说家的第一部作品中有些自传性质或者满足愿望的成分，那也实在并非没有可能，而据我们所知，艾米莉一生只写了这一部作品。因此我们也不难推测，《呼啸山庄》应该纯粹是幻想的产物。毕竟谁能知道，在那些漫长的不眠之夜里，或者在那些躺在盛开的石楠花丛里度过的夏日之中，艾米莉心中又有过哪些情爱上的绮想呢？大家应该都能看出来，夏洛特笔下的罗切斯特和艾米莉书中的希斯克利夫是何等的相似。希斯克利夫这个私生子或许正是罗切斯特家的某个小儿子和在利物浦偶遇的爱尔兰女人生下的孩子。他们都是肤色黝黑、面庞坚毅、残暴凶狠、充满热情也神秘莫测的男子。两人之间唯一的不同只在于塑造他们的两姐妹性格上的差异，而她们塑造这两个角色也都是为了满足自己急切而以受挫告终的性欲。罗切斯特身上寄托的是具有正常本能的女性的梦想，她们渴望委身于这样一位无情而霸道的男子；而艾米莉则是把她自己身上的那种男子气、她自己的暴躁桀骜和狂躁的性情给了希斯克利夫。不过在我看来，两姐妹创造这两个粗野固执的角色时，最直接的原型还是她们的父亲，帕特里克·勃朗特牧师。

不过我虽然说过《呼啸山庄》的结构可能完全出自艾米莉的想象，但是我并不真正相信这个说法。我早就应该想到，能够孕育小说的念头，是绝少会像流星一样突然划过作者脑海的；大多数情况下，这种灵感还是要来自作者的某段经历的——并且尤其是情感经历——或者由他人转告，但同样又有强大情感张力的经历也可以；他的想象力将在这一基础上开始分娩，人物和情节一点一点地从中萌发，直至最终变成完整的作品。只是很少有人知道，点燃创造力火花的线索可能是多么细小，事件在表面上看又是多么琐碎。当你看着一株仙客来的时候，你看到的是围绕盛开花朵的心形叶片，是任性生长的花瓣那恣意自由的姿态，你会很难相信：这一派诱人的美景，这所有缤纷的色彩，居然都是从一粒比针头还小的种子里长出来的。而不朽著作由之诞生的那粒种子可能也是如此渺小。

在我看来，只有读过艾米莉·勃朗特的诗歌，才能猜出究竟是什么样的情感经历才能让她通过写作《呼啸山庄》来疏解那种残忍的痛苦。她写过很多诗，水平也参差不齐，有些很可爱，有些很动人，还有一些则相当平庸。她最擅长的韵律似乎还是她每逢礼拜天就在霍沃思教区教堂所唱的赞美诗那种，不过即便是相对平庸的诗作，也无法掩饰诗歌背后她那激烈的感情。她的许多诗歌都来自《冈德尔岛纪事》，那是儿时的她和安妮为了自娱自乐而为一个虚构的小岛编写的历史。长大成人之后，艾米莉依然会为《纪事》写诗。或许是因为她发现，用这种方式抒发自己内心之中的痛苦最为便利，何况对于天性内敛的她来说，也实在没有其他表达这种情感的方法了。其他的诗歌则更为直抒胸臆。一八四五年，也就是艾米莉去世前三年，她写了一首名为《囚徒》的诗歌。据我们所知，她从未读过任何神秘主义作品，然而她在这首诗歌中对神秘主义体验的描绘却让人很难相信她从未对此有过亲身接触。她的措辞几乎与神秘主义者描绘自己与无尽宇宙分离后的苦痛时的表达完全一致：

啊，那阻碍何其可怖——那苦痛何其酷烈——
当双耳开始聆听，当双眼开始凝视
当脉搏开始搏动，当大脑再度思考
灵魂感知的是肉体，肉体感知的是枷锁

这几行诗反映出的无疑是一种基于深刻感受的体验。为什么还会有人认为艾米莉·勃朗特的爱情诗歌只是单纯的文学创作呢？我早就应该想到，这些诗歌指向的是她曾经坠入爱河，而这份爱意并没有被接受的经验，以及她为此所受到的伤害。在写下这些诗歌的时候，她十九岁，正在哈利法克斯的洛希尔女子学校教书，不仅没有什么机会接触男性，而且我们也知道她对男性一向是避之不及的。于是根据我对她性格的推测，她爱恋的对象可能是某一位女教师同事，或者学校里的某个女孩子。这是她一生之中唯一的爱情。或许正是由此而生的苦恼在她受伤的心灵这片沃土中埋下了种子，让她写出今天的我们看到的那部奇书。我简直想不到，还有哪一部小说能将爱情的痛苦、狂乱与残酷表达得如此有力。《呼啸山庄》自然有很大的缺陷，然而这都无关紧要，就像倾倒的树干、散落的碎石，或者拦路的雪堆挡不住沿着山脊倾泻而下的阿尔卑斯山洪一样。你甚至无法将《呼啸山庄》与任何一本书做比较，只能将它类比于格列柯那些伟大画作之中的一幅：背景昏暗而贫瘠，天空中堆满了沉重的雷雨云，几个枯瘦而纤长的身影摆着扭曲的姿态，屏着呼吸，怪异且非凡的情感牢牢攫住了他们的身心。一道闪电划过铅灰色的天空，更为此景平添了一种神秘的恐怖。

陀思妥耶夫斯基与《卡拉马佐夫兄弟》

1

费奥多尔·陀思妥耶夫斯基出生于一八二一年，他的父亲是莫斯科圣玛丽医院的一名外科医生。他出身贵族，而陀思妥耶夫斯基似乎非常重视这一点。在服刑期间，他的贵族身份也同时被剥夺，这一点令他非常苦恼，于是他一被释放就立刻催促着几个颇具影响力的朋友帮自己恢复了身份。不过俄国的贵族头衔与欧洲其他国家的有所不同，它可以通过特定的途径获取——比如在公务职位中达到一定级别——而这种头衔的作用也非常有限，至多不过是让人感觉自己与农夫或者商人之间有一些区别，或者得以将自己视为一位"绅士"之类。陀思妥耶夫斯基的家庭实际上属于清贫的白领阶层，他的父亲是一位严肃的人，为了让七名子女接受良好的教育，他不仅放弃了奢侈享乐，甚至连舒适本身都被放弃了。从孩子们年幼时开始，父亲就教导他们适应艰辛与不幸，从而为人生中即将迎来的责任与义务做好准备。孩子们住在医院中两三间拥挤的医生宿舍里，不能独自外出，没有零花钱，也交不到朋友。不过在医院的固定工资之外，身为医生的父亲还有来自私人诊所的收入，经过多年的积攒，他终于在距莫斯科几百英里以外的地方置办了一份小小的田产。从那以后，母亲每年都带着孩子们去那里过夏天，他们也是在那里第一次尝到了自由的滋味。

陀思妥耶夫斯基十六岁那年，他的母亲过世了。父亲把最大的两个儿子——米哈伊和费奥多尔——送到圣彼得堡，让他们进入军事工程学院学习。长子米哈伊因为身体虚弱被学校拒之门外，而费奥多尔不得不就这样告别了自己唯一喜爱的人。他孤独而悲伤。父亲要么是不愿意，要么就是没有能力给他寄钱，他连鞋子和书本这样的必需品都买不起，更不用说支付学费了。安顿好两个大一点的儿子之后，父亲又把另外三个孩子寄养在莫斯科他们的一位姨妈家，然后他关闭了私人诊所，带着两个最小的女儿回到乡下的庄园养老。他开始酗酒。他对孩子们非常严苛，对待农奴则更是残暴。终于有一天，他被几个农奴杀死了。

费奥多尔这时已经十八岁了。虽然对学业没有什么热情，但他的成绩不错。顺利完成学业之后，费奥多尔被分配到战争部下属的工程部门任职，他继承了父亲的一部分产业，再加上他自己的薪水，他一年的收入差不多有五千卢布。换算成英国货币的话，在当时这笔钱大约相当于三百英镑多一点。他租了一间公寓，在各处大把大把地花钱，还迷上了台球这项昂贵的爱好。一年之后，他辞掉了工作，因为他觉得工程部的差事"就像土豆一样没滋味"。此时的他已然债台高筑，而他直到生命的最后几年都被债务纠缠。费奥多尔称得上是个不可救药的败家子，虽然挥霍无度总是让他陷入绝境，但他从来没有强大的意志力来抑制自己的反复无常。一位传记作者指出，他这种用钱不知节制的习惯或许应该归咎于自信心的缺乏，因为大肆挥霍会让他感觉自己无所不能，他过剩的虚荣心也因此得以满足。接下来我们还会看到，这个不幸的缺点将让他陷入何种难以挣脱的窘境。

在求学期间，陀思妥耶夫斯基就为一篇小说写了个开头，也是在这个时期他决定以写作为生，便继续写完了这篇小说，小说的名字叫作《穷人》。虽然文学圈的人他一个都不认识，但他有一个姓格里格洛维奇的熟人，这人和一位姓涅克拉索夫的人士相熟，后者正打算创办一本文学批评杂志，并提议不妨让自己来看看这篇小说。那天陀思妥耶夫斯基很晚才回到住处，因为他整晚都在给一位朋友朗读那部小说，之后又讨论了一番，直到凌晨四点钟才步行回家。到家之后，他并没有立刻上床睡觉，而是打开了窗户，在窗边坐了下来。直到突然响起的门铃声吓了他一跳。格里格洛维奇和涅克拉索夫激动地冲进房间，一次又一次地拥抱他，连眼泪都要掉下来了。原来他们刚好在那一晚读了那部小说。两人轮流为对方朗读，虽然读完的时候已经是深夜，但他们还是决定立刻去找陀思妥耶夫斯基。"管他是不是已经睡下了呢，"他们说，"咱们一定得把他叫起来，这事儿可比睡觉重要多了。"第二天，涅克拉索夫将手稿送到了当时最有分量的评论家别林斯基那里，而后者读过之后也像这二位一样激动不已。小说顺利出版，陀思妥耶夫斯基一举成名。

但他一时很难适应自己的成功。有人介绍他去见一位帕纳耶夫-戈洛瓦乔夫夫人，而后者是如此描述他给自己留下的第一印象的："只要看第一眼就能知道，这位新来的年轻人极其紧张，性格非常敏感。他又矮又瘦，生着一头金发，看起来气色不太好，一双灰色的眼睛不自在地转来转去，游移不定地到处张望，苍白的嘴唇总是焦虑地抽动着。在场的每一位客人他都认识，但他似乎非常害羞，人家谈话时从不肯参与。哪怕大家为了让他不那么紧张，让他感觉自己也是我们这个圈子的一员，纷纷过去和他搭话，他也不太开口。然而自从那一晚之后，他就经常来拜访我们，那种拘束的感觉也逐渐消失了：他甚至开始……热衷于投身激烈的辩论，并在尖锐的矛盾驱使下当面拆穿所有人的谎言。实际上因为他年轻气盛，再加上生性紧张，以至于完全丧失了自制力，并转而忘乎所以地标榜着自己引以自傲的作家身份。换句话说，突然以耀眼的方式进入文坛这一点冲昏了他的头脑，文学界大人物的赞誉也让他不知所措。就像许多容易受他人影响的敏感灵魂一样，他无法抑制地认为自己远胜于那些以更不起眼的方式进入文坛的青年作家……他吹毛求疵，眼高于顶，这说明他认为自己比同行强出不知道多少倍……陀思妥耶夫斯基尤其怀疑所有人都企图藐视他的才华，因为他似乎能从每一句无心之语中读出贬低他作品、冒犯他本人的意图来。他来我们家拜访时往往怀着一种尖锐而愤懑的情绪，让他总是巴不得和谁吵上一架，好把郁积在胸中的怒气一股脑儿地倾倒在某个假想中的诋毁者身上。"

凭借着成功的势头，陀思妥耶夫斯基签了一部长篇小说和一系列短篇的合同。预付款到手之后，他继续过着放浪形骸的生活，朋友们出于善意劝阻他，而他则对他们报以争吵，连对他有过巨大帮助的别林斯基都不例外，因为他居然不相信对方"对他的仰慕是纯粹的"。此时的他认定自己是天才，是全俄国最伟大的作家。他的债务不断增加，这让他不得不匆忙赶工。他原本就一直有着轻微的神经紊乱，而现在这终于让他病倒了，他担心自己会发疯，或者就此患上肺痨。他在这种境况下写出的短篇小说接连失败，长篇小说也不堪一读。那些一度对他大肆吹捧的人此时对他展开了激烈的抨击，这些批评观点一致认为，他的创作才华已然消耗殆尽。

2

一八四九年四月十九日清晨，陀思妥耶夫斯基被捕，并被押送到彼得保罗要塞。因为他加入了一个青年组织，其成员饱受当时流行于西欧的社会主义思潮影响，并致力推行一些社会改革政策，特别是解放农奴与废除审查制度。组织的成员每周举行一次聚会探讨理念，同时为了秘密传播成员撰写的文章，他们还置办了一台印刷机。警察已经监视这一组织相当一段时间了，所有成员在同一天被捕。关押了几个月之后，包括陀思妥耶夫斯基在内的十五人被判处死刑。在一个冬天的早晨，他们被带上了刑场，但是就在士兵准备行刑时，一位信使突然到来，告知他们死刑被改判为流放西伯利亚。陀思妥耶夫斯基被判在鄂木斯克监禁四年，刑满后再以普通士兵的身份服役。从刑场被带回彼得保罗要塞以后，他给哥哥米哈伊写了这样一封信：

> 今天是十二月二十二日，我们所有人都被带到了西蒙诺夫斯基广场。他们在那里向我们宣读了死刑判决，叫我们亲吻十字架，又在我们头顶上折断匕首，我们的丧服（白衬衫）也准备好了。然后我们之中的三个人被带到栅栏前准备行刑；他们把我们每三个人分为一组，我是一排里的第六个，所以被分到第二组，过不了多久就要轮到我了。我想到了你，哥哥，在生命的最后一刻，我想到的只有你；那时我才第一次意识到自己有多么爱你，我亲爱的哥哥！我用最后一点时间拥抱了站在我身边的普莱斯切夫和杜洛夫，并向他们告别。最后响起了撤退的号声，绑到栅栏上的人被解了下来，有人向我们宣读公告，说沙皇陛下已经赦免了我们的死罪。然后他们又宣读了最终判决……

陀思妥耶夫斯基日后在《死屋手记》中描述了这段恐怖的牢狱生活，其中有一点值得留意。他在书中写道："任何一个新来的犯人，入监两个小时之后就会和其他囚犯混成一片，和他们毫无分别地生活在一起。但是乡绅或者贵族就要另当别论了。不论此人的态度多么谦逊,不管他的脾气有多么好,人有多么聪明,最终他都会成为所有人一致痛恨与厌恶的对象,没有人理解他,更没有人会相信他。不会有人把他当作朋友或者同志,虽然随着时间的推移,他可能会少当一点出气筒,但他依然对自己的生活无能为力,也无法摆脱自己是个孤苦伶仃的局外人的痛苦感受。"

不过陀思妥耶夫斯基并不属于上文所述的那一类高级乡绅,他的出身就像他的生活一样普通,除了短暂地风光过一阵之外,他一直过着穷困潦倒的日子。他的友人及狱友杜洛夫广受爱戴。陀思妥耶夫斯基本人则饱受孤独及随之而来的痛苦困扰,而且这一切似乎至少有一部分是由他自己的性格缺陷引起的——他的自负、自私、多疑与暴躁。但这种置身两百名同伴之间依然真切存在的孤独也迫使他重新面对自己:"在精神上的孤独之中,"他写道,"我终于得到了重新回顾人生过往的机会,我对它进行细致入微的剖析,对自身迄今为止的存在进行探究,并以严酷无情的目光审视自己。"他唯一被允许拥有的一本书是《新约》,他翻来覆去地读了又读。此书对他产生了巨大的影响,自此之后,他开始努力谦卑行事,并尽量压抑着自己身为常人而应有的欲望。"你应当在一切事物之前都保持谦恭的姿态,"他如此写道,"想想你过去的人生,想想你能为未来带来什么改变,再想想有多少恶毒、卑鄙和邪恶蛰伏在你的灵魂深处。"牢狱之灾至少暂时遏制了他性格中的专横与目中无人之处。出狱时的他早已不再心向革命,反而成了沙皇和既有秩序的坚定支持者,同时也患上了癫痫。

监禁期满之后,陀思妥耶夫斯基被派往西伯利亚的一处小驻军地参军,以此完成剩余的刑期。那里的生活十分艰辛,但他欣然接受了一切苦痛,并把它视作自己应得的惩罚,因为彼时他已然认定自己参与的改革行为是严重的罪行。他在写给兄长的信中说:"我不会抱怨,因为这是我理应背负的十字架,是我罪有应得。"一八五六年,通过一位老校友从中周旋,他的军阶得到了提升,生活状况也得到了些许的改善。他结交朋友,并坠入了爱河,他爱慕的对象名叫玛丽亚·迪米特里耶夫娜·伊萨耶娃,她的丈夫是一位因为酗酒和结核病而即将不久于人世的流放政治犯,膝下还有着一个年幼的儿子;据说她是一位中等身材的金发美人,苗条、热情、气质高贵。关于她的情况人们知之甚少,只知道她也像陀思妥耶夫斯基一样,生性多疑、善妒,并且惯于折磨自己。他成了她的情人,但是一段时间过后,她的丈夫伊萨耶夫调离了陀思妥耶夫斯基驻扎的村庄,转移到了大约四百英里之外的另一处边境基地,最终在那里死去。陀思妥耶夫斯基写信向情人求婚,但对方却犹豫了,这一方面因为两人都是一贫如洗,另一方面因为此时这位寡妇倾心于一位"品格高尚、富有同情心"的青年教师佛古诺夫,并与他有了私情。深陷情网的陀思妥耶夫斯基因此妒火中烧,然而出于伤害自己的渴望,以及他身为小说家而将自己也视作小说人物的倾向,他做了一件十分具有个人特色的事情:他宣称佛古诺夫比自己的亲兄弟还要亲,并恳求一位朋友借钱给自己,这样他就能让玛丽亚·伊萨耶娃与情郎结婚了。

虽然扮演了这么一个宁愿牺牲自己也要让爱人幸福的伤心人角色,他却不需要承受什么严重的后果,因为这位寡妇看重的还是赚一把的机会。佛古诺夫虽然"品格高尚,富有同情心",却是个身无分文的穷光蛋;而如今陀思妥耶夫斯基已经成了军官,想必不久便会得到赦免,而他更是没有理由不能再写出大获成功的书来。两人于一八五七年结了婚。他们没有钱,陀思妥耶夫斯基就到各处去借,直到再也借不来钱为止。他再次投身文学创作,但是作为有前科的人,他必须首先取得出版许可,而这绝非易事。他的婚姻生活也不轻松，实际上称得起非常不如意，他将一切归因于妻子多疑而喜欢胡思乱想的天性，却没有意识到自己性格急躁、喜欢争吵、神经过敏、缺乏自信，就像当年初尝成功滋味的时候一样。他动手写了几篇小说的开头，又把它们抛到一边开始写别的，最终却既没有像样的成果，写出来的东西也毫无价值。

一八五九年，在他自己的请求和朋友的影响之下，他获准重返圣彼得堡。哥伦比亚大学的厄内斯特·西蒙斯教授撰写了一本关于陀思妥耶夫斯基的著作，其内容翔实而有趣，他在书中颇为公正地指出，陀思妥耶夫斯基为了重获自由而采取的手段令人不齿。"他写了几首爱国诗歌，一首是为亚历山德拉皇太后祝寿的，一首是关于亚历山大二世加冕的，还有一首是为驾崩的尼古拉一世所作的挽歌。他向各位当权者和新近登基的沙皇本人写信乞求宽恕，在信中热烈地表达了对这位年轻君主的敬爱，把他描绘成普照众生、对正义与不义之人等而视之的太阳，并宣称自己甘愿为了沙皇舍弃性命。他不仅对自己过往的罪行供认不讳，还坚称自己已经彻底悔改，并且正在为了已然抛却的观念承受着痛苦。"

陀思妥耶夫斯基带着妻子和继子回到首都定居，此时距离他以罪犯的身份离开这里已经过去了十年。他与哥哥米哈伊联手创办了一份名为《时代》的文学期刊，他为这份刊物创作了《死屋手记》和《被侮辱与被损害的》。期刊获得了成功，他的生活也因而轻松了不少。一八六二年，他将刊物交给米哈伊管理，自己去西欧旅行。不过他对这趟旅程并不满意。巴黎在他看来是"一座极其无趣的城市"，这里的人则心胸狭隘，财迷心窍。伦敦穷人的悲惨境遇和富人虚张声势的体面也让他震惊不已。他还去了意大利，但他对艺术毫无兴趣，虽然在佛罗伦萨住了一周，却没有去乌菲齐美术馆，只靠阅读雨果的四卷《悲惨世界》打发时间，更是连罗马和威尼斯都没看一眼就返回了俄国。他对妻子的爱意早已消退，后者又染上了肺结核，成了个缠绵病榻的慢性病人。

动身出国的几个月之前，四十岁的陀思妥耶夫斯基结识了一位想在他的刊物上发表短篇小说的年轻女子。她的名字是波琳娜·萨斯洛娃，时年二十岁，还是个处女，相貌很漂亮，不过为了证明自己思想前卫，她剪短了头发，还总戴着墨镜。陀思妥耶夫斯基被她深深迷住了，回到彼得堡之后就引诱她发生了关系。此后某位撰稿人一篇不走运的文章导致刊物被禁，他决定再次出国，理由是要治疗近来越发严重的癫痫，但这只不过是个借口，他真实的目的是到威斯巴登去赌钱，因为此时的他已经又有了在赌场押上全部身家的倾向。此外，他还和波琳娜·萨斯洛娃约好了在巴黎见面。陀思妥耶夫斯基把久病的妻子留在佛拉基米尔（此地离莫斯科不远），从贫困作家基金会借了一笔钱，便动身出发了。

他在威斯巴登输掉了带来的大多数钱，而他能从赌桌旁抽身，完全是因为他对波琳娜的热情终究大于对轮盘赌的兴趣。他们原本约定一同前往罗马，然而就在等待他来到巴黎的时候，这位天性自由的年轻女士又与一位西班牙医学生有了一段短暂的纠葛；被对方抛弃之后，她非常失落——毕竟女性几乎不可能在面对这种情形时还泰然处之——并且拒绝继续维持与陀思妥耶夫斯基的关系。后者接受了现状，并提议他们应该"以兄妹身份"一起去意大利，而她刚好无事可做，便也欣然答应了。这趟旅程并不顺利，由于钱包吃紧，他们不得不经常把身上的小东西送进当铺，这更是平添了不少的麻烦，在几周的"彼此伤害"之后，他们分手了。陀思妥耶夫斯基回到俄国，发现妻子已然性命垂危，她在六个月之后死去了。他给朋友写了这样的一封信：

我的妻子，那个深深爱着我也令我无比深爱的人，在莫斯科去世了，她是在被肺结核夺去生命的一年之前搬到那里去的。我一直陪伴着她，整个冬天都不曾离开她身边……我的朋友，她是那样地深爱着我，而我回报她的深情也是难以言表；但我们在一起时的生活却并不幸福。等哪天咱们见了面，我会把所有情况都讲给你听的。但是眼下我还是要说，虽然我们无法幸福地生活在一起，但我们对彼此的爱从未消逝，苦难也只会让我们更加依赖对方。这在你听来或许有些奇怪，然而实情就是这样。她是我见过最善良、最高贵的女人……

陀思妥耶夫斯基对自己的倾情投入颇有些夸大。那年冬天他曾两度前往彼得堡，去处理与哥哥一道重新创办的新杂志的相关事宜。这份杂志不像《时代》一样具有自由主义倾向，但最后却以失败告终。米哈伊在一场急病中去世，身后留下了一笔庞大的债务，而陀思妥耶夫斯基发现，此时的自己不得不供养哥哥的遗孀、子女、情妇还有情妇所生的孩子。他向一位富有的姑妈借了十万卢布，却还是在一八五六年宣告破产，手上不仅积压着一万六千卢布的借据，更有五千卢布的口头债务。他的债主相当不好对付，为了躲开他们，他再次向贫困作家基金会借了钱，又签下了一本定期交稿的小说，预支了一笔稿费。手里有了钱，他又去了威斯巴登，打算再试试自己在赌桌上的运气，同时也和波琳娜见个面。他向她求婚，但波琳娜拒绝了，她很明显对他早已没有了爱意——如果她的确爱过他的话。我们不难猜测，她当初之所以愿意委身于他，也不过是因为他是个知名作家，并且是杂志的编辑，所以可能对她有些用处而已。不过那份杂志早已作古，而他一向其貌不扬，此时已有四十五岁，秃头，还是个癫痫病人。我想对于女性来说，没有什么能比外表令她反感的男人表达出的性欲更惹人恼火的了；而且坦白地讲，如果此人不能接受拒绝的话，她就很有可能对他萌生恨意。我猜当时的波琳娜或许就是这种情况。对于她的变心，陀思妥耶夫斯基也给出了让自己更有面子的解释，而我也会在下文中适时探讨此事以及此事对他的影响。两人将身上的钱赌了个精光，陀思妥耶夫斯基便给屠格涅夫写了信——虽然他们刚刚吵过架，他还对屠格涅夫既鄙夷又厌烦——在信中向对方借钱，屠格涅夫给他寄去五十塔勒，波琳娜靠着这笔钱去了巴黎。陀思妥耶夫斯基又在威斯巴登待了一个月，他疾病缠身，穷困潦倒，整天静静坐在房间里，尽量减少活动，以免触发他根本没有财力满足的食欲。穷途末路之际，他甚至写信给波琳娜要钱，而此时的她似乎开始了一段新的风流韵事，于是也没有回信。在维持生活与紧迫时限的双重鞭策下，他开始了一本新书的写作。这本书就是《罪与罚》。最终，一位流放西伯利亚时代结识的旧友回应了他寄来的求助信，让他拿到了足够离开威斯巴登的钱，在这位朋友的进一步帮助下，他终于设法回到了彼得堡。

《罪与罚》创作期间，他突然想起自己还签过合同，必须在指定日期之前上交一部书稿。根据他签订的那份不甚公正的合同，如果他无法交稿的话，那么出版商便有权力随意出版他在接下来九年之中的所有创作，并且一分钱也不用付给他。截稿的日期越来越近，正在陀思妥耶夫斯基束手无策之际，有个聪明人建议他雇个速记员；他照做了，并且在二十六天之内便完成了一部名为《赌徒》的小说。那位名叫安娜·格里高利耶夫娜的速记员年仅二十岁，相貌平平，但是她踏实能干，忠诚耐心，并且对他充满仰慕之情；一八六七年初，他们结婚了。然而他的继子、兄长的寡妇及其子女提前预见到，陀思妥耶夫斯基此后不可能再像以前一样供养他们了,便纷纷拿出极大的敌意来对付这个可怜的姑娘。实际上,由于他们的态度实在过于恶劣,把她的生活折腾得困苦不堪,她最终不得不劝陀思妥耶夫斯基再次离开俄国,他也因此又一次深陷债务之中。

这一次他们在海外生活了四年。而安娜·格里高利耶夫娜从一开始便发现,与这位知名作家共同生活相当艰难。他的癫痫越发严重;他易怒、虚荣、做事不计后果。他依然与波琳娜·萨斯洛娃保持着联系,这一点自然会让安娜心绪不宁,不过她是一位异常理性的年轻女子,因此只把不满深埋在自己的内心之中。他们去了巴登-巴登,陀思妥耶夫斯基在那里再次开始赌博。他像以往一样输了个精光,又像以往一样写信给所有可能帮他的人借钱,并且越借越多;一旦有钱到手,就马上拿到赌桌上输个干干净净。夫妻俩当掉了一切值钱的东西,租住的房间也越来越便宜,有时甚至连吃饭的钱都不够。安娜·格里高利耶夫娜还怀孕了。以下选录了他的一封书信,此时的他刚刚赢到了四千法郎:

"安娜·格里高利耶夫娜对我苦苦哀求,她说我赢了四千法郎就该满足了,最好赶快离开这个地方。可是分明还有的是机会,还有可能把一切轻轻松松地再赢回来。要说例子是什么?你不仅自己能赢钱,还能每天都看见别人赢上两三万法郎,而那些输钱的人你是看不到的。这个世界上哪里有什么圣人?钱对我来说可比对他们重要。我下的赌注比输掉的钱还要多,快要把手头最后一点财产也赔进去了,这让我气得要发疯。我又输了。我当掉了自己的衣服,安娜·格里高利耶夫娜当掉了她拥有的所有东西,包括她最后几件小首饰(她可真是个天使!)。她给了我那么多的安慰,在巴登-巴登这个可恨的地方,我们只能躲在铁匠铺二楼的两间小破屋里,这又让她多么疲惫!最后什么都没了,一切都输光了(唉,这些德国人太卑鄙了，他们有一个算一个，全都是流氓、恶棍和放高利贷的。房东明知我们还没有收到钱，哪里都去不了，却还是提高了房租）。最终我们不得不从巴登 - 巴登逃离。"

孩子出生在日内瓦，陀思妥耶夫斯基还在赌博。每当他把本应用于妻儿急需的生活必需品的钱输掉时，心中都会非常悔恨；可是口袋里刚有了几个法郎，他就会迫不及待地跑回赌场。三个月之后，他们的孩子夭折了，这让他痛不欲生。安娜·格里高利耶夫娜再度怀孕，这对夫妻拮据到了极点，陀思妥耶夫斯基甚至不得不向偶然相识的熟人五法郎、十法郎地借点小钱，好为自己和妻子买些吃的。《罪与罚》问世后大获成功，他开始着手创作一部新小说，名为《白痴》。出版商同意每月寄给他二百卢布，但他那招来不幸的恶习时常让他陷入窘境，不得不一再请求对方预支稿费。《白痴》的反响不佳，他又开始写另一部小说，即《永久的丈夫》，其后则是英译名为《群魔》的那部长篇。与此同时，迫于形势的压力——我指的是他们此时已经透支了自己的信用——陀思妥耶夫斯基带着妻儿不断到处搬家。但此时的他们早已思乡心切。陀思妥耶夫斯基从未摆脱心底对欧洲的厌恶。不论是巴黎的文化与荣光、德国的宁静安逸与音乐、阿尔卑斯山的壮美风景、瑞士怡人而神秘的美丽湖泊、舒适可爱的托斯卡纳，还是佛罗伦萨的艺术珍宝都无法触动他的内心。他认为西方文化颓废、腐朽、充斥着资产阶级情调，并坚信这一切正在逐步走向毁灭。"这里让我变得愚钝而狭隘，"他在一封于米兰寄出的信中写道，"我感觉自己正在失去同俄国的联系，我需要俄国的空气与俄国的人民。"他觉得如果自己不返回俄国的话，就永远不可能完成《群魔》了。安娜也渴望回家。但是他没有钱，而陀思妥耶夫斯基已经从出版商那里预支了连载版权的全部稿费。但他还是在绝望之下再次向后者求助。当时《群魔》已经在一部杂志上连载了两期，由于害怕就此失去继续连载的机会，出版商为他们寄去了一笔路费。陀思妥耶夫斯基一家回到了彼得堡。

那是一八七一年的事，陀思妥耶夫斯基时年五十岁，他的生命还有最后十年。

《群魔》博得了读者的喜爱，书中对当时青年激进分子的攻击更是为其作者在保守反动派之间赢得了不少朋友。他们认为，此人可以在政府对改革的反对中发挥作用，并给了他一个收入很高的报纸编辑职位，这份报纸由官方出资创办，名叫《公民报》。他在报社工作了一年，其后因为与出版商意见不合而辞职。安娜劝说丈夫让她自己出版《群魔》，初次尝试便大获成功；此后她出版了各种版本的陀思妥耶夫斯基作品，并由此获利颇丰，足以让他余生再也不用为贫穷困扰。陀思妥耶夫斯基余下的几年岁月寥寥数语即可概括。他以《作家手记》为名撰写了一系列呼应时事的散文，这些文章广受欢迎，让他开始以先知和导师的身份自居，毕竟几乎没有作家能够拒绝这样的角色。此时的他成了一位狂热的斯拉夫至上主义者，在充满兄弟情谊（他认为这是俄国人独有的特殊天赋）、渴望为了全人类的共同福祉付出的俄国人民身上，他看到了医治俄国——乃至于全世界——顽疾的唯一希望。不过此后的事实证明，他实在是过于乐观了。他完成了一部名为《少年》的小说，最后又写了《卡拉马佐夫兄弟》。他的声名日盛，到他于一八八一年猝然去世的时候，已经有许多人把他视为当时最伟大的作家了。据说他的葬礼是"俄国首都历史上最引人注目的几次公众集会之一"。

3

我在上文中尽量以不做过多评论的方式简述了陀思妥耶夫斯基的生平。他给人留下的是一种异常难以亲近的印象。虚荣是艺术家的职业病,不论是作家、画家、音乐家还是演员都很难免俗,但陀思妥耶夫斯基的虚荣心却旺盛得离谱。他不厌其烦地谈论自己与自己的作品,似乎从未想过别人可能早就听腻了这一套。此外,他这种虚荣心还极有可能与自信心的缺乏——也就是如今所谓的自卑情结——交织在一起。或许正是出于这些原因,他才会公然蔑视自己的作家同行。但凡是性情中多少有些力量的人,都不会因为蹲过一次监狱而变得如此恭顺卑微;他认定对自己的判决是因为反抗当局而应得的惩罚,然而那又毫不影响他不择手段地争取赦免,这看起来简直不合逻辑。我在上文中也提到过他讨好权势时的姿态能够卑微到何等地步。他完全没有自控的能力。一旦他被激情冲昏头脑,那么不论是谨慎的思路还是最基本的礼仪规范都不能对他有什么约束力。所以哪怕第一任妻子身染重病,不久于人世,他也能丢下她不管,跟着波琳娜到巴黎去,直到被这反复无常的姑娘抛弃,他才重新回到妻子身边。不过将这种弱点体现得最为彻底的还是他对赌博的痴迷。这项嗜好一次又一次地将他逼入绝境。

各位读者应该还记得,为了履行合同,陀思妥耶夫斯基写了一部名为《赌徒》的中篇小说。这部小说谈不上优秀,它最主要的意义在于,作者得以在故事中以生动的笔调描绘深陷赌瘾之人那种早已为他自己熟知的感受。读过这部小说之后,你便能够理解:为什么哪怕赌博为他带来了屈辱,折磨着他自己与他所爱的人,让他卷入不光彩的官司(毕竟从贫困作家基金会借来的钱是为了保证他的创作,而非让他拿去赌的),逼得他不得不时常向早已厌烦了借钱给他的人们恳求帮助,他却依然无力抵抗这种诱惑。他是个爱出风头的人,而富有创造力的人都难免或多或少有这个苗头,不论他们参与的艺术形式具体是什么;他自己也曾经描绘过,赌桌上一连串的好运如何滋养了他这种不值得称道的倾向。

人们把这个幸运的赌徒团团围在中间，像打量什么超凡之物一样盯着他看，啧啧称奇，赞不绝口。他俨然是人们关注的焦点，对于一个自卑而畏缩，饱受疑心病困扰的可怜人而言，这是何等的宽慰啊！赢钱的时候，充满力量的感觉会让他如痴如醉，让他感觉自己成了命运的主人，让他相信自己的聪慧与直觉是如此可靠，甚至连偶然的巧合都尽在掌握之中。

"只要我有一次展现意志的机会，我就能在一个小时之内改变自己的命运，"这位赌徒如此豪言壮语道，"最重要的就是意志力。还记得七个月之前发生的事吗，当时我在'轮盘堡'赌场，眼看又要输个彻底。哎，那可真是坚强决心的一次非凡展现！我已经输光了所有钱，一点都不剩了，正准备往赌场外面走，突然发现马甲口袋里还有一个金古尔登。'好歹还有吃晚饭的钱。'我想着，可是才走出了一百步左右，我就改变了主意，转身回到赌场，押上了那个古尔登……那可真是一种奇妙的感受，你身处异乡，孑然一身，距离家人和朋友万里之遥，连当天还能不能吃上饭都不知道，但你却还是押上了你最后一枚古尔登，你最后一点家当。我赢了，二十分钟之后，我口袋里装着一百七十个古尔登离开了赌场。事情就是这样。这就是最后一个古尔登实现的奇迹。假如我当时就死了心的话会怎么样？假如我不敢冒险的话，又会怎么样？"

为陀思妥耶夫斯基撰写正式传记的是他的老友斯特拉科夫，他在写给托尔斯泰的一封信中谈到了这部传记。埃尔默·莫德将这封信收录在自己的托尔斯泰传记中，以下是莫德所作的译文略加删减之后的版本：

在整个写作过程中，我都不得不尽量抵抗一种厌恶之情，全力压抑自己恶劣的感受……我无法将陀思妥耶夫斯基看成一个好人,或者一个快活的人。他品行恶劣、堕落放荡、嫉妒成性,究其一生都被自己的激情所摆布。倘若他并非如此睿智,抑或如此扭曲邪恶的话,这激情足以让他变得荒唐而可悲。为他撰写传记期间,我一直对上述感受有着清晰的认识。在瑞士的时候,他当着我的面严苛地对待用人,对方愤而反抗,并对他说:'可是我也是人啊!'我至今都记得这句话为我带来的震撼,它反映了当时盛行于自由瑞士的人权观念,而且它居然是对一位向全世界宣扬人性与人情的人说的。这样的场景在他身上一再重演,他就是控制不住自己的脾气……而且最糟糕的是,他对自己肮脏的行径不仅毫无悔意,甚至反而以此为荣。肮脏的行径令他着迷,能够亲身实践更是让他沾沾自喜。维斯科瓦托夫(一位教授)告诉我,陀思妥耶夫斯基曾经向他吹嘘,自己在浴室强暴了一个被家庭教师带过来的小女孩……然而即便如此,他依然执着于自作多情的感性与高不可攀的人性之梦,正是这些梦想,他通过文学传达的讯息,还有他在作品中展露的倾向为他博得了我们的喜爱。总而言之,这些小说的存在仿佛极力为它们作者的罪行开脱,向我们证明着最为卑劣的恶行也能与最高贵的情感并存……

他的感性确实堪称矫揉造作,而他的人道主义也的确言之无物。他虽然将俄国的希望寄托于"人民"而非知识分子,却对他们知之甚少,更对他们的艰辛与痛苦缺乏共情。他激烈抨击那些试图缓解这一困境的激进分子,而他自己对贫苦人那骇人的苦难开出的解药则是"将他们遭受的苦痛理想化,并将其塑造为一种生活方式。他不谈具有现实意义的改革,却只能奉上宗教与神灵的慰藉"。

那个强暴小女孩的故事让陀思妥耶夫斯基的崇拜者们非常不

安，他们极力否认此事的真实性。安娜声称丈夫从未对自己提及这件事。斯特拉科夫的记述明显来自道听途说，但是有另外一条记录可以为它提供佐证：在悔恨的驱使下，陀思妥耶夫斯基把这件事告诉了一位老友，后者则劝说他，不妨把此事向自己在世上最为痛恨的人坦白，并以此作为一种忏悔。而这个人就是屠格涅夫。陀思妥耶夫斯基在文坛初露头角时，他不仅对其报以热情的赞扬，更在金钱方面对他有所帮衬。但陀思妥耶夫斯基还是厌恶他，因为他是个"西方人"，出身贵族、并且富有而成功。他去对屠格涅夫忏悔，而后者则一言不发地听着。陀思妥耶夫斯基停了下来，或许就像安德烈·纪德猜测的那样，他期待着屠格涅夫做出像自己（陀思妥耶夫斯基）笔下的某个角色一样的反应：张开双臂拥抱他，泪流满面地与他亲吻，两人自此重归于好。可是什么都没有发生。

"屠格涅夫先生，我必须告诉您，"陀思妥耶夫斯基说，"我必须告诉您，我深深地鄙视我自己。"他等待着屠格涅夫开口，但后者依旧沉默不语。于是陀思妥耶夫斯基发起了脾气，他高声喊道："可是我更鄙视你！这就是我要对你说的话。"说罢便从房间里冲了出去，还砰的一声摔上了背后的房门。他就这样失去了一场除了他自己之外谁也写不来的好戏。

有趣的是，他在自己的小说中两次使用了这一令人震惊的情节。《罪与罚》中的斯维德里盖洛夫就坦白过与此相同的丑行，而在《群魔》的一个被出版商拒绝印发的章节中，斯特拉夫罗金也做了同样的事。此外或许值得留意的一点是，陀思妥耶夫斯基在这本书中插入了一段对屠格涅夫作品恶意的戏仿，然而这部分内容愚蠢而乏味，只能让本来便不怎么成形的作品变得更加松散零乱，它存在的唯一理由似乎只是让陀思妥耶夫斯基发泄一下怨气。不过也并非只有他一位作家会如此以怨报德。与安娜·格里高利耶夫娜结婚之前，陀思妥耶夫斯基曾经把这件丑事当成虚构的故事讲给自己正在追求的女孩听，此举惊人地不智，而我想它已经说明了一切。他就像自己笔下的人物一样热衷于贬低自己，在我看来，倘若他将他人眼中不光彩的行为视作个人经历的一部分，也不是完全不可能的。然而即便如此，我却并不相信他用来指控给自己的那些令人作呕的罪行确实为他所犯。我不揣冒昧地推测，那其实是一场持久的白日梦，而他一时既为之着迷，又对其深感恐惧。他笔下的人物时常做白日梦，而他自己很可能也不例外。实际上人人都会做白日梦，而拜其天赋所赐，小说家的白日梦或许会比常人更加详尽而具体，有时甚至可以直接应用在小说里，用过之后便会把它忘得干干净净。在我看来，陀思妥耶夫斯基身上或许正是这种情形，把那个可耻的故事在小说里用过两次之后，他丧失了对它的兴趣。或许这正是他从未把这个故事讲给安娜·格里高利耶夫娜的原因。

陀思妥耶夫斯基其人虚荣善妒、急躁好斗、卑怯谄媚、自私自利、自吹自擂、极不可靠、不知体谅、目光短浅、心胸狭隘。简而言之，他的性格令人憎恶。但这并非此人的全貌。倘若他当真不过如此的话，便很难相信或许堪称一切小说中最惹人喜爱的角色阿廖沙·卡拉马佐夫出自他笔下；更难想象圣人一般高尚的佐西马神父是他的造物了。陀思妥耶夫斯基待人可以说是最不挑剔苛求的。在监狱服刑期间，他意识到即便人们犯下了可怕的罪行——诸如谋杀、强奸或者抢劫——他们依然可能拥有譬如勇敢、慷慨、关爱伙伴的品德。他心地慈善，不论找他要钱的是乞丐还是友人，他都不会拒绝。即便自己穷困潦倒，他也会想尽办法挤出一点点钱，拿来接济寡嫂和兄长的情妇、他那个不中用的继子，还有他酗酒的废物弟弟安德烈。他们拼命从他身上刮油水，就像他自己也揩别人的油一样，只是他不仅不会对这种状况有什么不满，反而认为自己为他们做得不够，还因此颇为苦恼。他爱慕并且尊敬着安娜·格里高利耶夫娜，认为她在各个方面都远比自己优秀；在远离俄国的四年中，他始终担忧与自己共处会让安娜感到厌烦，并时常被这种恐惧折磨得痛苦不堪，这一点着实令人动容。他几乎不敢相信，自己居然遇到了一位虽然明知他身上有着诸多缺陷——没有人比他自己更加介意这些弱点了——却依然全心全意爱着他的人。

除了陀思妥耶夫斯基之外，我想不到还有第二个人能够在作为人与作为作家之间体现出那样鲜明的差别。这种情形或许存在于所有拥有创造力的艺术家身上，但是它在作家身上相对而言更加明显，因为他们的创作媒介只有文字，所以其言行之间的差异就显得更加令人震惊。创造力这一天赋在童年与少年时代或许还只是一项相对普通的能力，然而倘若它在青春期结束之后依旧存在，就要变成唯有以损害正常特质为代价才能欣欣向荣的病症了；而且就像施过粪肥的地里长出的西瓜最为甜美一样，创造力唯有在掺杂了种种邪恶品质的土壤中才能茁壮生长。陀思妥耶夫斯基惊人的创造力使他跻身世界上最卓越的小说家之列，这种创造力的来源并非他身上的善，而是他身上的恶。

4

巴尔扎克和狄更斯笔下涌现过数不胜数的各色人物。他们迷恋人类之中体现出的多样性，点燃他们创造力的是人们身上的差异与个性的独特之处。不论这些人是善良还是邪恶、愚蠢还是聪明，他们都只是他们自身的代表，因此也成了用于创作的绝佳素材。而我猜陀思妥耶夫斯基只会对自己和与自己密切相关的人感兴趣，某种角度上看，他很像那种只有亲身拥有了美丽的事物之后才会在意它们的人。为数不多的几个角色就完全可以满足他的需求，而他会在一部又一部作品中重复运用这些形象。除了没有癫痫之外，《卡拉马佐夫兄弟》中的阿廖沙和《白痴》中的梅诗金公爵基本上是同一个人；《群魔》中的斯塔夫罗金不过是对《罪与罚》里的斯维德里盖洛夫进一步细化的产物；而该书的主角拉斯科尔尼科夫则是《卡拉马佐夫兄弟》中伊万的一个没那么强硬的翻版。他们全部是陀思妥耶夫斯基那扭曲、病态而又痛苦的情感的映射。而他笔下的女性角色甚至越发缺乏变化：不论是《赌徒》中的波琳娜·亚历山德罗夫娜、《群魔》中的莉丝贝塔、《白痴》中的娜塔莎，还是《卡拉马佐夫兄弟》中的卡特琳娜和格鲁申卡，她们本质上都是同一个角色，并且在塑造上都直接以波琳娜·萨斯洛娃为原型。这位女子为他带来的痛苦，还有她施加于他的种种屈辱，都是他为满足自己的受虐心理所必需的刺激。他知道她恨自己，却也十分确信她同样也爱着自己；于是他笔下以波琳娜为原型的女人们既想要控制并折磨自己爱着的男人，同时又顺从于他们，承受着他们施加于己身的痛苦。她们恶毒、刻薄、歇斯底里，因为波琳娜就是这样的。与波琳娜分手几年之后，陀思妥耶夫斯基与她在彼得堡重逢，并再次向她求婚。她拒绝了，而他无论如何都无法接受她只是单纯地不喜欢自己这个现实，或许是为了安抚自己那受伤的虚荣心，他转而投向了另一个念头，认定女人对自己的处子之身无比看重，因而对于让自己失身却又不能娶她的男人只有满腔仇恨。

"你不能原谅我，"他对波琳娜说，"是因为你曾经委身于我，而你现在正在为此向我复仇。"

陀思妥耶夫斯基对这一点深信不疑，并且在小说中不止一次采用了这种观点。在《卡拉马佐夫兄弟》里，格鲁申卡在故事开始之前不久曾经被一个波兰人所引诱，虽然她在接下来的情节中被一位富商包养，但她却始终认为，只有嫁给引诱自己的那个人才能获得救赎。同样在《白痴》当中，娜塔莎不肯原谅托洛茨基也是因为他诱奸了自己。而我认为陀思妥耶夫斯基的这种心理是有些问题的。贞操的特殊价值完全是男性塑造出来的产物，它一部分来源于迷信，一部分来源于男性的虚荣，还有一部分当然来源于不愿意抚养他人子女的心理。而我敢说，女性看重这一点的原因完全在于男性加诸其上的价值，还有对其后果的恐惧。男性满足自身的需求就像饿了要吃饭一样自然，他们可以在与对象没有什么特别情感的情况下发生性行为；而对于女性来说，如果没有什么就算称不上是爱、至少也能算是感情的东西，那么性行为就不过是一件恼人的苦差事，她只能要么当作义务承担，要么出于为对方带来快感的愿望而承受，我觉得自己这种看法没什么问题。我相信倘若一位处女"委身于"她不感兴趣乃至于讨厌的男人，那必定是一段痛苦且令人不快的经历。可是要说她会为此耿耿于怀许多年，甚至连性格都为之改变，在我看来也是难以置信的。

　　陀思妥耶夫斯基对自身的两面性有着深刻的认识，并将这一点赋予笔下所有固执又倔强的角色。他书中相对温和的角色——比如梅诗金公爵和阿廖沙——虽然亲切可爱，却也出奇地软弱无能。不过"两面性"一词同样是对人性的简化，并且不一定与事实相符。人类绝非完美的造物，他们存在的主要动力也是满足自己的利益，否认这一点自然荒唐无稽，然而否认人类能够做出高尚无私之举也是同样愚蠢。我们都知道人类在危急关头能够何等高尚地挺身而出，并且展露出自己与他人都不知其存在的高贵品格。斯宾诺莎告诉我们"究其本质而言，万事万物都会极力维持其本身的存在"，而我们却知道为了好友舍弃自己生命的情况并不罕见。善良与邪恶、恶行与美德、自私与无私、各种各样的恐惧和面对它们的勇气、引诱人摇摆不定的种种性情与倾向——人类正是这一切混杂而成的产物。构成人类的原本就是无数彼此矛盾的元素,然而奇妙的是,这些元素居然能够在单一的个体身上同时存在,彼此相容,并形成某种看似和谐的整体。陀思妥耶夫斯基笔下的造物却没有这样的复杂性。构成他们的是支配他人的欲望,以及任凭他人摆布的渴望;是毫无柔情的爱,还有饱含怨毒的恨。他们古怪地缺乏人类应有的正常属性,既无法自控,也没有自尊,他们拥有的只有激情。不论是教育背景、人生阅历还是使人免于面子扫地的体面都无法改变他们邪恶的本能。依照常理来看,他们的行为疯狂而难以捉摸,其动机也似乎毫无逻辑可言,而这正是原因之所在。

作为西欧人,我们既惊讶于那些看似无法解释的行为,又会在惊讶之余接受它们,就好像那是俄国人正常的言行举止一样。然而俄国人真的是那样吗?陀思妥耶夫斯基时代的俄国人真的就是那个样子吗?屠格涅夫和托尔斯泰都是与他同时代的作家。屠格涅夫笔下的人物很像普通人,而我们应认识就像托尔斯泰笔下的尼古拉·罗斯托夫一样的英国年轻人——就是那种天性快活、无忧无虑、生活奢侈、情感充沛且英勇无畏的好人;还有可能认识至少一两个像他妹妹娜塔莎那样漂亮迷人、纯洁善良的姑娘;彼得·别祖霍夫这样肥胖、蠢笨,还有一颗慷慨的好心肠的家伙在我们的国家也不会难找。陀思妥耶夫斯基宣称,自己笔下这些古怪的人物比现实本身还要真实。我不太理解他这话是什么意思。一只蚂蚁也可以说是就像一位大主教一样真实。如果他想说的是,这些人物拥有足以让他们超越平凡之辈的道德品质的话,那他可就想错了。倘若艺术、音乐和文学中的确拥有什么能够修正反常性格、舒缓内心的犹豫,抑或是将灵魂从人类这一枷锁中解放出来的价值的话,那也是与他们毫无关联的。他们缺乏文化,举止凶残;他们为了伤害和羞辱对方而彼此粗暴相待,并从中获取满含恶意的快感。在《白痴》

中，瓦尔瓦拉啐了自己的哥哥一脸，因为他要向一个自己不赞成的女人求婚。而在《卡拉马佐夫兄弟》里，在霍赫洛娃夫人拒绝把一大笔钱借给迪米特里时——她本来就没有理由这样做——后者也是怒气冲冲地朝着她接待自己的房间地板上啐了一口。这些角色暴躁而荒唐，但同时也惊人地有趣。拉斯科尔尼科夫、斯塔夫罗金和伊万·卡拉马佐夫与艾米莉·勃朗特笔下的希斯克利夫，或者梅尔维尔笔下的亚哈船长是一类人，他们随着生活的心跳悸动。

5

陀思妥耶夫斯基花了很长时间构思《卡拉马佐夫兄弟》，他对这本书格外投入，除却处女作之外，他困难的经济状况原本并不允许他在其他小说作品上耗费如此多的精力。总体而言，这是他在结构上最为完整的作品。从他的书信中不难看出，他隐隐约约地相信着那个被称为"灵感"的神秘之物，并且仰赖它的力量让自己得以写出脑海中隐约看到的光景。然而灵感是飘忽不定的，它往往只会在零散的只言片语中不时闪现。而创作小说需要的则是连绵不断的精神（esprit de suite），是一种清晰的逻辑观念，它让你能够将手中的素材排列连贯，让各个部分真实可信地彼此相连，最终构成不会遗漏任何细枝末节的整体。陀思妥耶夫斯基在这方面的能力其实很一般，这也是他最擅长描写单独场景的原因。他真正超凡绝伦的才华在于创造悬念，以及渲染戏剧性的氛围。我实在想不出，还有哪个小说场景能比拉斯科尔尼科夫谋杀老典当商的那一幕更加恐怖；更想不出又有哪段情节能比《卡拉马佐夫兄弟》中伊万与自己不安的良心化成的魔鬼不期而遇那一幕更加摄人心魄。陀思妥耶夫斯基无法克服自己行文啰唆的习惯，他总是沉迷于篇幅惊人的大段对话，然而即便与这些对话相关的人物情感的表达是那样恣意而狂热,让你甚至很难相信还能有人如此行事,但他们却永远是那样迷人。我不妨在这里顺便说说他为读者内心带来震颤的一种常用手段。他笔下角色焦躁的情绪与他们口中的言辞并不匹配。他们激动得浑身颤抖,他们彼此恶语相向,他们时而涨红了面孔,时而脸色铁青,时而惨白骇人。读者会因为这些疯狂夸张的姿态与歇斯底里的爆发而激动不已,他们自己的神经此时也紧绷了到了极限,每当剧情中有什么事情发生,他们便会期待那是一次真正的震撼,任何其他情形都会让他们烦乱不安。然而那些于读者而言最难以阐明的含义,却每每只用一句最平常不过的话一笔带过。

阿廖沙被设定为《卡拉马佐夫兄弟》的核心人物,小说的第一句话就直白地表明了这一点:"阿列克塞·费尧多罗维奇·卡拉马佐夫是我县一位地主费尧多尔·巴甫洛维奇·卡拉马佐夫的第三个儿子。老卡拉马佐夫神秘地横死于十三年前,笔者将在以后叙述的这件血案,当时曾使此人大大出名,而且在我们那儿至今仍有人提到他。"[1] 陀思妥耶夫斯基是一位十分老练的小说家,他既然一开篇便用明确的话语点出阿廖沙这个角色,此举便绝对不可能是无意而为。然而在我们接下来读到的小说中,与迪米特里和伊万这两位兄长相比,阿廖沙扮演的似乎只是一个相对次要的角色。他在故事中时隐时现,似乎对戏份更重的角色们没有多少影响。他自己的行动主要是围绕着一群学童展开的,除了展现阿廖沙的慈爱与魅力之外,这群男孩的所作所为对小说主题的发展毫无影响。

其中的原因在于,由加内特夫人译为英文后长达八百二十三页的《卡拉马佐夫兄弟》,只不过是陀思妥耶夫斯基构思中的小说的一部分。他原本计划在后续的几卷中继续交代阿廖沙的经历,让他

---

[1] 荣如德译。

饱受世事沧桑的磨炼，经历至深罪孽的体验，最终再经由苦难得到救赎。但突如其来的死亡让陀思妥耶夫斯基再也无法实现这一构想，《卡拉马佐夫兄弟》也成了未完之作。但是即便如此，它依然是古往今来最伟大的小说之一。在一小部分卓尔不群的优秀作品之中，《卡拉马佐夫兄弟》当居首位，这些小说虽然明显各有所长，却都能凭借其张力与能量从群书中脱颖而出，这一类中另外两个震撼人心的例子则是《呼啸山庄》与《白鲸》。

费尧多尔·巴甫洛维奇·卡拉马佐夫是个愚笨的糊涂虫，他有四个儿子：迪米特里、伊万、我此前提到过的阿廖沙，还有一个姓斯梅尔佳科夫的私生子在他家里当厨师和男仆。两个大儿子都十分痛恨这个丢脸的父亲，而全书唯一一个讨喜的角色阿廖沙却不会去恨任何人。E.J. 西蒙斯教授认为应当把迪米特里视作小说的主角，对于生性宽容之人来说，他就是那种可以用"他本人就是自己最大的敌人"来形容的那一类角色，而他这种人往往对女性很有吸引力。"直率与深情是他个性的本质。"西蒙斯教授如是说；他又进一步补充道："他的灵魂中蕴含着诗意，这种诗意也时刻反映在他的行为举止和粗野的言语之中。他的一生犹如一部中世纪史诗，正因为偶尔穿插些飞扬的诗意，充斥全篇的动荡与混乱才不至于流于单调。"他诚然能够无比高调地宣扬自己的道德抱负，但是这却没有给他的行为带来什么改善，所以假如人们对他的这些理想不以为然的话，我觉得也不能说没有道理。有时他的确极其慷慨善良，但是也更有恶毒得令人震惊的时刻。他是个自视甚高、恃强凌弱的酒鬼，生活挥霍无度、不计后果，满嘴谎言且声名狼藉。他们父子两个同时热烈地爱上了镇子里的一个外室格鲁申卡，他对自己家的老头子嫉妒得发狂。

在我看来，伊万这个角色更有意思。他头脑聪明，做事谨慎，胸怀大志，一心想要做出一番事业。年仅二十四岁的时候，他就因投给评论杂志的精彩文章而小有名气了。陀思妥耶夫斯基把他描写成一个脚踏实地的人，其聪明才智远胜于绝大多数时运不济、只得在报社办公室晃悠的穷学生。他同样憎恨自己的父亲，这个好色的老糊涂偷偷藏了三千卢布，盘算着假如能劝动了格鲁申卡跟自己上床，就把这笔钱送给她，不料这三千卢布却害他在斯梅尔佳科夫手里丢了性命。而时常扬言要杀死父亲的迪米特里却被指控杀人，并且于审判之后被定罪。这一走向是符合陀思妥耶夫斯基规划的，然而为了这一情节成立，他不得不让许多相关人物做出难以令人信服的表现。在审判的前一夜，斯梅尔佳科夫找到了伊万，向他坦白自己的罪行，并且归还了偷走的全部钱财。此外他还直截了当地告诉伊万，自己是在他（伊万）的怂恿与纵容之下才杀死老头子的。伊万崩溃了，就像杀死老典当商之后的拉斯科尔尼科夫一样。但是当时的拉斯科尔尼科夫毕竟山穷水尽、饥肠辘辘，并且精神早已错乱。而伊万并非如此。他的第一反应是应该去找公诉人，把所有的真相都告诉他，然而他最终还是决定等到审判时再说。这是为什么呢？我个人认为，这主要由于陀思妥耶夫斯基认为那样处理能让他的坦白更加震撼人心。此后便上演了我提到过的那奇妙的一幕，伊万在幻觉中看到了另一个自己，他的灵魂化身衣衫褴褛的落魄男子出现在他面前，迫使他直面自己的虚伪与卑鄙。接着响起了一串急促的敲门声，是阿廖沙。他告诉伊万，斯梅尔佳科夫上吊自杀了，当前的时刻十分危急，迪米特里命悬一线。虽然伊万此时的确心神不宁，却远远不到精神错乱的程度。以我们对他的了解而言，我们期待中的他应该有在这种时候重整精神、凭理智行事的力量。对于这兄弟俩来说，他们此刻最自然也最明显的选择就是先到自杀现场去，然后再去找辩护律师，把斯梅尔佳科夫的供述与死讯告诉他，同时也把被偷走的三千卢布交给对方。既然小说告诉我们这位律师手段了得，那么掌握这些材料的话，他完全可以让陪审团对迪米特里身上的指控产生足够的质疑，从而不会做出有罪的判决。而阿廖沙只是把冷布敷在伊万的额头上，送他上床休息。我在上文中也说过，不论这个温柔的好家伙有多么善良，他都实在是出奇地软弱无能，他的无能在这一情节中表现得最为明显。

斯梅尔佳科夫的自尽也缺乏合理的解释。他一向被刻画成卡拉马佐夫家四个儿子里心肠最硬、头脑最清楚、最精于算计也最有自信的那一个。他事先做好了计划，全神贯注地抓住了稍纵即逝的良机，成功地杀死了老头子。他一向以诚实闻名，谁也不会怀疑是他偷的钱。一切证据都指向迪米特里。至少就我个人看来，斯梅尔佳科夫实在没有非上吊自杀不可的理由，那只不过是给了陀思妥耶夫斯基以极具戏剧性的方式收束这一章节的机会而已。陀思妥耶夫斯基不是现实主义作家，而是感伤主义作家，因此于他而言，运用前者避之不及的手段也没有什么不妥。

迪米特里被指控有罪时，他在法庭上历陈自己的清白，并以这样一番话作结："我愿意忍受当被告、为千夫所指的耻辱，我愿意经历苦难，通过受苦受难使自己得到净化。"[1] 陀思妥耶夫斯基一向笃信痛苦的精神价值，他相信人们可以通过心甘情愿地接受苦难赎清自身的罪过，并由此获得幸福。由这种观点可以推导出一个不可思议的结论：既然让人受苦的是他们的罪恶，而苦难又能将人引向幸福，那罪恶反倒成了必不可少且大有裨益的东西了。而陀思妥耶夫斯基那种认定苦难可以净化人格的想法有道理吗？在《死屋手记》里可看不出受苦遭罪对他的狱友们有什么影响，在他自己

---

[1] 荣如德译。

身上也是毫无效果：我早就说过，他进监狱时是什么样子，出狱时就还是什么样子。若是只考量身体上的痛苦的话，就我个人的体验而言，漫长而痛苦的疾病会让人变得卑怯、自私、狭隘、琐屑且善妒。它远不会让人变得更好，只有可能让他们变得更恶劣。我当然也知道，有些长期为不治之症所困的人依旧能够展露出勇气、无私、耐心与坚韧，我自己也认识一两个这样的人；然而那是因为他们原本就拥有这些美德，只是罹患疾病这一现状让它们得以展露而已。精神上的痛苦同样存在。在文学世界浸淫已久的读者，自然对一些先是功成名就，而后又出于种种原因失去一切的人毫不陌生。这种局面会让他们陷入苦涩的阴沉，并满怀恶意与怨毒。我只能想到一个以勇气、尊严和高昂的情绪战胜了这种厄运的例子，只有经历过这种困境的人才能体会那种屈辱的滋味。我所谈论的这位人士此前一向拥有这些品质，只是当时他那轻浮的表象让美德难以显露而已。承受苦难一向是人类命运的一部分，但受苦并不会因此而不算是一件恶事。

即便人们往往为陀思妥耶夫斯基行文的冗长啰唆深感惋惜，而他对自己这个缺陷也有着清醒的认识，但就是既不能也不愿改正，即便人们会希望他能稍微规避一些会分散读者注意力的可能性，少写一些不可能存在的人和不可能发生的事，即便人们会认为他的某些观念错漏百出，《卡拉马佐夫兄弟》依然是部令人叹服的杰作。它的主题有着深远的意义。许多评论家认为，本书的主题是对上帝的探求，而我倒是想说它探讨的是有关邪恶的问题。这一主题主要在"正与反"这一卷中得到了充分的探讨，而陀思妥耶夫斯基本人也十分公正地将这一卷视为全书的制高点。在"正与反"一卷之中，伊万对温柔可爱的阿廖沙作了一番长长的独白。就人类的思路而言，全知全善的上帝之存在似乎与邪恶的存在是彼此矛盾的。

人们为自己的原罪而受苦看似合情合理，但是无罪的孩童也要为之承受苦痛，这就在理智与情感上都难以接受了。伊万给阿廖沙讲了一个可怕的故事：一个农奴家的孩子，八岁的小男孩，不小心扔石头砸瘸了主人最喜欢的狗。坐拥无数田产的主人下令剥光这孩子的衣服，让他光着身子在前面跑，又放出成群的猎犬在后面追，这群猛犬在孩子母亲眼前把他撕成了碎片。伊万愿意相信上帝的存在，可他不能接受上帝所创造的世界中的残酷之处。他坚信无罪之人不该为了有罪之人的原罪而蒙受痛苦；如果他们因此受苦——而现实往往的确如此——那就只能说明上帝要么是邪恶的，要么根本不存在。在陀思妥耶夫斯基的所有作品中，唯独这篇独白有着其他文辞难以企及的力量，然而写下这一段之后，他反而对自己的成果心生畏惧。因为那个观点十分有说服力，却与他内心深处希望相信的一切相悖——他想要相信，不论世界上有着多少罪恶，这个世界终究是美丽的，因为它是上帝的造物。他只得忙不迭地对那个观点进行驳斥，然而没有人比他自己更清楚，他的反论写得并不成功。那一段内容冗长枯燥，所谓的辩驳也无法令人信服。

有关罪恶的问题依旧悬而未决，而伊万·卡拉马佐夫的控诉也尚未得到回应。

托尔斯泰与《战争与和平》

1

在之前的三章中,我所提及的小说都或多或少地能够自成一派,它们都算是非典型性的小说。而我在这一章中要谈论的小说虽然错综复杂,但是它的形式内容却足以让它跻身最为主流的小说之列,而且正如我在上文中的某一页曾经提到过的那样,小说的这条主线的起始可追溯到《达佛涅斯和克洛伊》[1]的田园牧歌。《战争与和平》毫无疑问称得起最伟大的小说。只有睿智过人、想象力丰富、对世界拥有广泛的体验,并且能够深刻洞察人性的人,才能写出这样的小说。此前从未有过以如此恢宏的气势来描写里程碑式的历史时段,并同时涉及如此众多人物的小说,而且我猜想以后也不会再有。或许未来还会有人写出同等伟大的小说,但它也注定与《战争与和平》不同。即便人们生活的机械化程度越来越高,即便国家对人类生命的掌控力越变越大,即便教育日趋平均、阶级逐渐消亡、个人财富逐渐减少,虽然人们获得的机会也趋向于均等(假如未来的世界诚然如此),人们与生俱来的差距却依然会存在。有些人天生就拥有能成为小说家的天赋,但是彼时他们所认识的世界——在以上那些人与事的变迁之后——造就的更可能是写《傲慢与偏见》的简·奥斯汀,而不是写《战争

---

[1] 创作于古罗马时代的希腊语小说。

与和平》的托尔斯泰。这是一部实至名归的史诗。我甚至想不出还有哪部以散文文体写就的小说作品能配得上这样的称呼。托尔斯泰的友人，也是优秀评论家的斯特拉科夫曾经用十分有力的寥寥数语阐述自己的观点："那是一幅展现人类生活的画卷，那是一幅描绘彼时的俄国的画卷，那是一幅记录人类历史与奋斗的画卷，那更是一幅人类能够从中发现自己的幸福与伟大、苦难与耻辱的画卷。这幅画卷就是《战争与和平》。"

2

托尔斯泰出身的阶级很少出产杰出作家。他的父母是尼古拉·托尔斯泰伯爵与女继承人玛丽娅·沃尔康斯卡雅公爵小姐，他出生于母家的祖宅亚斯纳亚·波良纳庄园，是五个孩子之中最小的一个。他还是个孩子的时候，父母就相继去世了。他先是在家庭教师那里接受的教育，接着又分别在喀山大学和彼得堡大学就读。他是个糟糕的学生，在这两所大学都没有拿到学位。他凭借贵族关系跻身社交界，并先后流连于喀山、彼得堡和莫斯科，沉浸在这个圈子时髦的娱乐之中。他身材矮小、相貌平平。"我很清楚自己长得不好看，"他曾经如此写道，"有时我简直失望透顶：我认为，像我一样长着这么宽的鼻子、这么厚的嘴唇、灰色的眼睛还这么小的人，是不可能在这个世界上拥有什么幸福的；我祈祷上帝能够降下奇迹，让我变得更英俊一些，为了拥有一张俊美的面孔，我愿意付出自己当前以及未来所拥有的一切。"只是他并不知道，那副平凡的长相展露着一种吸引力惊人的精神力量，而且他也看不到自己的眼神能为他的神情添加多少美丽。他的着装很讲究（他就像可怜的司汤达一样，希望可以用时髦的衣着掩饰自己丑陋的相貌），并且十分在意自己的贵族身份，甚至到了有些不得体的地步。一位喀山大学的同学曾经如此描写他:"我会离那个伯爵远远的。从第一次见面的时候开始,他那种冷漠的态度、又粗又硬的头发,还有半睁半闭的眼睛里那副刺人的神情,都让我避之不及。我从来没见过还有哪个年轻人像他一样,既奇怪又自命不凡得难以理解……每次我向他打招呼,他几乎连理都不理,他似乎是想这样向我暗示,我和他甚至就不是一个档次的人……"

一八五一年,托尔斯泰二十三岁。他已经在莫斯科待了几个月了。他当炮兵的哥哥尼古拉此时刚好休假,从高加索来到了莫斯科,当他的假期结束,即将返回驻地时,托尔斯泰决定陪哥哥一起回去。几个月之后,他被说服参了军,并且以士官生的身份参加了俄军对山区叛乱的部落发动的几次攻击行动。他对战友们的看法似乎相当不宽容。"这个圈子里的许多事情一开始都让我大为震惊,"他如此写道,"不过我如今已经能够在不与这些绅士打太多交道的前提下习惯这一切了。我找到了一种叫人满意的待人方式,对他们既不骄傲也不亲近。"这小伙子可真称得上是目中无人了!他的身体非常强壮,能够步行一整天,骑马骑上十二个小时也不会疲倦。他喝酒喝得很凶,更是个不管不顾但是运气欠佳的赌徒,有一次他为了还赌债,居然不得不卖掉自己在亚斯纳亚·波良纳庄园里的房子,这可是他继承的遗产。他的性欲非常旺盛,并且不慎染上了梅毒。除了这个不幸的状况之外,他的军旅生涯和当时各国数量众多的那种既有钱又有出身的年轻军官没什么两样。放浪形骸自然就成了他们发泄旺盛精力的手段,而且他们往往沉溺其中,因为他们认为,这么做能提升自己在伙伴当中的威望,这个想法或许也不无道理。从托尔斯泰的日记中不难看出,度过一个在打牌、玩女人或者跟吉卜赛人狂欢中消磨的放荡的夜晚之后,他会感觉悔恨不已;不过一旦有了机会,他也乐得把自己后悔过的行为再重来一遍。

一八五四年，克里米亚战争期间，托尔斯泰在塞瓦斯托波尔被围期间负责指挥一个炮兵连。由于在车纳雅河战役中表现出了"突出的勇气和胆魄"，他的军衔被提升至中尉。一八五六年和平协议签署之后，他辞去了军职。托尔斯泰在服役期间就写了一系列片段和短篇小说，还有一部对自己的童年和少年时代进行了不少浪漫化加工的自传；这些作品都刊登在一份杂志上，并且引起了读者的高度关注和喜爱，这让他在返回彼得堡时受到了热烈的欢迎。他不喜欢在彼得堡遇见的人们，而那些人也一样不喜欢他。他虽然对自己的真诚深信不疑，但向来无法让自己信赖他人的诚意，并且还会毫不犹豫地将这一点告诉对方。他对于那些广受认同的观点毫无耐心。他暴躁易怒、咄咄逼人，并且因为傲慢而毫不顾及他人的感受。屠格涅夫说过，没有什么能比托尔斯泰那种审犯人一样的神情更令人不安了，倘若再加上几句伤人的话，他这副模样实在是很容易把人激怒。他极难接受他人的批评，有一次他偶然看到一封信中对自己略有提及，就立即向写信的人发出了挑战，朋友们花了老大力气才阻止他去赴这场荒诞可笑的决斗。

彼时一阵自由主义的思潮正在俄国兴起。农奴的解放成了一个日益紧迫的问题。在首都住了几个月后，托尔斯泰回到亚斯纳亚·波良纳，在自家庄园的农奴们面前提出了一份赋予他们自由的方案；不过佃农们拒绝接受，因为他们怀疑其中可能有什么圈套。又过了一段时间，他出了一趟国，回来之后就为农奴的孩子们办了一所学校。他的办学方式非常具有革命性。学生们不仅有权利不去上学，而且即使他们到了学校，也有权利不听老师讲课。课堂上完全没有纪律，也没有哪个孩子受过惩罚。托尔斯泰自己教课，他整个白天都和孩子们待在一起，晚上还会加入他们的游戏，他给孩子们讲故事、唱歌，一直玩到深夜。

正是在这段时期里，他与一个农奴的妻子有了私情，并且生了一个儿子。此事或许并非一时兴起，因为他在日记中写道："此前我从未有过这样的恋情。"后来这个名叫蒂莫西的私生子做了托尔斯泰的小儿子的一个马车夫。而传记作家们还发现了一件很有意思的事情：托尔斯泰的父亲同样有个私生子，而他也在给家族里的某个人做马车夫。这在我看来属于某种道德观念上的迟钝。我个人以为，既然托尔斯泰的良心饱受困扰，既然他真心想把农奴从低贱的境遇中拯救出来，想要教导他们，让他们学着变得清洁、体面和自尊，那么他至少应该为这个儿子做些什么才是。屠格涅夫也有个私生子，是个女儿，可是他把这孩子照顾得很好，请了家庭教师来教育她、对她的生活百般关照。难道托尔斯泰看到这个分明就是自己亲生儿子的农民替自己的合法子嗣驾着马车，他就不会觉得羞耻不安吗？

托尔斯泰的性格有一个显著的特点，他会在开始一项事业是时投入极大的热情，但最终又总是以他或早或晚地感觉厌倦收场。他缺少坚持的毅力，于是在办学两年之后，他感觉结果令人失望，就把学校又关掉了。此时的他非常疲倦，对自己很不满意，健康状况也不太好。他在后来写道，若不是生活中还有或许能够带来幸福的一面尚未探索，那么他就真的早就绝望了。而他所谓的这一面就是婚姻。

他决定试上一试。在考虑了一大群符合条件的年轻女性，又出于这样或者那样的原因抛弃她们之后，他最终迎娶了别尔斯医生家十八岁的次女索尼娅。别尔斯是一位活跃于莫斯科上流社会的外科医生，也是托尔斯泰一家的故交。此时的托尔斯泰三十四岁。新婚夫妇在亚斯纳亚·波良纳庄园定居。伯爵夫人在婚后的前十一年中生了八个孩子，又在随后的十五年中生了五个。托尔斯泰很喜欢马,他的骑术也相当好,此外他还酷爱狩猎。家族的财产在他手中不断升值,他又在伏尔加河东岸购置了不少新地产,最终他拥有的地产多达一万六千亩。他的生活遵循着一种相当常见的模式:俄国有许多这样的贵族,他们在年轻的时候肆意赌博、酗酒、通奸,结婚之后又在自己的庄园中安顿下来,生下一大堆孩子,精心经营着自己名下的地产,消遣时就去骑马打猎;其中也有不少像托尔斯泰一样抱持着自由主义思想的人,他们对农民的愚昧无知颇为痛心,并且致力于为他们带来改善。唯一使得托尔斯泰从这样一群人中脱颖而出的,就是他在如此生活着的同时写出了世界上最伟大的两部小说:《战争与和平》和《安娜·卡列尼娜》。

3

年轻时候的索尼娅·托尔斯泰据说相当迷人。她身形优美、双眼美丽,长着肉乎乎的鼻子和光亮的乌黑秀发。她富有活力、精神饱满,讲话的声音十分悦耳。托尔斯泰一向有写日记的习惯,他不仅在其中记录了自己的希望与想法、祈祷与自责,还记录下了自己在性爱以及其他方面的种种过错。为了不对未来的妻子有所隐瞒,刚一订婚,他就把日记交给她读。她读过之后深感震惊,不过在一个以泪洗面的不眠之夜过后,她归还了日记,并表示自己已经原谅了他。只是原谅并不等同于淡忘。这对夫妻都是相当情绪化的人,他们两个所谓的个性都十分强烈,而这种说法所指的通常是这一类人拥有某些令人不快的性格特质。伯爵夫人苛刻、善妒、占有欲强烈;托尔斯泰则严厉、教条、毫不宽容。他坚持要妻子亲自给孩子喂奶,而她也很乐意这样做;但是有一个孩子出生之后,她的乳房酸疼得厉害,不得不把孩子交给奶妈喂养,这让托尔斯泰十分不通情理地对她发了一通脾气。两人时常吵架,事后又总能和好。他们深爱着彼此，这段持续了许多年的婚姻整体来说也称得上幸福。托尔斯泰工作起来非常努力，写作时也不知疲倦。他的手稿往往难以阅读，不过他每写完一部分，伯爵夫人都会为他誊写一遍，因此早就掌握了辨别他字迹的技巧，甚至能猜出他匆匆记下的草稿和不甚完整的语句中的意思。据说她曾经誊抄了七次《战争与和平》。

我在撰写此文时大量引用了埃尔默·莫德的《托尔斯泰生平》之中的内容，还参考了他翻译的《忏悔录》。莫德最大的优势是他认识托尔斯泰及其家人，他的记叙可读性也很强。然而遗憾的是，他宁愿大肆讲述与自己相关的话题和他本人的想法，也不会把侧重点放在读者有可能想要知道的内容上。因此我对 E.J. 西蒙斯教授那部完整、详尽并且相当有说服力的传记满怀感激。他在书中给出了许多埃尔默·莫德或许出于自身的考量而略去的有趣素材。这部著作也势必长期作为以英语写就的传记之典范而存在。

西蒙斯教授如此描绘托尔斯泰的一天："吃早餐时全家人会聚在一起，主人的妙语和玩笑让餐桌谈话的气氛十分轻松愉快。最后他会一边说着'工作的时间到了'一边站起身来，躲进自己的书房里，手上往往还端着一杯浓茶。谁也不敢去打扰他。他再次露面就是午后时分了，这时候他会出去一番，通常是去散步或者骑马。他在五点钟回家吃晚饭，他吃起饭来狼吞虎咽，一填饱肚子，他就开始生动地对在座的人们讲述方才散步时的见闻。晚餐后他回到书房读书，八点钟再到客厅同家人和宾客一同喝茶。这段时间之中往往还会有音乐、朗读或者孩子们的游戏。"

这种生活忙碌而充实，并且令人满足，看起来这种愉快的幸福也没有不能延续许多年的理由：索尼娅不停地生孩子、照料他们、打理家务、协助丈夫的工作；托尔斯泰则骑马打猎、经营地产，同时笔耕不辍。他快要迎来人生的第五十个年头了。这是一个危险的年龄。青春岁月早已逝去，回首往事时，人们不得不自问人生的意义何在；向前展望，潜伏在不远的未来中的衰老又让他们对前景心生恐惧。另有一种恐惧究其一生都困扰着托尔斯泰，那就是对死亡的恐惧。人人皆有一死，然而除却在危难当头或者身患重病的情形之外，绝大多数人都至少拥有不去设想此事的理性。他在《忏悔录》中如此描述自己当时的心理状态："可是五年前在我身上突然出现某种很奇怪的现象：突然有几分钟，我先是感到茫然莫解，生命停顿了，好像我不知道我应该怎么活下去，我应该做什么；接着便惊慌失措，陷入绝望。但这种状态过去了，我又继续像原来那样生活。后来这种片刻之间茫然莫解的现象出现得日益频繁，而且形式完全相同。这种生命停顿的现象总是表现为同样的问题：为了什么？那么，以后又怎样呢？我的生命停顿了。我能呼吸，能吃，能喝，能睡，况且我不可能不呼吸，不吃，不喝，不睡；但是生已不存在，因为已经不存在我认为理应予以满足的那些愿望。"

"我的这些状况发生在从各个方面说我都拥有公认为完满幸福的一切的时候，那时我还不到五十岁。我有一个善良而有爱心的可爱妻子，几个很好的孩子，广大的田产，不用我费力，田产就在日益增加和扩大。我受到亲近的人和熟人的尊敬，收到别人的送礼比以往任何时候都多，因此我可以认为自己已经出名，这样说也不算特别自我陶醉。同时，我无论身体上和还是精神上都没有病，相反，我具有在我同龄人中罕见的精神力量和体力：从体力上看，我能干割草的活，而且不会落在庄稼人之后；在脑力方面，我能连续工作八到十小时，并不感到这样紧张的脑力活动产生了任何不良后果。

"在我心目中，这种内心状态用下列方式表现出来：我的生命是不知谁对我开的一个愚蠢而恶毒的玩笑。"[1]

青年时代的酗酒给他留下了漫长而严重的宿醉。他还是个孩子的时候就已经不再相信上帝了，但失去信仰却让他越发不幸且不满，因为他没有了能够用以解开生命之谜的理论。他曾经问过自己："我为什么活着？我应该怎样活下去？"而他无法找到这个问题的答案。于是他如今再次开始信仰上帝，然而对于一个像他这样情绪化的人来说非常奇怪的是，他重拾的信仰居然来自理性的推论。"既然我存在，就必定有其原因，"他写道，"这原因背后也一定有原因。而一切原因的起源就是人们口中的上帝。"托尔斯泰一度笃信东正教，但精通教义的博学之士在生活上却并不会与教条相符，这一事实令他十分厌烦，并且使他认定自己不可能相信这些人希望他信仰的全部。他决定只接受那些只存在于简朴和直观之中的真实。他开始接近穷人、平民以及文盲之中的信徒。他对这些人的生活观察得越多，就越发坚信这么一点：虽然这群人的迷信相当愚昧，但他们才拥有真正的信仰，并且这种信仰对他们来说是不可或缺的，因为只有它能够为他们的生命赋予意义，从而支撑着他们生活下去。

他用了几年时间才最终归纳出自己的观点，而这几年则是在痛苦、冥思与研究中度过的。

索尼娅·托尔斯泰是一位虔诚的东正教信徒，她坚持要孩子们接受宗教教育，并且每天都要按照自己的方式履行教徒的职责。但她不是一个十分注重精神生活的女人；诚然，她有那么多孩子要亲自照料，要确保他们接受了合适的教育，还得掌管这么一个大家族的家务，她的确不会有多少时间思考什么神性。对于丈夫在人生观

---

[1] 邓蜀平译。

上的变化，她既不能理解也无法共情，不过她还是尽可能宽容地接受了它。然而当思想上的变化让他的行为也随之转变时，索尼娅就开始有些不高兴了，而且她也毫不犹豫地将自己的不满表现出来。因为他笃信自己有责任去尽可能少地依赖他人的劳动成果，于是他开始自己生炉子、打水、整理衣物。他想要自食其力，所以就请来一个鞋匠教他做靴子。他在亚斯纳亚·波良纳和农奴们一起干活——他耕地、砍柴、运干草；而伯爵夫人极力反对，因为在她看来，他干的都是没什么用处的活儿，他从早到晚做的都是没什么意义的无用功，即便是在佃农当中，这些活儿也是年轻人去干的。

"你当然会这么说，"夫人在给他的信中写道，"你会说这样生活很符合你的信念，你过得也非常享受。这是另一码事，而我也只能说：那你就尽情享受吧！但我依然为此深感烦恼：因为如此强大的心智居然要浪费在劈木头、烧茶炊、做靴子上——这些活计作为休息或调剂当然不错，可是不能拿来当成专职啊。"她的话很有道理。对托尔斯泰而言，认为体力劳动远比脑力劳动高尚许多，这实在是愚蠢至极。体力劳动甚至不会更辛苦。每个作家都知道，连续写作几个小时之后身体会有多么疲劳。工作本身并没有什么特别值得赞扬之处。人们工作就是为了享受休闲时光，只有蠢人才会因为如果不工作的话不知该干些什么而工作。然而即使托尔斯泰觉得写小说给闲人看是错的，我们也难免觉得他应该去找点比做靴子更需要才智的活儿干，而且这件事他做得也不怎么样，做好的靴子送给人家都没法穿。他开始像农民一样穿衣服，还变得肮脏又邋遢。有这么一个故事，说的是有一天他卸完肥料直接去吃晚餐，结果他的身上实在是太臭了，必须把餐厅的所有窗户都打开才行。为了不再有动物被他捕杀或者吃掉，他不仅放弃了打猎这个长久的嗜好，还成了个素食者。多年以来，他饮酒已经变得很有节制了，但如今他还是彻底戒了酒,最后他还在痛苦的挣扎之后把烟也戒掉了。

这时孩子们逐渐长大了,考虑到他们的教育,以及最大的女儿塔尼娅已经到了步入社交界的年纪,伯爵夫人坚持要求全家在冬天住到莫斯科去。托尔斯泰不喜欢城市生活,但他还是在妻子的坚决态度前做出了让步。在莫斯科见到的贫富差距让他极度震惊。"我感觉很糟糕,而且这种感觉挥之不去,"他如此写道,"只要我有吃不完的饭菜而还有人没饭吃,我有两件外套而有人连一件都没有,我就会感觉自己在持续不断地犯罪。"虽然人们总是不断地劝他,告诉他贫富差距不仅由来已久,并且必将长久存在,然而这些劝说也只是徒劳,他就是感觉这样实在太不公平;在拜访过一家收容平民过夜的寄宿公寓、亲眼见过那里的惨状之后,他会耻于回家坐下来享用有五道菜的大餐,用餐时还有两名穿戴着雪白手套与打着领带的体面男仆伺候。他也试过拿钱去接济那些身处绝境、向他伸手求助的落魄人,但是他最终发现,这些人从他身上榨出来的钱往往没有用在什么好地方。"金钱是邪恶的,"他说,"因此予人钱财也是作恶。"于是他很快便由此认定,物质财产是不道德的,而拥有它们是一种罪孽。

对于托尔斯泰这样的人来说,下一步该做什么就非常明确了——他决定抛弃自己拥有的一切,却在这个问题上与妻子产生了激烈的冲突,她可不愿意像乞丐一样过日子,也不想让孩子变得身无分文。她威胁要把托尔斯泰告上法庭,让法院判他声明自己无力处理自己的事务。在天知道多少次针锋相对的争吵之后,他提出把全部财产移交给妻子,而她拒绝了这个提议。最终他还是把财产分割给了妻子和孩子们。在这场纷争持续的那一年之中,他不止一次打算离家出走,去和农民们生活在一起,然而每次没走出多远,他就会因为想到自己可能给妻子造成的痛苦而回到家里。他依旧生活在亚斯纳亚·波良纳，虽然身旁的奢侈生活——哪怕只是最简单不过的奢侈——让他深感羞耻，他却仍然享受着它的好处。他们夫妻之间也是摩擦不断。托尔斯泰不甚赞同伯爵夫人让孩子们接受的保守教育，也无法原谅她不让自己随意支配财产。

本书这段对托尔斯泰生平的简述中，由于篇幅所限，我不得不略去部分十分有趣的内容，而我在叙述他皈依之后那三十年的生活时还会更加简略。总之，他成了公众人物，被人们视作俄国最伟大的作家，并且以小说家、导师和道德家的身份在世界范围内享有盛名。想要依照他的观点来生活的人们建立起了一处又一处领地，然而试图把他的道德标准付诸实践时，这些人又会屡屡碰壁，他们的不幸经历着实既好笑又发人深省。由于托尔斯泰生性多疑、刻薄、喜好争辩、不知宽容，加之他深信与自己意见不合的人必定居心不良，他的朋友非常少；但是因为他的声名日盛，成批的学生像朝圣者一样来参拜这块俄罗斯文学的圣土。不论是记者还是游客，是崇拜者还是信徒，不论是贫是富，是贵族还是平民，各色人等都纷纷来到亚斯纳亚·波良纳。

而如同我在上文中说过的那样，索尼娅·托尔斯泰是个善妒且占有欲强烈的女人，她总是想要独占自己的丈夫，并且非常厌恶有陌生人踏进自己的家门。她的耐心经受着严酷的考验："他一面向人们绘声绘色地讲着自己那些纤细的情感，一面还是照着老样子生活，他依然喜欢甜食、自行车、骑马，还有肉欲。"另一次她则在日记中写道："我实在是无法不抱怨，因为他为了别人高兴而做的这些事情让生活变得混乱不堪，更让我的日子越来越难过了……他对爱与善的宣扬让他忽视了自己的家庭，让各种乱七八糟的乌合之众侵入了我们的小圈子。"

在最早认同托尔斯泰观点的那批人里，有个姓契尔特科夫的年轻人。此人十分富有，曾经是一名禁卫军上尉，但是他接受不抵抗思想以后就辞去了军职。他是个诚实的人，是个理想主义者和狂热分子，但同时也盛气凌人，拥有某种将自己的意愿强加于他人的非凡能力；埃尔默·莫德表示，和他打交道的人要么会与他争吵、要么会对他敬而远之，要么就会沦为他的工具。他与托尔斯泰之间迅速萌生了友情，这段友谊也一直持续到后者过世，而他对托尔斯泰的影响力也令伯爵夫人恼怒不已。

尽管对于托尔斯泰为数不多的朋友来说，他的观点似乎已经非常偏激了，契尔特科夫却依然怂恿他把步子迈得更大一点，劝他更加严格地把自己的想法付诸实践。而托尔斯泰过于专注于精神世界的发展了，甚至忽略了自己的产业，结果虽然这笔产业总值大约有六万英镑，它们每年却只能给他带来差不多五百磅的收入。这么点钱很明显不能维持全家的开支和那一大群孩子的教育。于是索尼娅说服丈夫把一八八一年之前写成的作品的出版权交给自己，然后她靠着借来的钱自己做起了书籍出版。这门生意非常成功，她也顺利归还了借款。然而对于托尔斯泰来说，这种保有对其文学作品的一切权利的做法无疑违背了他那认定物质财富不道德的观念。所以在契尔特科夫得以对托尔斯泰施展自己的掌控力之后，他便撺掇后者宣布自己在一八八一年之后所写一切作品进入公版领域，任何人都可以出版。此举当然触怒了伯爵夫人，然而托尔斯泰想做的还不止于此：他让她把早期作品的版权也交出来，其中当然就包括那几部非常畅销的小说，而她断然拒绝了这个要求。因为她自己和全家人的生计全都要仰仗这几本书了。随之而来的是尖刻激烈且旷日持久的争执。不论是索尼娅还是契尔特科夫都让他不得安生，他被困在两种彼此矛盾的主张之间，并且感觉自己无力反对其中的任何一种。

4

一八九六年，托尔斯泰六十八岁。此时的他已经结婚三十四年，孩子们大多数已经长大成人，第二个女儿已经准备出嫁了；而他的妻子在五十二岁那年不光彩地爱上了一个比自己年轻很多的男人，一个姓塔纳耶夫的作曲家。此事让托尔斯泰感觉震惊、羞耻且愤怒。以下就是他给妻子写的一封信："你跟塔纳耶夫的亲密关系令我作呕，我完全无法平静地容忍此事。倘若我继续在这种情形下与你共同生活的话，势必只会毒害我的人生、损耗我的寿命。我这一年过得简直生不如死。而你知道这一点。我曾经分别以恼怒和祈求的姿态对你表明过我的态度。而最近我则尝试着保持沉默，所有能试的我都试过了，可是一切都是徒劳。你们的暧昧关系不仅没有终止，而且我甚至相信它会就这样一直延续到最后。我再也无法忍受了。显然你无法放弃这段关系，于是就只剩下一个选择了——我们应该分开。我已经下定了决心。但是我也必须找到一个最合适的解决方法。我觉得最好的办法就是让我先到国外去。然后我们再一起考虑接下来怎么办才好。不过有一件事是确凿无疑的——我们不能这样继续下去了。"

然而他们并没有分开，这对夫妻依然折磨着彼此。伯爵夫人以年龄渐老却陷入热恋的女人特有的焦躁追求着那位作曲家，后者起初或许还颇为受用，然而他很快也厌倦了这种既让他无力报偿又令他显得荒唐难堪的激情。索尼娅最终也渐渐意识到了对方在刻意躲避自己，最终他甚至在公共场合冒犯了她。这让她深受其辱，不过她在不久之后就认定塔纳耶夫"在肉体和精神上都恬不知耻、令人厌恶"。这段不体面的风流韵事也就此告终。

此时这对夫妇之间的不和早已广为人知，而尤其让索尼娅愤慨的是，托尔斯泰的信徒们——如今他们也是他仅存的朋友了——都站在他那一边，而且因为索尼娅不让托尔斯泰做他们认为他应该做的事情，这些人对她充满敌意。皈依并没有给托尔斯泰带来多少快乐；此举反而让他失去朋友、家庭不和、与妻子之间冲突不断。追随者们因为他依旧过着安逸的生活而谴责他，而就连他本人也觉得自己诚然应该受到谴责。他在日记中写道："如今年届七十的我全心全意地渴望着宁静与独处，虽然那样也谈不上全然的和谐，但是总要好过我的生活和我的良知与信仰之间无法忽视的矛盾。"

他的健康开始走下坡路了。在之后的几年里他病了好几场，其中有一次严重到差点要了他的命。高尔基正是在这一时期与托尔斯泰相识的，在前者的描述中，他瘦削、矮小、头发花白，但他的双眼比以往更加热切，目光也比往日更为锐利。他蓄着又长又乱的白胡子，脸上刻满了深深的皱纹，他是个八十岁的老人了。时间一年又一年地过去，他八十二岁了。身体状况急转直下，显然只剩下几个月的时间了，而他在最后这几个月之中依然因为卑鄙的争吵而痛苦不堪。契尔特科夫很明显并不完全认同托尔斯泰那种认定财产不道德的观点，他斥巨资为自己在亚斯纳亚·波良纳旁边建了一栋豪宅，虽然托尔斯泰对这么大一笔开销深感遗憾，距离上的接近却还是让二人的关系变得更加密切了。如今他开始催促托尔斯泰将自己的愿望付诸实践，让他宣布自己一旦去世，自己的作品便全部归公众所有。伯爵夫人自然是怒不可遏，托尔斯泰在二十五年前把小说的掌控权给了她，而她现在居然要被剥夺这一权利。夫人与契尔特科夫之间由来已久的仇恨终于演变成了公开的战争。除了小女儿亚历山德拉对契尔特科夫言听计从之外，孩子们全部站在母亲那一边，他们不愿意按照父亲希望的方式生活；虽然托尔斯泰早已把产业分给了他们，孩子们还是不明白为什么自己不能享有父亲的创作带来的大笔收入。据我所知，他们当中没有一个有能力独立谋生的。然而托尔斯泰还是顶着家庭的压力订立了遗嘱，在其中将自己的全部作品赠予公众，并且宣布一旦自己过世，现存的手稿就应当立刻移交给契尔特科夫，让他得以确保这些稿件能够自由地为有意将其出版的人士所用。不过这样一份遗嘱显然是不合法的，于是契尔特科夫力劝、敦促托尔斯泰重新起草一份遗嘱。为了不让伯爵夫人知道，遗嘱的见证人都是偷偷混进宅邸中的，托尔斯泰在锁着门的书房里亲手誊抄了这份文件。新遗嘱中将版权移交给了托尔斯泰的女儿亚历山德拉，而契尔特科夫轻描淡写地提到了选择她的原因："我敢肯定托尔斯泰的妻儿不会愿意看到家庭成员之外的人来做正式继承人。"鉴于此举掐断了他们最主要的生活来源，他的话还是很可信的。不过契尔特科夫对这份遗嘱还是不够满意，于是他自己又草拟了一份，托尔斯泰又坐在契尔特科夫家附近森林里的树桩上抄写了一遍。契尔特科夫就这样完全地掌控了托尔斯泰的手稿。

这些手稿中最重要的就是托尔斯泰晚年的日记。夫妻两人长久以来都有写日记的习惯，而其中一方可以看另一方的日记也是完全可以理解的。不过这种做法也谈不上是什么好事，因为他们都会在日记中写下对彼此的抱怨，而另一方读过之后就势必引起更加激烈的相互指责。早年间的日记在索尼娅手里，但是托尔斯泰把最近十年的日记全部交给了契尔特科夫。索尼娅下定决心要把它们要回来，一方面因为这些日记将来可以出版赢利，而最重要的原因则是托尔斯泰在日记中颇为直白地记录下了两人的不和，而她不想让这些内容公之于众。她写信要求契尔特科夫归还日记。而他断然拒绝了这个要求。于是她威胁道，如果不归还日记，她就要服毒或者投水自杀。她的吵闹让托尔斯泰痛苦不堪，他把日记从契尔特科夫手里拿了回来,但是并没有把它交给索尼娅,而是送进银行保管。为此契尔特科夫给他写了一封信,托尔斯泰在日记中提及这封信时是这样说的:"我从契尔特科夫那里收到了一封信,信里满是谴责和控诉,简直要把我撕成碎片。有时我真想离所有人都远远的。"

从很小的时候开始,托尔斯泰便会不时萌生这种愿望,他希望能够离开这个世界,抛下其中一切混乱与麻烦,躲到一个可以让他独善其身的地方去;就像许多作家一样,他也把自己的渴望寄托在笔下的两个人物身上,他们就是《战争与和平》中的彼埃尔和《安娜·卡列尼娜》中的列文,他对这两个角色有着某种特殊的偏爱。而他当时在生活中遭遇的种种境况更是让他的渴望几乎成了执念。妻子和孩子们折磨着他,朋友们则认为他应该全面落实自己的信条,他们的反对让他困扰不堪。其中还不乏为他不曾实践自己宣扬的道理而痛心疾首者,他每天都会收到许多言辞伤人的来信指责他的虚伪。一位激进的崇拜者甚至写信恳求他放弃自己的全部地产,把财物全部分送给亲戚和穷人,自己连一个戈比都不要留,就靠着在各个城镇之间行乞过活。而托尔斯泰是这样回复他的:"您的来信深深地打动了我。您的提议也一直是我最神圣的梦想,然而就目前而言,我还无法实现它。这其中的原因有很多……而其中最为主要的一点是,我必须在完全不影响他人的前提下才能践行此事。"就像我们都知道的那样,人们往往把行为背后的真实原因强行推脱到潜意识的背景之中,而就这件事而言,我认为托尔斯泰的行为既没有遵循自己的良知,也并不符合追随者的要求,其根本原因在于他并不是真的很想那样做。在作家的心理中往往有这么一种特征,虽然我从未见到有人提起过,但是所有研究作家生平的人对它应该都不陌生。在某种程度上说,每一个富有创造力的作家的作品都是对其本能、欲望、白日梦——不管你叫它什么——加以升华的产物，他出于这样或那样的原因压抑着这一切，而通过把它们在文学作品中表达出来，作家就能够摆脱将其进一步付诸实践的压力了。只不过即便如此他们还会感觉不够，也并没有达成彻底的满足。这也是文人既对实干家极力颂扬，又不情不愿地对他们怀有仰慕与嫉妒的原因所在。倘若托尔斯泰的决心没有在写作的过程中损耗的话，他很有可能发现，自己并非没有力量去落实那些自己真心认为正确的事情，因为他的真诚至少是毋庸置疑的。

托尔斯泰是个天生的作家，他本能地想要用最有效且有趣的方式来进行阐释。根据我自己的推测，创作那些偏向说教性质的作品时，他会任由自己信笔驰骋，因为这样反而会让他传达的理念更加不容置疑，远比停下来思考后再写显得可信。他的确在某一个场合之下承认过，虽然妥协在理论上不可接受，在实践中却是无法避免的。然而毫无疑问的是，他在这个问题上放弃了整个立场，因为如果说妥协在实践中无法避免的话——这只能意味着这种实践并不可行——那么理论本身肯定也有什么问题。但对托尔斯泰而言，不幸的是，不论是他的朋友，还是那些满怀倾慕、成群结队地来到亚斯纳亚·波良纳的崇拜者，他们都无法接受自己的偶像萌生屈尊妥协的念头。他们为了自己心目中那种戏剧化的行为规范，一再逼迫这位老人牺牲自己，这种行径诚然相当残忍。他成了被自己的理念所束缚的囚犯。他的作品本身、这些作品对那么多人的影响（其中不乏一些灾难性的后果，有些人因此被判流放，有些人则锒铛入狱）、他的虔诚、他所激发的爱意、人们对他的尊崇，这一切把他逼上了一条只有一条出路的绝境。而他却无法鼓起勇气走上这条路。

而当他最终走出家门，踏上那次举世闻名却以他的死亡告终的不幸旅程时，迫使他下定决心走出这一步的却既不是他自己的良知，也不是追随者的催促，他只是为了从妻子身边躲开。此举最直接的诱因其实纯属偶然。那天晚上他已经上床睡觉了，然而没过多久，他就听见了索尼娅在自己书房翻找文件的动静。他立刻想起了自己暗中立下了遗嘱的事情，他当时或许认为妻子已经知道了遗嘱的存在，眼下在他书房里找的就是它。索尼娅离开之后，他起床拿了一些手稿，打包了几件衣服，然后叫醒了那段时间一直住在他家的医生，向他告知了自己即将离家的消息。亚历山德拉也被叫醒了，他们把车夫从床上拉起来，叫他把马套上，托尔斯泰在医生的陪同下乘车前往火车站。那时是清晨五点，火车上拥挤不堪，他不得不在冰冷的雨中站在车厢尽头的露天平台上。他先是在夏马丁下了车，他的妹妹在那里的修道院当修女，亚历山德拉也到此地来与他们会合。她带来了这么一个消息：发现托尔斯泰失踪之后，伯爵夫人一度试图自杀。这也不是她第一次这么做了，不过因为她从不掩饰自己想自杀的动机，所以她这种做法带来的往往并不是悲剧，而是骚动和麻烦。亚历山德拉催他赶快再次启程，以防她的母亲发现他们的行踪并且追过来。于是他们动身前往罗斯托夫。这时他已经着了凉，状态非常不好；上了火车之后，他的病情越发严重，医生不得不决定他们在下一站必须下车。那是一个名叫阿斯塔波沃的地方。火车站站长得知这位病人的身份以后，立刻把自己的房子让出来供他们使用。

　　第二天，托尔斯泰给契尔特科夫拍了电报，亚历山德拉也派人去找自己的大哥，并且让他从莫斯科带个医生过来。可是托尔斯泰的名声实在太大，他的一举一动完全不可能保密，短短二十四小时之内，就有个记者把他的下落告诉了伯爵夫人。她连忙带着还在家里的孩子一起赶到了阿斯塔波沃，但此时的他病得实在太厉害了，人们认为或许还是不要把妻子的到来告知他比较好，也不让她进入他暂住的小屋。他患病的消息得到了世界范围的关注。在那一周之间,阿斯塔波沃车站时常挤满了政府代表、警察、铁路官员、新闻记者、摄影师之类各色人等。他们把火车车厢移出轨道当成临时住所,当地的电报局更是几乎不堪重负。托尔斯泰就这样在众目睽睽之下逐渐走向人生的终点。更多的医生纷纷赶到此地,他最终过世时身边总共有五位医生照料。他的精神时常陷入错乱,但在神志清醒的时候,他担心的却还是索尼娅,他依然相信妻子还待在家里,不知道他身处何方。他知道自己快要死了。他曾经非常畏惧死亡,但是现在他再也不会恐惧了。"一切就要结束了,"他说,"可是没关系的。"他的病情越发严重,但他在昏迷中依然高喊着:"逃吧!逃吧!"最后索尼娅终于获准进入他的房间。此时的他已经昏迷不醒了。她跪在地上,吻了吻他的手;他叹了口气,然而并没有任何迹象表明他知道妻子来了。一九一〇年十一月七日,周日,清晨六点刚过几分,托尔斯泰离开了人世。

5

托尔斯泰开始撰写《战争与和平》时三十六岁。那是创作这样一部巨著的绝佳年龄。作家在这个年龄应该对自己的技法与能力有了充分的认识,拥有了相对广泛的人生经验,而此时的他思想依旧具有充足的活力,创造力也处于巅峰状态。托尔斯泰选取叙述的时代是拿破仑战争时期,而故事的高潮部分则涉及拿破仑对俄国的入侵、莫斯科大火,以及法军的退却和溃败。他动笔之前原本只是想写一个贵族家庭的生活故事,历史事件本身只发挥背景的功能。故事中的人物将会体验一系列注定对他们的精神造成深远影响的经历,但是在历经诸多苦难之后,他们终将拥有平静而幸福的生活。托尔斯泰是在着手写作之后才将重点越来越多地转移到交战双方之间宏大的战事之上，并由此构思出了那种被颇有些庄重地称为历史哲学的思路。不久之前，以赛亚·伯林先生出版了一本有趣且颇具启发意义的小册子，名叫《刺猬与狐狸》，他在书中指出，在我眼下不得不予以简述的小说主题这一方面，托尔斯泰的思路受到了一本名为《圣彼得堡的夜晚》的著作启发，此书的作者约瑟夫·德·迈斯特是一位杰出的外交家。这么说绝非对托尔斯泰能力的诋毁，小说家的工作不是创造思想，而是塑造作为思想载体的人物。思想就在那里，它的存在就像人类本身、他们生活的城乡环境、他们生活中经历的种种事件，以及他们关心介意的一切一样，小说家都可以将它们拿来服务于自己艺术创作的目的。读过伯林先生的书之后，我感觉自己必须读一读《圣彼得堡的夜晚》这本书了。德·迈斯特用了三页的篇幅阐述了对托尔斯泰在《战争与和平》尾声的第二卷中精心提炼的观点，而其中的要点就是这么一句话："让战争走向失败的是观念，带来胜利的也是观念。"托尔斯泰在高加索和塞瓦斯托波尔都亲眼看见过战争，他的亲身经历使得他能够生动地描写小说中各位人物所经历的各色战争场面。他的观察与迈斯特的观点十分相似。然而他所写的内容更加冗长，有时还有些混乱。在我看来，他的观点还是在穿插于故事当中的只言片语和安德烈公爵的思考中体现得更好，也让读者更容易理解。说到这里我不得不再插一句，这种做法也是小说家想要传达自己思想时最恰当的方式。

托尔斯泰的观点认为，考虑到偶然情况、未知力量、判断失误，以及无法预料的意外等等因素，世界上根本不可能存在什么精确的战争艺术，因此更不可能存在什么所谓的军事天才。影响历史进程的绝不是人们广泛以为的伟人之类，而是一种纵贯诸国、在不知不觉间将他们引向胜利或者失败的隐秘力量。统领军队之人所处的位置正像是一匹被套在马车上、正朝着下坡的方向疾驰的快马——到了某些特定的时刻之后,马儿就已经完全分不清到底是自己在拉着马车前进,还是身后的马车逼迫着它只能不断向前跑了。拿破仑能打胜仗,依靠的并不是他的战略思想,也不是他庞大的军队,因为局势的变化和传递的不及时,他的命令并没有做到令出必行;他能取胜是因为敌军此时深信败局已定,因此主动放弃了战场。战争的结局取决于一千个不可预料的可能性,其中任意一个都有可能在某个瞬间起到决定性的作用。"仅就其自由意志发挥的作用而言,拿破仑和亚历山大的作为对某事能够达成何种结果的影响,并不会比一个新征召进来给他们打仗的列兵大多少。""那些所谓的伟人实际上只不过是历史的标签,他们为历史事件挂上自己姓名,然而他们与真相之间的联系或许还不如标签与内容之间的关系紧密。"在托尔斯泰看来,这些伟人不过是被时势裹挟的泥塑木雕,这种永恒的动量他们既无力掌控也无法抗拒。他这种观点的确有些令人迷惑。至少我没有看出他是如何让"命中注定、无法抗拒的必然性"与"反复无常的偶然"协调一致的;因为当命运推门走进来的时候,偶然的机会早就翻窗户逃跑了。

人们很难抗拒这样一种印象:托尔斯泰的"历史哲学"至少在一部分上来源于他贬低拿破仑的愿望。拿破仑本人的形象很少在《战争与和平》的故事中出现,即便在出现的时候,他也显得卑劣、轻信、愚蠢且荒唐。托尔斯泰称他为"历史之中一件渺小的工具,他从未展露过任何男子汉的尊严,哪怕是在流放期间都是如此"。俄国人居然也把他当成大人物,这让托尔斯泰愤慨不已:他甚至连马都骑不好。我认为有必要在此处将我们当前的话题暂停一下。法国大革命为许多像这位科西嘉律师的儿子一样聪明而有野心的年轻人创造了出人头地的机会,而人们不禁要问:为什么偏偏是这个貌不惊人、无钱无权，还操着一口外国口音的小伙子一路走到了最后，拿下了一场又一场的胜利，成为统治法国的独裁者，最终甚至将半个欧洲都纳入麾下？假如你看到一位桥牌选手在国际比赛中获得了胜利，那么你或许会将这场胜利归功于他的好运气，或者搭档的出色表现；不过如果不论这位选手与谁组队，他都能在几年之内一再取胜的话，那我们毫无疑问还是直接承认他在这项运动上拥有独特的能力和卓越的才华比较好，就没必要再说他的胜利完全是此前一系列偶然事件巨大的不可抗力所致了。我们不难想到，一名伟大的将领应当也像优秀的桥牌选手一样，将素养、知识、天赋、勇气、审时度势的直觉与判断敌手心理的直觉集于一身。拿破仑当然拥有时势之利，倘若要否定他具备利用天时地利的才能，只能说是纯属偏见了。

然而这一点并不会有损于《战争与和平》的力量和趣味。书中的叙事推着你前进，如同罗讷河的湍流在日内瓦汇入平静的莱蒙湖。据说全书中总共有接近五百个角色，而这么多人物居然全部坚实地立住了，这可实在是一项了不起的成就。与绝大多数小说不同，《战争与和平》的关注点并非只在两三个乃至于一小群角色上，它关注的是四个贵族家庭的所有成员：罗斯托夫家族、保尔康斯基家族、库拉金家族以及别祖霍夫家族。如同书名所写的那样，这部小说探讨的命题就是战争与和平，这是用以展现书中人物命运的大背景，并且与之形成了尖锐的对比。当小说家作品的主题要求他们必须同时处理一系列彼此差异巨大的事件和多组人物时，他们必须应对的困难之一就是如何让各个事件或各组人物之间的过渡关系显得真实可信，让读者能够轻松地接受这一切。这一点若是做得好，读者就会感觉自己已经被告知了有关人物和环境所应当知道的一切，于是也更愿意去了解还不为他们所知的人物与环境。总体而言，托尔斯泰成功地完成了这个任务，他的技巧也着实高明，甚至能让读者感觉自己所遵循的只是一条单一的叙事线索而已。

就像所有小说家一样，托尔斯泰也是参考着自己认识或听说过的真人来构思书中人物的，不过看起来他似乎不仅以这些人物作为发挥想象力的模板，还在作品中忠实地描绘了他们的肖像。挥霍无度的罗斯托夫伯爵正是他祖父的写照，尼古拉·罗斯托夫是他的父亲，而那位相貌丑陋、既可怜又迷人的玛丽娅公爵小姐则是他的母亲。也有些人认为，托尔斯泰在创作彼埃尔·别祖霍夫和安德烈·保尔康斯基公爵这两个角色时参照的都是他自己。如果这一点属实的话，那么假如我们推测托尔斯泰意识到了自身的矛盾之处，并试图通过以自己为原型塑造两个截然相反的人物来增进对自身性格的探究与理解，想来也不是完全没有依据的。

彼埃尔和安德烈公爵都爱上了罗斯托夫伯爵的小女儿娜塔莎，托尔斯泰也把她塑造成了小说中最惹人喜爱的女性角色。没有什么比描写一个既有趣又迷人的年轻姑娘更难的了。一般来说，小说里的女孩子要么苍白无趣（比如《名利场》里的阿米莉亚）、骄傲自负（比如《曼斯菲尔德庄园》中的范妮）、卖弄小聪明（比如《利己主义者》中的康斯坦尼娅·达累姆），要么是个小傻瓜（比如《大卫·科波菲尔》中的朵拉），傻乎乎地卖弄风情，或者单纯得让人难以置信。她们在小说家手中无疑是十分尴尬的对象，这点其实也是可以理解的，因为正值妙龄的她们性格还没有得到充分的发展。与此同理的是，画家若是想把一副面孔画得有趣，也只有在生命、思考、爱情与苦难的变迁为这张脸赋予性格之后才能做到。为少女绘制肖像时，他们能做到的最好也不过是描绘她们的青春与美貌。但是娜塔莎这个形象是完全自然的。她甜美、敏感而富有同情心，既孩子气又已经有了些女人味，她理想主义，性格急躁，热心、固执、反复无常,在各个方面都十分迷人。托尔斯泰塑造了诸多女性角色,她们的形象都非常真实,但是没有一个像娜塔莎一样赢得了那么多读者的喜爱。她的原型参考了托尔斯泰的妻妹塔尼娅·别尔斯,他深深地为她着迷,就像狄更斯倾心于自己妻子的妹妹玛丽·贺加斯一样。这可真是个令人深思的巧合呀!

托尔斯泰将自己对生命的意义与目的那热烈的探求之心寄托在了深爱着娜塔莎的两个男人身上。安德烈公爵将这一点体现得更为明确。他可以说是彼时俄国普遍现实的产物。他十分富有,坐拥庞大的地产,还拥有一大群农奴,他不光可以强迫这群人劳动,要是哪个惹得他不高兴,他可以把他脱光衣服鞭打一顿,把他的老婆孩子从身边抢走,再扔到部队里去当兵。倘若他看上了哪个姑娘或者媳妇,他还能直接把她叫来供自己取乐。安德烈公爵相貌英俊,他长着轮廓鲜明的面庞、慵懒的双眼,还带着一副百无聊赖的神情。实际上他正是浪漫派小说中那种典型的"阴郁美男子"。他为人勇敢,为自己的出身和地位深感自豪;他品格高尚,同时也心高气傲、独断专行、心胸狭隘、不通情理。对于与自己身份相同的人,他的态度冷淡而傲慢,对身份低于自己的人则表现得既和善又有些屈尊俯就的派头。他富有才智,颇有些想要出人头地的野心。托尔斯泰如此巧妙地描写道:"安德烈公爵总是特别热心地支持年轻人,帮助他们在上流社会获得成功。在帮助别人的借口下——尽管他出于高傲,自己永远不会接受这样的帮助——他可以置身于高层,那是可以提供成功的机遇并吸引他的地方。"[1]

彼埃尔是个更加难以捉摸的人物。他身材高大,相貌丑陋,身材肥胖,因为严重的近视而不得不戴眼镜。他的食量和酒量都很

---

[1] 娄自良译。

大，很有女人缘。他笨拙而不怎么得体，但是天性善良、诚恳真挚、温和体贴、毫无私心，认识他的人很难不喜欢上他。他出手很阔绰，任由一群曲意逢迎的食客从自己腰包里掏钱，完全不在意这种人是否值得交往。他喜欢赌博，他所属的莫斯科贵族俱乐部的其他会员却毫不留情地对他出老千。他稀里糊涂地早早结了婚，妻子是个美丽的女人，但是她嫁给他只是为了钱，还寡廉鲜耻地和别人私通。和妻子的情人进行过一场荒唐的决斗以后，彼埃尔离开她去了彼得堡。他在路上偶然遇到了一位神秘的老人，这位老者实际上是共济会的成员。彼埃尔在攀谈间坦承自己不相信上帝。而这位共济会士答道："如果世界上没有他，那我们就不会谈到他。"[1] 接下来他又向彼埃尔介绍了所谓上帝存在的本体论证明的基本信息。这种观点是坎特伯雷大主教安塞姆提出来的，其内容如下：我们将上帝定义为思想领域最伟大的个体，而思想之中最伟大的个体必然存在，如果它并不存在的话，就必定存在一个同样伟大且实际存在的个体，并且这个个体必将更加伟大。由此可以推出上帝一定存在。这一论证遭到了托马斯·阿奎那的否定，康德更是把它彻底推翻了，但是它说服了彼埃尔。在彼得堡落脚不久之后，他就加入了共济会。当然，在小说之中，不论是物质上还是精神中的事件都必须尽量精简，不然小说就永远写不完了：一场旷日持久的战争必须在一两页的篇幅中描述清楚，除了作者认为最为重要的部分之外，其余内容都应当直接删去，观念上的改变也是如此处理的。不过我感觉托尔斯泰在这一点上的处理有些过了，彼埃尔的转变过于突兀，这让他的形象显得异常肤浅。作为这一转变的结果，他渴望抛弃之前放荡的生活，决定返回庄园，释放自己的农奴，全心全意为他们

---

[1] 娄自良译。

谋福利。然而就像赌友欺骗他一样，他又受到了管家的蒙骗，所有善意的尝试最终都以挫败告终。由于缺乏毅力，他的慈善计划大多落了空，他又过回了原本那种闲散的生活。他对共济会的热情也日益减退，因为他发现同仁们对它的认识只局限于仪轨与形式，而许多人依附于共济会"只是为了与富人结交并从中捞点好处"。失望又疲惫的他又捡起了以往那种酗酒赌钱、到处乱搞的习气。

彼埃尔很清楚自己的缺点，并且对它们非常痛恨，可是他也缺乏改正这些缺点的决心与毅力。他的确是个谦虚、仁慈、善良的人，然而他也出奇地缺乏常识。在波罗金诺战役中，他的表现可以说是荒唐透顶。虽然只不过是一介平民，他却驾着马车冲向战场，挡了所有人的道，给所有人添了不少恼人的麻烦，最后又为了保命一逃了之了。莫斯科大疏散的时候他却留了下来，被作为纵火犯逮捕，甚至还被判了死刑。后来虽然被赦免了死罪，他还是蹲了监狱。法国军队开始那场灾难性的退却之后，他原本和其他凡人一起被押解着同行，最后才被一群游击队员解救出来。

想要搞明白应该如何看待他这么一个人物是很难的。他善良而谦逊，性格温和可亲，但他同时也软弱得可怕。我敢肯定这个人物在塑造上十分贴近真实。并且认为应当把他视作《战争与和平》的男主人公，因为是他在最后娶到了迷人又称心的娜塔莎。我猜托尔斯泰应该很喜欢他，因为他描写这个角色的笔触总是带着温柔和同情，但是我不知道是不是真的有必要把他写得这么傻。

《战争与和平》是一部篇幅巨大的作品，它的创作也耗费了很长的时间，因此作者的灵感偶尔不济也是在所难免的。在小说的结尾部分，托尔斯泰详尽地描述了拿破仑的军队从莫斯科撤军直至走向覆灭的经过，这一段冗长的叙述无疑是很有必要的，但是它却存在着一个弊端：除非读者对那段历史极其无知，否则这就是把诸多他们早就知道的事情再告诉他们一遍。结果就是让故事缺乏悬念，而悬念正是让读者急于翻开下一页看看之后发生了什么的要素；于是不论托尔斯泰提及的事件有多么悲壮、凄惨或是富有戏剧性，读者都会感觉有些不耐烦。他用这些章节串联了一系列零碎的细节，让此前在剧情中淡出的人物再次出现在读者的视野之中，不过我认为他最主要的目的还是要引出一个全新的人物，此人对彼埃尔精神世界的发展有着重要的作用。

这个角色就是彼埃尔的狱友普拉东·卡拉塔耶夫，他是个因为盗窃木材而被判在军中服役的农奴。在小说创作的时代，他正属于俄罗斯知识界密切关注的那一类人群。这群知识分子生活在严酷的专制统治之下，十分了解贵族生活的空洞琐屑，以及商人阶级的傲慢与狭隘，因此他们相信拯救俄国的希望寄托在这些饱受践踏与凌虐的农民身上。托尔斯泰在《忏悔录》中告诉过我们，对自身所属的阶级深感绝望的人，是如何试图从那些老信徒身上寻觅能够为生命赋予意义的善良和信仰的。然而毫无疑问的是，既然有坏地主也有好地主，商人中也既有奸商也又诚实的良商，那么农民之中自然也有好有坏。认定只有农民才拥有美德无疑只是一种文学化的想象而已。

托尔斯泰对这位普通士兵的刻画算得上是《战争与和平》中最成功的人物描写之一了。彼埃尔会被他吸引也实在是再正常不过。普拉东·卡拉塔耶夫爱着所有人，他全无私心，以高亢的精神忍受着一切艰难险阻，同时性情可爱，品行高尚。而彼埃尔一如既往地是个极易受他人影响的人，他看到了普拉东身上的善良，并且自己也开始重新相信善良："于是他感到，在他的心里，此前被摧毁的世界现在以新的美好的面貌，在新的不可动摇的基础上正在建立起来。"[1]从普拉东·卡拉塔耶夫身上彼埃尔认识到了这么一点:"凡人的幸福只能在内心之中寻得,它的来源是对人类最基本需要的满足,引发不满的并不是困乏,而是富足,生命中并没有真正难以面对的困境。"到了最后,他发现自己的心灵终于拥有了此前徒劳寻觅多时的宁静与祥和。

假如有些读者觉得托尔斯泰对撤军那一部分的描写没什么意思的话,小说尾声的第一卷必然能弥补他们的遗憾。那实在称得上是一个伟大的创举。

把该讲的故事讲完之后,老一辈的小说家往往习惯于向读者交代主要人物身上又发生了什么。读者会得知男女主人公幸福地生活在一起,家境殷实,还生了多少多少个孩子;而反面角色如果没有在结尾之前被干掉的话,就一定会生活在困窘之中,还娶了个唠叨多事的老婆,这就是所谓的恶有恶报。不过这往往是寥寥一两页的敷衍了事,会让读者感觉那是作者为了安慰他们的情绪不屑地丢过来的玩意儿。然而托尔斯泰坚持要让自己小说的尾声部分同样具有真正的价值。七年时间过去了,我们被他引领着来到尼古拉·罗斯托夫的家里,他已经娶了一位富有的妻子,还有了几个孩子。安德烈公爵在波罗金诺战役中受了重伤,尼古拉的妻子正是他的妹妹。彼埃尔的妻子非常"方便"地死于法军入侵时期,这样他就可以顺利地与自己深爱的娜塔莎结婚了。这对夫妻也有了孩子,彼此也十分恩爱,然而他们居然变得那么平庸,那么无趣!在经历过那么多危险、伤痛和困苦之后,他们满足于安逸的中年生活之中。那个甜美可爱、难以捉摸、讨人喜欢的娜塔莎,如今却成了一个大惊小怪、挑剔暴躁的家庭主妇。英勇侠

---

[1] 娄自良译。

义、热情高亢的尼古拉·罗斯托夫也变成了一个固执己见的乡绅；彼埃尔比以前更胖了，他依然温柔而善良，可是完全没有变得聪明一些。这个大团圆结局实际上相当可悲。

但是在我看来，托尔斯泰如此描写并非出于怨恨或恶意，而是因为他知道结局必然如此，而他必须讲述真相。

03

怎样思考就有怎样的人生
How the mind shapes the life

我发现读哲学很有趣

引领我进入哲学领域的是库诺·费舍尔，我在海德堡大学听过他的讲座。他在当地久负盛名，而那年冬天他刚好在大学讲授一系列以叔本华为主题的课程。当时去听讲座的人非常多，所以必须提前排队才能占到好位置。费舍尔衣装整洁，身材矮壮结实，他长着子弹一样椭圆的脑袋，脸膛泛红，一头白发梳理得整整齐齐，小小的双眼机敏而明亮。他还长了一个又大又圆的塌鼻子，看起来有些滑稽，就像是被人狠狠打过一拳一样，这让他看起来更像是个退了休的职业拳击手，而不是哲学家。费舍尔是一位非常幽默的人，他写过一本关于风趣谈吐的书，而当时我刚好也在读那部作品，不过里面的内容如今我已经完全忘记了。每当他在授课中讲起笑话的时候，台下听讲的学生们都会被逗得哄堂大笑。他的声音洪亮有力，演讲风格生动而富有感染力，令人印象深刻。但是当时的我太年轻、太无知了，所以他讲的许多东西我都无法理解，但我还是对叔本华那古怪而独特的个性，还有他的哲学体系中生动与浪漫的特质留下了清晰而深刻的印象。如今时隔多年，我不打算再对当时的课程做出更多陈述，但是在我看来，库诺·费舍尔似乎将叔本华的著作视为艺术作品，而不是对形而上学的严谨阐释。

自此之后，我读了许多哲学方面的著作，并且发现哲学读起来非常有趣。诚然，对于将阅读视作一种需求和娱乐的读者来说，在数量庞大的各类读物中，哲学著作无疑是最为丰富、多样且令人满足的。古希腊文明令人惊叹，但是考虑到以上因素的话，它在作品的数量上略显不足。留存至今的古希腊文献并不多，所以你用不了多久就能读完所有文学作品和相关著作。意大利的文艺复兴时代也十分迷人，但是相比之下它所涉及的主题过于狭小，其中蕴含的思想也不多，所以你很快就会对那些文艺作品丧失兴趣，因为它们在创造性上的价值早已随着时间流逝而消磨殆尽，只能给人留下优雅、迷人而工整的印象（而这些特质如今早已屡见不鲜）。你也很快会对那些艺术家感到厌倦，因为他们的才华也难免流于千篇一律。这一时期倒是有足量的作品供人阅读，你几乎可以无休无止地阅读下去，不过早在读完这一时代所有作品之前，你的兴致就被消磨光了。法国大革命是另一个引人入胜的题材，它的一个显著优点便是更具有现实性。它在时间上与我们相当接近，因此甚至不需要很多想象力，我们就可以将自己代入革命者的世界之中。他们几乎称得上是与我们同时代的人，而且他们的行为与思想影响着我们今日的生活，某种角度上说，我们都是法国大革命的后继之人。有关这一时代的素材非常多，与法国大革命相关的文献更是数不胜数，并且不断有新作品涌现。你永远能找到新鲜有趣的作品来读，但这不能令人满意。诞生于法国大革命时代的许多文艺作品在价值上都无足轻重，因此你不得不转而去研究这些作品的创作者，但是你了解得越多，他们的庸俗和琐屑就越会使你感到失望。在世界历史这个舞台上，法国大革命无疑是最重要的几部大剧之一，然而可惜的是，许多演员的演技实在是很难与他们的角色相匹配。所以你最终还是会带着一丝厌恶放弃这个题材。

然而哲学永远不会让你失望。因为你永远无法望及这一领域的边界，它就像人类的灵魂一样多样。这个领域又具有伟大之处，因为它所探讨的是知识的全部；它探讨宇宙、神祇与永恒；探讨人类理智的特性、人类的力量与其局限，以及生命的终结与意义。当人们在这神秘而晦暗的世界上前行时，哲学即使不能解答困扰他们的种种问题，也至少能说服他们以幽默的方式开解自己的无知。哲学予人勇气，也教人适时退避。哲学既满足想象，也令心智愉悦，而且对于初学者而言尤其是这样。我相信与专业人士相比，以哲学消磨闲散时光的业余爱好者反而能感受到更加甜美的乐趣。

库诺·费舍尔的讲座给了我很大启迪，让我开始阅读叔本华的著作，并一步一步地几乎读完了所有伟大的古典哲学家的重要作品。虽然这些作品中有许多内容我不是十分明白，而就算是那些我已经自以为理解了的东西，也许我的理解也根本没有达到我自己想象的程度，但我阅读时依旧满怀激情与兴趣。唯一让我觉得无聊的哲学家是黑格尔，而这无疑是我自己的问题，因为他对整个十九世纪的哲学思想都具有影响力，这无疑证明了他的重要性。我感觉他的行文非常啰唆烦冗，更难以忍受他的文字游戏，不论他试图用这些把戏来表明什么，我作为读者都绝对不会买他的账。或许我只是因为读了太多叔本华对黑格尔的嘲讽，并由此对后者产生了偏见。但是除了他之外，普拉东及其之后的哲学家我都能够身心投入地逐一阅读，就像是旅人畅快地在未知的国度中探索一样。我并不会批判性地阅读哲学作品，而是像读小说一样，为了寻求刺激和愉悦来阅读（我早就坦白过，我读小说并非为了寻求指引，而只是为了获得乐趣，希望各位读者多多包涵）。我一向乐于研究人们的个性，而审视这些作者的自我剖析与揭示往往给我带来莫大的乐趣。这让我得以看到各种哲学理论背后的人，他们的高贵品格让我心生崇敬，而他们的古怪之处也让会让我觉得好笑。我头晕目眩地追随着普罗提诺从孤寂走向孤寂，并因此喜悦不已。尽管我深知笛卡儿在合理的前提下得出了荒谬的结论，他简洁的文辞依然让我为之折服。阅读笛卡尔的作品就像是在澄澈见底的湖中游泳，清澈的湖水晶莹剔透，令人心旷神怡。而我认为初次阅读斯宾诺莎是我人生中最重要的阅读体验之一，他的作品让人心中充满狂喜与庄严交织的力量，如同仰望连绵巍峨的庞大山脉。

当我开始读英国哲学家的作品时，我的心中带着一点偏见。因为我曾在德国了解到，除了休谟之外，这些英国哲学家都不值一哂。但随着阅读，我发现这些人除了是哲学家之外，也是罕见的优秀的作家。尽管他们可能不是伟大的思想家，这一点我也没资格去评判，但是他们的确是很勇于探索的人。在我看来，绝大多数人在读到霍布斯的《利维坦》的时候都会被作者那简单直率的英国作风所吸引，当然，每个人在读到贝克莱的《海拉斯与斐洛诺斯哲学对话三篇》的时候也会沉醉在大主教的魅力之中。尽管康德可能真的驳倒过休谟的哲学理论，但是我认为休谟将哲学作品写得这般雅致清晰，也是十分难得的。包括洛克在内，他们所有人都将英语运用得如此之好，所以后来学生研习文风时务必要向他们好好学习。每当我开始写小说之前，我就会再读一遍《坎戴德》，这样一来，我心中便知道明朗、优雅、风趣的语言该是什么样了。在我看来，今日的英国哲学家们在写作前，不妨都去看一看休谟的《人性论》，因为现在的他们并非总是有出色的作品。也许是他们的想法要比前人更加微妙，所以他们不得不自己创造出一个术语来表达自己的意思，但这样做是很危险的。如果这些哲学家在阐述一些和所有懂得思考的人密切相关的问题时，只能使用自创的术语而无法让所有读者都理解清楚，这多么令人遗憾啊。据说，怀特海德教授是哲学界最具天赋的人物。可惜的是，他并没有试图让自己的想法尽量得到清晰的表达。斯宾诺莎坚持的准则就很好，当他在说明事物的属性时，使用词语的含义总是不会与该词语的本意相背离。

没有一本一劳永逸的书

成为一名医科学生之后，我进入了一个全新的世界。我阅读了许多医学著作，这些书本告诉我，人只不过是遵循机械法则运转的机器，一旦这台机器不再运转，人的生命也就走到了尽头。我在医院中见证了许多人的死亡，这让我不得不在惊恐中承认，书本教给我的内容是真实的。我一度满足于这样的念头：宗教与神祇的观念都是人类在演化过程中构想出来的，而这种观念在过去一度对人类这一物种的存续具有重要的作用——或许如今这一作用也并未失去价值——但我们只能在历史层面对它进行解释，而无法将其与任何现实存在建立联系。虽然我自认为不可知论者，但是在内心深处，我认为上帝只不过是一种假设，任何足够理智的人都应该予以拒绝。

然而如果那个将我投入永恒之火的上帝并不存在，而注定被永恒之火吞噬的灵魂也是子虚乌有；如果我只不过是生存竞争推动下机械力量的玩物，那么人们反复教导我的"善"看起来似乎便不再具有意义了。于是我开始阅读伦理学。在满怀敬意地艰难读完一部部令人生畏的巨著后，我得出了这样一个结论：人生唯一的目的就是自己追求欢愉，而人们舍己为人的行为也只不过是一种幻想与假象，它会让人相信，自己追求的是个人的满足之外的东西。既然未来无法预料，那么及时行乐理应成为一种共识。我认定"是"与"非"仅仅是两个词语，而所谓的行为准则也只不过是人们各自出于自私的目的而约定的一种习俗。除非这些规则不会带来不便，否则自由的人没有理由一定要遵循它们。那年头格言警句风行一时，在一次同样颇有警世格言风格的契机之下，我把这个结论也编成了一条格言："想去哪里就去哪里，记得警察在拐角盯着就好。"二十四岁那年，我已经建立起一套完整的哲学体系。它基于两条基本原则：事物的相对性，以及人的"圆周性"。不过我后来才意识到，事物的相对性并不是什么新发现。而人的"圆周性"倒是可能有其深刻之处，但是我现在就算绞尽脑汁拼命回忆，也想不起它到底是什么意思了。

在一次偶然的契机下，我在阿纳托尔·法朗士的《文学生涯》中读到了一个非常吸引我的小故事，虽然那是多年之前的事情了，但我至今还记得故事的大致内容：在东方有一位新近登基的年轻君王，他迫不及待地想要寻求治国之道，于是便派遣全国所有贤者去世界各地寻求知识与智慧，并将它们编纂成册供他阅读与学习。贤士们领命而去，三十年后，他们用驼队带回了五千册典籍。贤士们告诉国王，他们从人类的历史与命运里精炼出一切智慧凝聚在这五千册书籍之中。但国王忙于国事，没有时间去阅读这样多的书，所以他命令贤士们对收集来的知识予以精选。十五年后，贤士们回来了，这一次他们的骆驼背上只带着五百册书。陛下读完这五百册书，便能尽知天下智慧，他们对国王如此禀告。然而五百册还是太多了。于是他们再次奉命对书籍进行精简。十年过去，贤士们带着五十册书回来了，但此时国王已经垂垂老矣，虽然五十册并不多，他也没有精力去读了。于是他再次向贤士们下令，要他们在一册书中囊括人类智慧的精华，这样至少他在人生即将走向终结之时还能得到最迫切需求的知识。贤士们奉命而去，五年之后，老迈不堪的贤士们终于为国王带来了那一册苦心编纂而成的典籍，但国王如今已是行将就木，连这一本书也来不及读了。

我也想要找到这样一本书，它能一劳永逸地解答一切困扰我的疑问，让我得以在消除一切困惑之后放手去构建自己的生活模式。于是我一部接一部地阅读各种著作，从古典哲学家读到现代哲学家，希望能够找到这样一本书。但是我发现自己难以完全认同他们的观点。对我而言，他们著作中的批判部分固然十分具有说服力，但其中建设性的部分则不然，我虽然说不出具体问题何在，却总是觉得它不能让我彻底信服。在我的印象中，不论抱持着何种学识与逻辑、不论他们具体属于哪一种分类之下，哲学家们接受某一观念往往并非理性思考的结果，而是因为他们各自的气质迫使他们接受。若非如此，我就很难理解他们彼此之间为何具有如此深刻的迟疑了。虽然我已经想不起是在哪里读到的了，但我记得费希特说过，一个人奉行何种哲学观念取决于他是怎样的一个人。这句话让我意识到，我寻求的东西或许是永远不可能找到的。既然在哲学之中不存在每个人都能够接受的普遍真理，而人们只能够认同符合其个人气质与性格的真理，那么我唯一能做的也就是缩小寻找的范围，转而去寻找一位气质与我相似、因此其理论也更适合我的哲学家。这样一位哲学家一定能为我的疑问作出令我满意的解答，因为也只有这些解答能符合我的口味了。

有一段时间，我对实用主义产生了浓厚的兴趣。因此我阅读了不少英国知名学府的学术巨头的相关著作，但我从这些著作中得到的收获却没有预期中的多。这些学者过于在意绅士风度，以至于无法成为一流的哲学家，我实在忍不住揣测，因为他们惧怕冒犯同侪、影响自己的社会关系，才无法将观点推导向符合逻辑的结论。实用主义哲学家往往充满活力，生机勃勃，而且其中最重要的几位都拥有高超的写作技巧，他们深入浅出地解答了不少我此前一直毫无头绪的问题。但是我始终不能像他们一样相信真理是人们为了满足实际需求塑造而成的,哪怕我很希望自己能做到这一点。在我看来,感知材料是一切知识的基础,而不论它是否方便或有用,这一点都是客观存在且必须被接受的。除此之外,实用主义哲学家们认为,如果我因为相信上帝的存在而得到了慰藉,那么上帝就是存在的,这种观点也让我觉得有些不舒服。于是我最终对实用主义失去了兴趣。柏格森的作品本身在我读来非常有趣,但他的观点却让人难以信服,本尼迪托·克罗齐的著作也不怎么合我的心意。不过在另一方面,我发现伯特兰·罗素是一位十分符合我喜好的作家,他的文风优美,行文也清晰易懂。我满怀敬意地阅读他的作品,并且很愿意将他当作我一直以来寻觅的导师。因为他不仅拥有渊博且世俗的知识与常识,还对于人类的弱点抱持着宽容的态度。但我很快发现,他缺乏作为导师所需的方向性,因为他的思路一向跳跃不定。罗素就像是一个建筑师,当你打算建造一所房屋时,他会先建议你用砖头当材料,又用各种理由来证明为什么石头盖房比砖头更好;而当你决定改用石头之后,他又开始用同样充足的理由向你说明钢筋水泥的各种好处;哪怕此时你连可以遮风挡雨的容身之所都没有。我想要的是一种像布拉德雷的体系一样的、首尾连贯且能够自圆其说的体系,其中的每一部分都应当彼此紧密相连,不容分割,也无法改动,不然整个体系都会分崩离析。而伯特兰·罗素并不能为我提供这样的体系。

这让我最终得出了这样一个结论:我永远都不可能找到这样一本唯一、完整且令人满意的书,因为它只是我自身的一种表达。于是在冲动压过判断力的情形下,我做出了一个大胆的决定:我要自己来写这样一本书。所以我找来所有攻读哲学学位的研究生的必读书,开始一本接一本地精心研读,在我看来,这样至少能给我的写作奠定一个基础。我想，倘若我从这个基础出发，辅以我累积四十年的生活经验（这个念头诞生时我刚好四十岁），再加上我准备在接下来的几年中悉心阅读的一系列哲学著作，我应当有能力写出想象中的这本书。我知道除了我自己之外，这本书对于其他人不会有任何价值，顶多是一个热爱思辨的人的灵魂（我还在找更加贴切的词语，此处姑且先这样说）的写照，彰显出此人比职业哲学家拥有更加丰富多样的生活与经历而已。此外我同样清楚地知道，我在哲学思维上毫无天赋，因此我决定更为广泛地收集各种理论，这些理论不仅要能够满足我的心智，还要能满足在我看来比心智更加重要的东西——我所有的感情、直觉与根深蒂固的偏见，因为这些偏见与生俱来，与人密不可分，几乎不可能与直觉区分开来。以这些理论为素材，我就能建立一套只对我自己有效，并能够指引我人生之路的哲学体系。

但是我读得越多，就越发能够意识到这个目标是何其复杂，而我自己又是何等的傲慢无知。哲学杂志上的文章更是让我深感气馁，我在这些杂志中发现，许多重要的命题往往伴以篇幅惊人的讨论，而我虽然读得两眼一抹黑，却依然感到这些探讨十分琐碎。而文章中那些推理过程和论证方式、那些对每个观点的精密论证和对潜在的反面意见的反驳、那些对初次提及的术语的定义和处处可见的权威引用，都向我证明了一点：哲学——至少是当今的哲学——是只属于专业人士的事情，门外汉是无从企及其中的奥妙的。我至少需要再准备二十年，才能开始着手创作这本书，而等到它终于能够完成的时候，我大概也要像阿纳托尔·法朗士故事里的国王一样不久于人世了。对那时的我而言，此前所有的辛劳都再也不会有任何用处。

于是我放弃了这个念头。而如今我能拿来作为成果展示的也只有如下这几篇不成形的小文。我不会号称自己的观点有什么独创性，就连用来传达它们的文辞本身也没有独到之处，我就像是个衣衫褴褛的流浪汉，费尽苦心才给自己凑出来一身行头：裤子是好心的农妇施舍的，外套是稻草人身上扒下来的，不成对的鞋子是垃圾桶里翻出来的，头上戴的帽子则是在路边捡到的。这身衣服虽然破得补丁摞补丁，穿在流浪汉身上倒也舒适合体，不管这套行头有多难看，它们对于他来说都是最合适的。假如他与一位穿着入时的绅士擦肩而过，流浪汉当然会承认那位绅士看起来十分气派，他却不知道，假如自己换上了那一套整洁体面的好衣裳——新帽子、锃亮的皮鞋、时髦的蓝西装——那他是不是还能像穿着本来那一身破烂的时候一样轻松自在。

真、美、善之我见

人类的自私让他们不愿意接受生活本来就是毫无意义的，因此当他们不幸地发现，自己再也不能通过信仰某种更高的力量令自己得到满足的时候，他们便会竭力构建某些与自身的直接利益相关的价值观念来为生命赋予意义。古往今来的智者们在这些价值观念中选出了最具有代表性的三种，为了自己的利益而追求这三种目标似乎的确能让人生看起来具有某种意义。虽然它们毋庸置疑地具有生物学上的效用，但是从表面上看，这三种价值是超然物外的象征，它给人以追求它们可以将自己从人性的枷锁中解放出来的幻觉。当人们对自己生命的意义有所动摇时，这三种价值的高尚特性能够为他们增添信心，不论结果如何，追求这些价值的行为本身似乎就足以证明其努力的合理性。人类的生存是一片广袤的沙漠，而这三种价值就如同其中的绿洲，在沙漠中艰难跋涉的人们不知旅途的终点何在，于是便说服自己以这些绿洲为目标，让自己相信那是值得的，那里有着他们寻求的休憩与问题的答案。这三种价值就是真、美和善。

我一直有着这样一个想法："真"在这三种价值中得以获取一席之地，主要是凭借修辞上的原因。人们为真理赋予了许多伦理学上的品质，比如勇气、荣誉，以及独立的精神，不过虽然在人类追求真理的过程中这些品质往往得以展现，然而从效果上看，它们与真理本身并没有什么关联。人们在这些品质中寻得的是自我实现的绝好机会，不论付出什么代价，他们都想要牢牢抓住它，但此举却只关系到人们自身的利益，而非真理。如果真理确实是一种价值观，那是因为真理确实是真实的，而不是因为讲出真相是勇敢的。但真理只是一项用于判断的特征，因此也不难推测出它真正的价值在于以其为特征的判断，而不是真理本身，正如同连接两座繁华城市的桥梁要比两片贫瘠荒野之间的桥梁更加重要一样。如果真理的确是人生的终极价值之一，那么奇怪的是，似乎没有多少人能够清楚地理解真理究竟是什么。哲学家们依旧为真理的含义而争论不休，对立的各个流派的拥护者们依旧以冷嘲热讽彼此攻讦，在这种情形下，普通人必须将这些争论抛在一旁，只信奉满足于普通人的真理就好，而所谓普通人的真理，"是相当质朴的，它只不过是对自己心目中某些特殊存在的维护与肯定，只不过是对客观事实的基本陈述"。如果这也算是一种价值的话，那么人类或许就不得不承认，真理实在是诸多价值中最不受重视的一种了。那些探讨道德伦理的书籍总是列举大量事例来证明真理是能够以正当手段维护的，但这些书籍的作者们大可不必如此费心费力。因为古往今来的智者们早已确凿地证明了一点："所有真相说出来都没那么好听。"为了自己的虚荣、舒适与利益，人类往往倾向于牺牲真理。支撑人们生活的不是真理，而是装模作样的伪装，以及他们自己的理想主义。在我看来，人们不过是把真理的威名强加到他们用以满足其支付自信的幻想之上而已。

"美"的状况要略好一些。多年以来，我一直以为唯有"美"能让生命拥有意义。对人类在大地上一代代的延续而言，唯一的目标或许就是每隔一段时间便能有一位艺术家从其中诞生。我甚至一度断言，艺术作品是人类活动的最高成就，只有艺术能够最终证明人类的一切苦难、无休无止的混乱，以及令人沮丧的挣扎的合理性。所以只要米开朗琪罗能够画出西斯廷礼拜堂穹顶画那样的杰作，只要莎士比亚能够写出那些精妙的台词，只要济慈能够吟咏他的赞歌，那么其余百万人那从未被讲述过的生死与苦痛在我看来也都是有价值的了。虽然我后来收敛了这种狂妄的言论，将美好的生活也归为让生命拥有意义的艺术之一，但"美"依旧是我最为珍视的。不过如今我已经完全摒弃了这些理念。

首先，我发现"美"是一个完整的句号。面对美丽的事物时，我会发现自己除了欣赏与叹服之外完全无事可做。它带给我的感受固然美妙超凡，但是这种感受既无法保留，也不可能无限期地重复或延续下去，哪怕世上最美的东西最终都会让我厌倦。因而我意识到，具有实验性质的作品反而能给我带来更加持久的满足感，因为它们还没有达到十足的完善，所以还能给我留下一些发挥想象力的空间。而那些最伟大的艺术作品早已达到了十全十美的境地，我已经没有什么事情可以做了，而我躁动不安的内心早已厌烦了被动的注视与沉思。在我看来，美就像是山顶的制高点，当你终于攀登到那里时，你会发现除了转身下山之外无事可做。绝对的完美是无趣的，这正是生命中最大的讽刺之一：美固然是人人追求的目标，但它还是不被完全实现为好。

我想当我们谈论"美"的时候，我们谈到的是美在精神或物质层面上的对象，而且我们往往更加关注物质对象，因为它更能满足我们的审美需求。然而这却只能说明我们对美知之甚少，就像是想到水的时候只知道它是湿的一样。为了了解专业人士如何将"美"这一命题阐述得更为直白，我读了许多书，更结识了许多醉心艺术的人。但我不得不承认，不论是从书籍之中还是从这些友人身上，我都没有获得什么明显的裨益。此外还有一件让我不得不留意的怪事：评判"美"的标准永远没有定论。譬如博物馆中琳琅满目的展品，它们以某一特定时期的品位来说无疑是美丽的，然而如今看起来似乎就没有那么高的审美价值了。我一生中也目睹过不少诗歌与绘画的美感随着时间的流逝而消散，犹如灰白的晨霜消逝于初升的朝阳之下。虽然我们人类一向虚荣，但我们依然无法认同自己能够对美的标准做出最终判断，我们当下推崇备至的事物几乎是必然将被下一代人所鄙夷，而我们不屑一顾的东西或许反而会得到尊崇。我对此唯一的结论是："美"是基于每一代人的特定需求而相对存在的，而试图从我们认为美的事物中寻找绝对美丽的品质自然是徒劳无功。如果美的确是为生命赋予意义的价值观之一的话，那么这种价值是不断变迁并且无法分析的，因为我们注定无法感受到先祖曾经感受过的美丽，正如今日的我们嗅到的玫瑰花香与昔日玫瑰之香气终究有所不同。

我一度试图从专注美学的作家的著作里寻找，究竟是人性之中的哪一种特质让我们得以产生美的感受，而这种感受到底是什么。如今"审美本能"这种说法已经相当常见了，这个术语似乎将审美归于人类最基本的欲望之一，就像饥饿和性欲一样；但它同时也赋予审美本能某种特殊性，好让它满足哲学上对统一性的追求。按照这种说法，美学源于人类表达的本能、过剩的生命力，以及某种神秘的绝对感——至少我不知道这到底是什么。就我个人而言，我不会将美学视作一种本能，而倾向于将它视作一种身心状态，它的基础固然是某些强大的本能，却又结合了诸多人类经由演化而获得的特质，并且与生命的普遍特征密切相关。审美与性本能有着密切的关系，这一观点似乎既得到了事实的佐证：就像很多人都承认的那样，某些具有超凡审美品位的人在性爱这方面往往偏离常规，甚至有些极端或者乃至于病态。在我们的身心结构之中，或许的确存在着某种能让特定的旋律、音调与色彩对人类显得格外有吸引力的物质，或许的确有某种生理学上的因素在决定我们会将何种要素认定为美丽。但有时我们认定某一事物是美好的则是因为它能勾起我们的回忆，让我们想起特定的人、物或者地方——那些我们热爱过，或者随着光阴流转而平添了感伤的价值的存在。我们既会认为熟悉的事物是美的，也会因为被新生事物所惊艳而同样认同它的美好。这意味着不论是以相似或是差异的形式呈现，关联与联想都在审美感受中占有一席之地。只有通过联想才能解释丑陋的美学价值，我不知道是否有人研究过时间对美的诞生有何影响，我们随着年龄增长而逐渐发现事物的美好，这不仅仅是因为我们懂的更多了，也是因为流逝的岁月多多少少为某些事物增添了美感，我想这也解释了为什么某些如今大放异彩的作品在问世之初却无人问津。我一直认为济慈的赞歌在当下读来比当年他创作这些诗歌时更美，读者在这迷人的诗篇中寻得了慰藉与力量，而诗作本身也因他们的情感而越发丰满。审美感受不是什么具体且简单的事情，在我看来它反而极其复杂，并且是由多种多样且彼此并不和谐的要素构成的。

倘若一幅画作或一部交响曲能让你心中填满了情欲的兴奋，或是勾起一段早已遗忘的往事让你不禁落泪，又或是让你在浮想联翩中沐浴神秘的迷狂，而美学家认定你不应该因此受到感动的话，那很明显不是什么高论。因为你的确被感动了，而这些感受也就像平衡与聚合带来的，公正客观的满足感一样，属于审美感受不可或缺的一部分。

所以人在面对伟大的艺术作品时究竟应当作何反应呢？当一个人在卢浮宫看到提香的《埋葬基督》，或者听到《纽伦堡的工匠歌手》中的五重奏时，他应当有什么感受呢？我至少知道我自己的感受如何：那是一种令人欢欣的兴奋，它是理性的享受，同时洋溢着感官享乐的欢愉，让我觉得自己似乎获得了巨大力量，挣脱了人性的束缚，并因此感觉幸福而满足。与此同时，我还能感到心中涌出饱含人类同理心的柔情，让我平静且放松，又在精神上感到超然。诚然，有时当我凝视着某一件特别的画像或者雕塑、聆听着某一段特别的音乐，我心中强烈的情绪难以言表，只有神秘主义者描绘人神合一时惯用的言语才能描述这种感受。正是出于这种理由，我才认为与更为广大高远的现实之间的交融感并不是宗教人士的特权，通过祈祷与斋戒之外的手段同样可能获得这种体验。然而我也曾自问过这种情感究竟有何用途。当然，它能给人以愉悦，而愉悦本身自然是好的，但又是什么让这种感受高于普通的愉悦，以至于把它与愉悦相提并论都像是一种贬低呢？难道杰里米·边沁当真愚不可及？不然他又怎么会宣称每一种幸福感受彼此都大同小异，只要带来愉悦的程度相同，那么小孩子的玩闹就能和诗歌一样？神秘主义者倒是对这个问题做出了明确的回答：他们认为神秘的迷醉狂喜本身毫无意义，除非它可以磨砺人的性格、增进人们选择正确行为的能力——那种狂喜的价值在于实际效用。

我似乎命中注定要生活在对审美过度敏感的人们之中，但我在此所指的并不是从事创作的人：在我看来，创造艺术与享受艺术之间存在着巨大的差别。创作者之所以创作，是因为内心之中强烈的渴望促使他们通过创作将自身的性格外化，而如果他们的作品具有美感则纯属偶然，因为美本来就极少成为他们真实的目标。他们真正想做的是通过手中的笔、颜料或是黏土——通过他们各自擅长的种种手段——卸下灵魂背负的重担。而我此时想谈的则是那些以欣赏与思考艺术为人生大业的人。我在这些人身上极少发现令人赞赏之处，他们虚荣而自满，在处理实际事务时笨拙无能，却又鄙夷那些谦逊地履行自己朴素天职的人。他们只不过因为读过许多书，观赏过诸多画作，便以为自己高人一等；他们用艺术逃避生活的现实，盲目地鄙视一切寻常之物，甚至由此贬低人类基本行动的价值。他们和瘾君子没什么区别，甚至比瘾君子还要糟糕，因为瘾君子至少不会自视甚高、以高高在上的姿态俯视自己的同类。如同神秘主义的信仰与实践一样，艺术的价值也在于它的效用。如果艺术只能给人以愉悦，那么不管这种愉悦多么有灵性，它的功效都谈不上明显——甚至还不如一打牡蛎配上一品脱梦拉榭葡萄酒带来的效果显著。但是如果艺术是一种慰藉，那么它的作用就足够了，因为这个世界充满了无法避免的邪恶，倘若人们能够不时退缩进艺术之中寻求一些庇护的话，那也未尝不是一件好事；何况这并非逃避，而是为了汲取新的力量来面对那些艰险。如果一定要将艺术视作人生重要的价值之一，那么它必须教导人们谦逊、宽容、智慧和慷慨。艺术的真正价值不在于美，而在于正确的行动。

如果美的确是人生的价值之一，那么就很难相信使人能够鉴赏它的审美感性是属于某一个阶级的特权了。只有特定人群才拥有的感性居然是人类生活不可或缺的要素，这种观点更是几乎不可能令人信服。我不得不坦白，在我那愚蠢的青年时代里，我也一度以为艺术是一切人类活动的最高成就，是艺术让人类的存在拥有了意义（当时我将自然之美也归入艺术的范畴，因为我曾经确信——其实现在我也这么认为——自然之美也像绘画或者交响乐一样，属于人类创造的产物），我认定只有少数天选之人才有能力鉴赏艺术，这个想法曾经为我带来奇特的满足感。但如今这种观点却让我有如芒刺在背，我再也不相信美是只属于少数人的领地，而且我更倾向于相信，如果某种艺术只对接受过特定训练的少数人群有意义的话，那么它就和它所针对的那一小部分人一样不值一提。唯有人人都能欣赏的艺术才是伟大且有意义的，局限于小团体的艺术只不过是玩物而已。我不知道为什么要在古代艺术和现代艺术之间划出明确的界限。艺术就是艺术，艺术是活生生的，拘泥于某件艺术品在历史、文化或考古学上的关联，并试图以此为它赋予生命的行为毫无意义。雕刻一尊雕像的是古希腊人还是当代法国人都并不重要，重要的只是它会在此时此刻为我们带来审美上的震撼，而这种震撼又会激励我们的行动。如果艺术不是单纯的自我满足与放纵的话，那么它势必为你的性格增添力量，让你更加适合正确的行动。虽然我相当不喜欢以下这个结论，但我却不得不接受它：艺术作品的价值必须以它的成果作为评判标准，如果它无法带来好的成果，那么它便毫无价值可言。这是一个古怪的事实，它必须被视为事物本性的一部分，而且出于某种我也无法解释的缘故，艺术家只有在并非刻意而为的情形下才能达到这种效果，唯独在他没有意识到自己在宣讲什么的时候，他的说教才最为有效。就像虽然蜂蜡在人类手中有诸多用途，制造它的蜜蜂却对这一点毫不知情，它们生产蜂蜡完全是为了自己。

如此看来，似乎真和美都不能说拥有内在的价值了，那么善又如何呢？在探讨善之前，我首先想谈一谈爱。由于有些哲学家认为，因为爱能够对一切价值观兼容并包，所以它自然应当被视为人类最高的价值观念。柏拉图主义和基督教教义结合起来为爱赋予了一种神秘的意义。由"爱"这个字眼生发的联想为它增添了一种情感，让它比单纯的"善"更加激动人心。相比之下，善未免显得琐碎而无趣。但是爱却包含着两种不同的含义：一种是纯粹而简单的爱，也就是性爱，另一种则是仁爱与恩情。我想即便是柏拉图都不能对这两种爱作出严格的区分，在我看来，他似乎是将伴随着性爱而来的欢喜、力量感以及洋溢全身的活力感归因于另一种爱，也就是他所谓的"神圣之爱"，而我则倾向于把它称作仁爱，即便此举会让它不可避免地沾染上俗世爱情的种种缺陷。因为爱情会流逝，爱情会消亡，人生中最大的悲剧并不是失去生命，而是丧失去爱的能力。生命中最大的噩运莫过于你爱着的人不再爱你，而任何人对此都无能为力。当拉罗什富科发现，在一对相爱的人之间总会有一方主动去爱，而另一方只是等着被爱，他便用格言警句揭示出了这种不对等，并指出正是这种不对等阻碍了人们在爱情中获得完美的幸福。何况不管人们如何厌恶那个事实，不管人们多么急于否认它，爱情都是依赖于性腺的某种分泌物而存在的，这一点毋庸置疑。绝大多数人不可能一直因为同一个对象的刺激而持续分泌这种物质，而且随着时间的流逝，人们的性腺也会萎缩。但是人们在这个问题面前表现得异常虚伪，他们不愿意面对真相，只会自欺欺人，哪怕爱情已经逐渐消退为所谓的"坚定而持久的喜爱"，他们居然也能扬扬自得地欣然接受，就好像它和喜爱与爱情是一回事似的！"喜爱"的产生源于习惯、利益关系、生活的便利以及对陪伴的需求，它给人带来的并非喜悦，而是舒适与慰藉。人类是不断变化的生物，变化如同空气一般无处不在，难道人类本能中"最强烈"的性本能就能逃脱这一法则吗？今年的我势必与去年的不同，我们爱着的人也是如此，倘若时刻处于变化之中的我们依旧爱着另一个变化了的人，那当然是一桩幸事。但是大多数时候我们却需要做出可悲而绝望的努力，逼着自己去爱那个我们曾经爱过、如今却发生了变化的人。因为当我们臣服于爱情的威力时，它的强大会让我们相信这份爱会永远持续下去。所以当爱情消退之后，我们便会为此感到羞愧，感到自己受到了欺骗，责怪自己不够坚定，然而我们应当将变心视作人类本性的自然影响。人类的经验使得他们对爱情的感受五味杂陈，他们怀疑过它、时常诅咒它，却也同样频繁地赞美它。反人类的灵魂向往自由，因此除了某些短暂的时刻，他们总会把爱情所需的屈从与忍让视为误入歧途。爱情能够带来人类能力所及之内至高的幸福，但这种幸福实在是难得一见，更难得以不含任何杂质的形式出现。爱情书写的故事往往要以悲剧收场。许多人憎恨爱情的力量，并且祈祷着自己能从爱的重负之下解脱，他们拥抱着捆绑自己的枷锁，却也清楚地知道那是对自己的束缚，并同样因此而愤恨不已。爱情并非总是盲目的，而天下最可悲的事情莫过于明知某人并不值得去爱，却还是全心全意地爱着这个人。

　　仁慈之爱没有爱情那种短暂易逝的特性，这种特性也正是爱情不可弥补的缺陷。诚然，仁慈之爱中也并非完全不包含性爱的成分。这就像是跳舞一样，人们跳舞是为了享受随着节奏舞动的快乐，而不一定是想要和舞伴上床，但是只有在即便和舞伴上了床也不会觉得恶心的前提下，跳舞才会令人愉快。在仁慈之爱中，性本能得到了升华，但它依然将自己特有的温暖与活力寄托在这种情感上，仁慈之爱是"善"之中更好的一面，它为善所包含的某些严厉的特质平添了一丝温情，从而让人更加容易践行克制、耐心、自律和宽容等略次一级的美德，因为这些品德原本正是善之中那些偏向被动、不容易引起人们兴趣的要素。在世间万物之中，似乎唯有善良可以宣称其目的就是它本身，而美德便是对美德本身的报偿。

　　说了这么多，我得出的却是一个相当普通的结论，这让我相当惭愧。依照我喜欢语出惊人的本性来说，我当然很想用什么令人震惊的宣言或者诡辩为我的书画上句号，或者抛出一番玩世不恭的妙语，好让读者会心一笑。但此时我能说出来的话却和任何一个抄本上都能见到的言论没什么区别，在每一座布道台下都可能听到这样的话语，我绕了一个巨大的圈子，最终发现的也不过是一个尽人皆知的结论。

　　我极少对事物怀有什么崇敬之情，因为世界上的崇敬之情早就过剩了，而有些事物实际上根本不值得尊崇。何况如今我们的崇敬也往往只不过是对那些不甚感兴趣的事物做出些例行公事的致敬而已。对于过去的伟大人物——比如但丁、提香、莎士比亚和斯宾诺莎等等——我们致以敬意的最好方式便是不去刻意尊崇，而是将他们当作与我们同时代的熟人一样看待。这样一来，我们既能对他们献上最高的赞美，那种亲近感又能让我们觉得他们是鲜活而富有生命力的。不过当我偶然遇到真正的善良时，我也会发现心中自然而然地涌出崇敬之情，哪怕这些罕见的良善之人并不像我期待的那样聪明，也不会影响我对他们的尊敬。

童年时代的我是一个忧伤的孩子，那时的我经常一夜又一夜地做梦，梦里我在学校的生活也是一场梦境，从这场梦境中醒来之后我会发现自己还在家里，发现母亲还在我身边。对我来说，母亲的过世是五十年的时间都不能彻底弥合的创伤。我已经很久没有做过那样的梦了，可是我却依然没有彻底摆脱人生是一场幻境的感觉，我在这场幻境中忙忙碌碌地做着各种事情，因为生活说到底就是这样，不过即便我身处其中，我也能置身事外地审视，并由此认清这场幻境的面目。每当我回顾自己的一生，回想那些成功与失败、欢乐与痛苦、欺骗与成就，以及层出不穷的错误，都会发现这一切看上去晦暗而模糊，怪异地缺乏某种真实感。或许是因为我的心灵无处栖居，所以即便我的理智再也无法与上帝或永生相容，遗传自先祖的对这二者的渴望依然深深地埋藏在我心中。有时我也只好退而求其次，假装在我迄今为止遇到过的善之中——这种事虽然不多，但说到底也不算罕见——终究有一些是发生在我自己的现实生活里。或许我们能够在善良中找到的既不是生命的理由，也不是对生命的阐释，而只不过是一种辩白。在这漠然无情的天地之间，我们从生至死都难免被种种险恶环绕，而善虽然未必是对这一切的挑战或反馈，但它至少是对我们独立存在的肯定，它是幽默对荒诞而悲哀的命运的反驳。善与美不同，它即便达到极致也不会让人厌倦，而善又比爱更伟大，因为时间并不会让它褪去光彩。但是善良是通过正确的行为体现出来的，然而在这本就毫无意义的世界里，谁又能分辨什么行为才是正确的呢？正确的行为并不会以获得幸福为目的，如果它的确带来了幸福的结果，那也只不过是极其幸运的巧合而已。众所周知的是，柏拉图曾经劝说哲人们放弃恬静的沉思生活，让他们投身到繁杂动荡的世俗事务之中，以此宣告应当将责任置于享乐欲望之上的主张，而我想或许我们每一个人偶尔都会有这样的抉择时刻：虽然明知结果并不会为当下或未来带来幸福，但我们还是选择了行动，因为我们相信这样做是对的。那么究竟什么才是正确的行为呢？就我个人而言，路易·德·雷昂修士给出了最好的答案，他的说法也不难遵循，因为人性的弱点难以与它的力量匹敌。我也不妨在此用雷昂修士的话为本书作结：生命之美无外乎克尽本分，顺应天性而已。

[全书完]

后记

向大众推荐书籍不是一件容易的事，说得夸张一点，或许在这个语境下谈论阅读本身都是一件吃力而未必讨好的差事。

然而仅就作家群体而言，由毛姆来做这件事，即便不敢说最为称职，至少称得上是相当适宜的。就笔者个人而言，做出这番论断的基础甚至不完全在于他具体在这本小书中讲了些什么，而是在于他讲述这一话题的方式。对于毛姆的风格，或许诸多读者首先会想到的是他的"毒舌"、诙谐、邪诞乃至于刻薄，但笔者在这里想要强调的却是他在这一切之下的真诚与坦白。而其中令人印象尤为深刻的便是他有意无意之间对"有趣"——抑或是"趣味"——的强调。

在这本小书中，不论探讨的话题具体是小说的艺术，是名家名作，还是对哲学、艺术与人生价值的思考，都处处可见毛姆对趣味的坚持。他的语言巧妙精到，流畅洗练，却既不故作高深也不沾沾自喜——事实上，毛姆的行文秉持着堪称与一贯的"毒舌"印象似乎不甚相合的姿态，没有极高的姿态，也没有自命不凡的视角，读来宛如与作者相对而坐，听他本着自己天才的幽默感侃侃而谈，讲着读书的乐趣、名家的八卦、对名作的吐槽，还有他自己夹在对人与事的厌恶与热爱之间的一丝情怀与思考。不求刻意而为的传达与接受，唯愿在这段纸面对谈之中宾主尽欢。

夏高娃

威廉·萨默塞特·毛姆
(William Somerset Maugham, 1874.1.25—1965.12.15)

小说家,剧作家

毕业于伦敦圣托马斯医学院,后弃医从文

在现实主义文学没落期坚持创作,并最终奠定文学史上经典地位

倡导以无所偏袒的观察者角度写作,包容看待人性

1947年,设立萨默塞特·毛姆奖,奖励优秀年轻作家

1952年,牛津大学授予名誉博士学位

1954年,被英国王室授予荣誉勋爵(Companion of Honour)称号

1965年12月,在法国里维埃拉去世

经典作品

《人性的枷锁》(1915)

《月亮和六便士》(1919)

《叶之震颤》(1921)

《面纱》(1925)

《蛋糕和麦芽酒》(1930)

《刀锋》(1944)

阅读是一座随身携带的避难所

作者 _ [英] 威廉·萨默塞特·毛姆　译者 _ 夏高娃

编辑 _ 邵蕊蕊　　装帧设计 _ 人马艺术设计·储平
技术编辑 _ 丁占旭　　执行印制 _ 梁拥军　　出品人 _ 李静

营销团队 _ 毛婷　林芹　魏洋

鸣谢（排名不分先后）

曹曼　张其鑫　孙烨　施明喆　滑麒义　石敏　胡乃嘉

果麦
www.goldmye.com

以 微 小 的 力 量 推 动 文 明

图书在版编目（CIP）数据

阅读是一座随身携带的避难所 /（英）毛姆著；夏高娃译. -- 天津：天津人民出版社，2023.12（2025.5重印）
ISBN 978-7-201-19964-1

Ⅰ.①阅… Ⅱ.①毛… ②夏… Ⅲ.①随笔－作品集－英国－现代 Ⅳ.①I561.65

中国国家版本馆CIP数据核字(2023)第220725号

阅读是一座随身携带的避难所
YUEDU SHI YIZUO SUISHENXIEDAI DE BINANSUO

出　　版	天津人民出版社
出 版 人	刘锦泉
地　　址	天津市和平区西康路35号康岳大厦
邮政编码	300051
邮购电话	022-23332469
电子信箱	reader@tjrmcbs.com
责任编辑	康悦怡
特约编辑	郭聪颖　邵蕊蕊
装帧设计	人马艺术设计·储平
制版印刷	天津丰富彩艺印刷有限公司
经　　销	新华书店
发　　行	果麦文化传媒股份有限公司
开　　本	880毫米×1230毫米　1/32
印　　张	9.25
印　　数	80,001—90,000
字　　数	225千字
版次印次	2023年12月第1版　2025年5月第8次印刷
定　　价	42.00元

版权所有 侵权必究
图书如出现印装质量问题，请致电联系调换（021-64386496）